中师那些事儿

谭照楚 著

哈尔滨出版社

图书在版编目（CIP）数据

中师那些事儿/谭照楚著. — 哈尔滨：哈尔滨出版社, 2022.3
ISBN 978-7-5484-6425-9

Ⅰ.①中… Ⅱ.①谭… Ⅲ.①纪实小说–中国–当代 Ⅳ.①I247.5

中国版本图书馆CIP数据核字(2022)第014005号

书　　名：中师那些事儿
ZHONGSHI NAXIE SHIR

作　　者：谭照楚　著
责任编辑：韩伟锋
责任审校：李　战
封面设计：罗佳丽

出版发行：哈尔滨出版社（Harbin Publishing House）
社　　址：哈尔滨市香坊区泰山路82-9号　　邮编：150090
经　　销：全国新华书店
印　　刷：廊坊市伍福印刷有限公司
网　　址：www.hrbcbs.com
E-mail：hrbcbs@yeah.net
编辑版权热线：（0451）87900271　87900272
销售热线：（0451）87900201　87900203

开　　本：880mm×1230mm　1/32　印张：9.25　字数：190千字
版　　次：2022年3月第1版
印　　次：2022年3月第1次印刷
书　　号：ISBN 978-7-5484-6425-9
定　　价：68.00元

凡购本社图书发现印装错误，请与本社印制部联系调换。
服务热线：（0451）87900279

序

谢开云

我和照楚是亦师亦友的好兄弟。他沉毅厚重,敏而好学,与他相识相交,是我的幸运。上中师期间,他学习刻苦,成绩优秀,通过选拔上了大学,当年每届毕业上大学2人左右,可谓凤毛麟角。

照楚在基层教育岗位坚守了几十年,默默耕耘,为安康的基础教育奉献了青春和力量!一边教书育人,一边笔耕不辍,他的文章不时见诸报刊。读完《中师那些事儿》,我仿佛又回到了几十年前火热的师范生活。当年安康第二师范学校教育事业热火朝天,风生水起,虽然七里沟的环境非常艰苦,但是教职员工勤奋务实,为人师表,敬业奉献!学生刻苦努力,知能并重,拼搏进取,整个校园弥漫着一种积极向上的正能量!真可谓往事如在脑际,画面历历在目。

《中师那些事儿》朴实的文字见证了当年二师艰辛的创业史。一是校舍简陋。1986年,二师从石泉杨柳坝迁至安康江北七里沟原汽车26团驻地,因陋就简,办学条件极差。小说中,赵弘毅等人住的是部队留下来的旧营房,十几个学生住一间,楼上没有洗手间，更没有淋浴设备，学生上厕所要下楼走很远，还要抢着排队。1987年首届体育班有些专业课就在七里沟简陋的公路上课。二是交通不便。隔河渡水，进城办事难，黄沟路经常不通，大家要绕道改线路进城，几十里路既费时又费力。但办学却没有干扰，远离城市喧嚣，学生也不会分心，一门心思学习，主人公赵弘毅等许多学生就是如此。三是环境复杂。师生安全常常让人忧心，附近个别不学无术的二流子经常骚扰学校，比如作品中写道"一个人夜晚不敢从黄沟路回校"。其实，1988年前后，有人曾掀倒过学校的围墙，一些闲杂人与学校扯皮的事不少。四是艰苦创业。尽管环境不尽如人意，办学条件十分艰苦，但这里有一批甘于奉献的辛勤耕耘者，如赵弘毅的班主任及一大批老师都是这样的人，正是他们的无私奉献撑起了二师教育教学的大梁。

《中师那些事儿》深情地叙述了当年二师丰富的文化教育史。其一，学高为师，身正为范的目标追求。"学高为师，身正为范"这八个大字，当年就在进门的墙壁上用红漆书写着，瘦硬有力，醒目易记。这八个字既是奋斗目标，也是行为规范。赵弘毅一进校就看到了这八个字，明白了师范的含义，其实，许多老师也是看了这八个字，才明白当老师应该如何做，那就是内强素质，外塑形象，做一个既有知识能力，又有高尚师德的人。其二，立德树人，学生为本的人本理念。办学刚起步，可谓百废待兴，花钱的地方太多，为了上好实验课，老校长王业贵曾亲自去兄弟学校借实验器材。即便如此，学校坚持以学生为本，遇到重要节日为学生加餐，专门发鸡蛋、粽子、月饼等，让学生感受到家的温暖。赵弘毅就有这样深切的感受，这种记忆是一辈子也忘不掉的。其三，知能并重，全面发展的育人目标。过去的老师范，有成功的育人理念和成熟的系列实践经验。二师就有"一为主两渗透三为主四位一体"的教学模式。学生除学好文化课以外，"三字一画一话"的基本功必不可少，且人人过关，发合格证，不过关不能毕业，这些规定，作品中也有许多体现。其四，积极进取，和谐向上的文化环境。七里沟虽然偏僻，但这里文化活动丰富，学校的排球水平享誉安康城，篮球等体育项目每学期都有比赛，红五月歌咏比赛唱响七里沟，每年的元旦演出，以班为单位表演节目，严格筛选，师生同台表演吸引了七里沟的农民围观。作品中有不少情节再现了当年文艺活动的盛况。

《中师那些事儿》用舒缓的情节抒写了主人公的茁壮成长史。首先是学校文化熏陶。小说中赵弘毅从初中到师范，遇到的是好学校，校园文化浓厚，治理有方，育人有道。其次是好老师的育人育心。从赵弘毅的求学之路可以看出，初中老师为他的成长成才奠定了基础，中师老师给了他更多的精神食粮，三年中师学习，他具备了初步的知识体系，练就了一定的职业能力，形成了积极向上的世界观、人生观、价值观。再次是好集体的温暖鼓励。赵弘毅所在的91级5班，是一个团结互助温暖如家的好集体，同学们好学上进，相互鼓励，充满正气。当然还有好伙伴的鼎力相助，好家庭的从小励志教育以及赵弘毅自己的心无旁骛，这些都是促使赵弘毅健康成长的主客观因素。

当然，《中师那些事儿》也有些许缺憾，如中规中矩的叙写太近似真实，赵弘毅成长的社会大背景缺少宏阔归纳与充分展开，主人公内心世界发展的历程缺乏细腻刻画，其形象尚待进一步丰满等。但瑕不掩瑜，尽管有原生态的味道，甚至有些零碎分散，却也五彩缤纷。

  我没有写过小说，缺少创作甘苦的深刻体验，然照楚嘱我为序，却之不恭。由于本人才疏学浅，生怕词不达意，因而诚惶诚恐，惴惴不安。我乃一介书生，人微言轻，分量不够，若因序言不当影响了本书，那就敬请海涵了！衷心希望照楚越写越好，为我国文学画廊增添更多的典型形象，我们期待着。

  是为序！

2021 年 6 月 12 日

目录 CONTENTS

1　楔　子
7　第一章
13　第二章
19　第三章
27　第四章
33　第五章
37　第六章
44　第七章
52　第八章
58　第九章
64　第十章
70　第十一章
78　第十二章
85　第十三章
91　第十四章
97　第十五章
103　第十六章
109　第十七章
120　第十八章
128　第十九章
135　第二十章
141　第二十一章
148　第二十二章
153　第二十三章
159　第二十四章
168　第二十五章
174　第二十六章
178　第二十七章
184　第二十八章
190　第二十九章
196　第三十章
203　第三十一章
209　第三十二章
214　第三十三章
221　第三十四章
231　第三十五章
240　第三十六章
247　第三十七章
253　第三十八章
262　第三十九章
268　第四十章
275　一幅值得珍藏的画卷
　　　——谭照楚《中师那些事儿》简评/姚维荣

283　后　记

楔　子

2019年7月10日，平平常常的一天。

"立正！稍息！向左、向右看齐！向前看！"

"报数！""1、2、3……49！"

在原梁州第二师范学校（现在是梁州职业技术学院）的操场上，一群身着"寻梦"标志文化衫的"大龄青年"，在一名老教师的带领下，正在上一节普普通通的体育课。

"在一起——梁州第二师范学校九一级五班毕业25年再相聚"，主席台上一幅红底白字的横幅标语显得熠熠生辉。

"沔江河畔再聚首，九里沟里寻梦来"。一天前，原梁州第二师范学校九一级五班的49名同学，相约着从梁州各地、全国各地赶赴母校，参加毕业25年同学聚会。此时此刻，一群平均年龄在四十五六岁的学生，正在原班主任老师的带领下，再次来体验昔日的学习、生活。当天该班安排了四节课：一节体育课，一节美术课，一节音乐课，一节班会课。

体育课是温习当年军训课科目——正步走，要求走出当年会操时候的精气神，要有默契感。老实说，这个要求有点难，这么多年过去了，要形成默契，谈何容易！但是当年的体育委员说了，不完成任务，绝不收兵！此时艳阳高照，正是一年中最酷热的时刻，几个来回下来，大多数同学早已经大汗淋漓。但是却没有一个人离队，当天早上从梁州宾馆来母校前，同学们都早已达成了共识：今天大家就是普普通通的学生，没有职务和身份，只有自己的学号，要"假戏真做"，认认真真上好每一节课。拿出当年的军训照片，还是当年的站位，还是当年的口号。经过20分钟的不断磨合，渐渐有了当年的感觉，横看、竖看基本一条线，耳边的脚步声逐渐不再嘈杂，少了那时的清脆，多了中年人特有的沉稳……

美术课是在当年的美术教室里进行的，课程内容是人物素描，模特儿是当年的班花儿，素描作品要达到的要求是线条流畅，比例恰当、传神……班花儿自然是少了当年的清秀，却更多了几分妩媚，下边的"粉丝"一个个目不转睛，一边在画板上笔走龙蛇，一边在下边插科打诨，少了当年的安静课堂氛围，多了几分俏皮和欢声笑语。不到下课时间，一幅幅素描作品问世了，大家的美术基本功底竟然都还在，特别是当年的"画家"王超群的作品，可谓是形神具备，把班花儿画得活灵活现，简直是呼之欲出。

音乐课是分男女两个声部排练合唱曲目《毕业歌》。授课人是当年的文体委员王霞，现在她已是某高校的一个学院院长。她的音乐素养当年在班上一直是"南波万"，毕业后考取了中央音乐学院。王霞先整体教唱了一遍该歌曲，然后是分男女声部练习，再往一起合。整个教学过程如行云流水，基本上就是唤醒和温习，不到30分钟，一首铿锵有力的合唱歌曲已基本成形。

同学们，大家起来，
担负起天下的兴亡！
听吧，满耳是大众的嗟伤！
看吧，一年年国土的沦丧！
我们是要选择"战"还是"降"？
……
同学们！同学们！
快拿出力量，
担负起天下的兴亡！

  伴随着悠扬的钢琴伴奏声响起，一阵阵优美的旋律响彻了整个音乐教室。
  最后一节课是主题班会课。同学们按照记忆中的座次，在教室里安静地坐下，等待上课。今天在这里就座的只是49名普普通通的同学，尽管他们的身份已经有了很大的不同：他们之中有学院的院长，有副县长，有局长，有镇长、书记，有发了财的老板，有中小学校长，有普普通通的一线教师。在提前发布的关于同学聚会的策划书中，早已说得明明白白：本次聚会，不论社会身份，不管你官有多大，钱有再多，今天都只有一个称呼，那就是——同学！
  授课教师是刚刚从徽州学院赶回来的原班主任——汪建安老师，他如今已是徽州学院文化旅游系的系主任，资深教授。今天的班会课内容，是汪老师带来的题为《太阳每天都是新的》的主题演讲。
  "起立！""老师好！""同学们好！请坐！"

楔子

汪老师习惯性地扶了扶眼镜，开始了同学们曾经熟悉的演讲。

"28年前那个火热的夏天，我大学毕业来到梁州二师，走上了三尺讲坛。28年前的那个丰收的9月，同学们带着新奇与期盼，怀着梦想与憧憬从梁州山地、月亮河川道、沔水沿线聚集到梁州第二师范学校，组成了91级5班这个大家庭。三年中，梁州腹地、沔江北岸、九里摇篮，留下了你们的足迹和声音，留下了你们的欢乐和梦想，留下了你们不可再来的豆蔻年华，更留下了我们师生之间共同成长的足迹和深情厚谊。打开尘封的记忆，教室里你们的座位，操场上你们的身姿，道路旁、绿荫下你们的倩影，运动场上的英姿，宿舍里的无话不说的卧谈会……至今可能会历历在目，永远难以忘却，甚至仿佛还在昨天。那段艰苦而紧张的学习生活，铸造了你们，也磨炼了我自己。对曾经的梁州二师和你们的一些老师，也许你们有抱怨，也许你们有遗憾，可那的确是一份不可再来的真实生活。你们在这里度过了激情燃烧的美好岁月，度过了意气风发的青春年华，还有我们一起切磋学艺，评点江山，纵论人生，建设班级的美好经历。从那时起，在我的记忆中就多了你们，在你的记忆里就多了一个我。别忘了，我们那段共同拥有的珍贵日子；请珍惜我们这段共同拥有的美好岁月……

"今天我们在这里相聚，作为你们的班主任老师，我心潮澎湃，感慨万分，我深深地感到：当你们的老师真好！我要满怀深情地道一声：同学们好！我很怀念25年前的师生同乐，很满足现在的师生情谊。往事如烟，岁月如歌。能和你们相逢是缘分；能和你们相知是福分。

"我要再次感谢你们,今后我会倍加珍惜这份福缘,'不思量,自难忘',我会用尽全力回忆起曾经那些陪你们一起的青春岁月。

"同学们,天下没有不散的筵席,相聚是短暂的,友谊是永恒的。今天我们相聚在一起,明天、后天我们又将回到各自的天地。让我们记住今天的'良辰美景',记住这美好的日子,记住这纯真的友情。借此机会,我呼吁大家今后保持经常性联系,打个电话,发个微信……"

在汪老师极富感染力的演讲中,泪水瞬间打湿了所有同学的眼睛!同学们记忆的闸门一次次打开,闭合……坐在教室中间的赵弘毅仿佛穿越了时光隧道,再一次回到了28年前……

第一章

许多年后，当高中毕业生高考后填报志愿时，赵弘毅准会回想起他当年中专考试后，去填报师范志愿的那个遥远的下午。

1991年7月，被很多参加中考、高考的学生称为黑色的7月。一直以来在全校应届生中稳居第一名的赵弘毅，参加当年中专考试竟然以一分之差落榜了！当年梁州县共有10个区，中专考试录取名额是下放到各区的，因此各个区的中专录取分数线是不一样的，他清楚地记得当年他所在的柳树区中专录取分数线是409分，可他单单就考了一个408分。这一年柳树区考上中专的学生全都是复读生，应届生是全军覆没，考中的复读生绝大多数复读年限都在三年以上！

这年和赵弘毅一起落榜的人很多，其中就包括他的老乡——周磊。周磊上高一的时候，赵弘毅刚刚上一年级。周磊上完高中后，又下到初一，重新读初中，再次读完初中后，中专考试仍然名落孙山，于是又改名重新建学籍，重读初二、初三。在反反复复的折腾中，相差了七八岁的两人，竟然成了同级同学。只是赵弘毅在初三（一）班，周磊在初三（三）班。初三（三）班被同学们戏称为"范进"班，当年要进入初三（三）班可不是一件容易的事情，至少是复读初三的年限达到三年以上，而且必须通过严苛的进班考试。初三应届生的班级往往要用大半年时间教授新课，然后才是复习备考，而初三（三）班一开学就进入四轮复习，目标直指中专。

周磊的成绩是 405 分，比赵弘毅还低了三分。看完榜后，他的脸色铁青，一声不吭。多年来的考场失利，显然已经让他变得麻木，习以为常了，与此同时他的内心似乎已变得无比强大。反倒是赵弘毅，此时颇为惆怅：来年是想办法复读呢，还是读高中呢？

从小学到初中，一路走来，赵弘毅一直都是班级内"标杆式"的人物，曾被称为柳树区不世出的"神童"。 在柳树中学，他曾创造过一段最辉煌的历史：那是在初二第一学期期末考试中，他的语文、数学、英语、物理和政治成绩都取得了年级第一名，英语、数学和物理都是满分。学校校长勉励全校同学向赵弘毅学习，学习他学一科、爱一科的"钉子"精神，称赞他前无古人，后无来者，创造了学校的历史！赵弘毅当年因此被评为梁州地区三好学生。老师和同学们普遍认为赵弘毅可以毫无悬念地以应届生的身份考上中专。

赵弘毅因此成了学校的名人，不由得有些年少轻狂，多少有点飘飘然了。谁想今日却以一分之差名落孙山，这让他情何以堪？收拾简单的行囊，回家吧！赵弘毅实在不敢想象如何去面对家人们失望的眼神，以及如何应对乡亲们没完没了的关心问候。

一切担心都是多余的。结果比他想象的要好，迎面遇到好几个老乡，根本没有人来询问他这个恼人的话题。回到家，父亲很平静地听完结果，对他说："今年既然考上的全是复读生，那么下半年你也可以去复读，明年再考。不要想着去上高中，你见过咱们周边有几个高中生考上大学了？再上一个初三考上中专，早日跳出农门，这才是正道！"

"我一定要上高中，初中的知识我都学会了，吃嚼过的馍，没意思！"

赵弘毅坚决不肯接受父亲的安排。日子在一天天过去，赵弘毅每天的生活就是放牛、拔草，或抽时间看看课外书，静等开学。赵弘毅的初中校长早已和赵弘毅的哥哥沟通过，准备推荐他到梁州一中上高中农村班，那是全县抽来的尖子生，是重点班。校长说只要赵弘毅足够努力，三年后绝对可以考上一个不错的大学！父亲却一点儿也不高兴，他认为赵弘毅走上高中、考大学的道路，对于他们这样一个并不富裕的农村家庭来说，一点儿也不靠谱！只有复读初三考上中专才是硬道理。为此父子俩闹得很不愉快，已经有两周没有说过话了！

周磊死了！消息传来的时候，是八月初的一天。据说他是落水而死，在死前已犯了失心疯。他逢人就说："我考上了！我考上了！他们都不行，他们成绩都是假的。"简直和《范进中举》里的范进如出一辙。不同的是范进中举而疯，后来被其岳父一巴掌打清醒了过来，最终飞黄腾达，而周磊多年的考场失利，竟然是真疯了，最终落得一个落水而死的下场！这件事给了赵弘毅很大的刺激，也更加坚定了赵弘毅要上高中的决心，父亲也因为这件事情不再逼他了，默认了他的选择。赵弘毅在一天天掰着指头数日子，盼望着新学期赶快来到，他要开始向往中的高中生活。

那天他正在柳树河边放牛，村长柱哥站在他家房后，大声喊道："赵家三娃子，你在哪里？刚才你们学校给乡里来电话，说你考上中专了，带信让你赶快到学校去，今天下午就要下梁州城去体检！"

闻听此言时，一条绵鱼正被赵弘毅抓了一个正着，他嘴里高兴地答应着："柱哥，多谢你！我知道了！"一边兴奋得几乎要跳起来，暗自想道：运气来了，真是连门板都挡不住啊！这下哪里有心思放牛捉鱼，连忙喊叫狗娃子帮忙把牛招呼住，自己一路小跑着往家里赶，慌乱间竟然把穿的拖鞋都跑掉了。父亲却不在家，正在河对岸一家办事情，赵弘毅放开喉咙就喊开了，一群小孩子跟着喊，父亲终于听到了，立即往家赶，一时间竟然都不敢相信这是真的。

那是阳历八月中旬，正是暑假里最热的时节。赵弘毅匆匆忙忙换了干净衣服，便一路小跑着往柳树中学奔去，留下父亲在后边追赶，直累得气喘吁吁。"春风得意马蹄疾，一日看遍长安花。"平日里极其讨厌的簸箕淌、耐家梁，今天在赵弘毅的眼中竟是如此的可爱，一个多小时，这二十多里山路便轻轻松松地被踩在了赵弘毅的脚下。

一路小跑着来到学校后，赵弘毅见过校长，确认这一切都是真的，幸福来得太突然了！赵弘毅这才得知，因为前边录取的中专生都是复读生，被人告了状，全部被刷了下来，现在需要在应届生里面重新录取。

赵弘毅现在竟然成了柳树区中专考试第一名。

来不及喘口气，补录上的同学们在校长的安排下，搭上柳树区粮站运粮的便车上路了。他们将连夜赶到梁州城里去，第二天清晨，将填报志愿和进行中专体检。

从未坐过长途汽车的赵弘毅没过多久,就有了晕车反应,一时间犹如翻江倒海,天旋地转。到达梁州城时已到下午五点,大家便找了一个便宜的旅馆住下。

第二天同学们早早醒来,来到县教育局,准备填报志愿。遗憾的是,由于已经到了八月中旬,梁州地区外的所有中专学校已经停止投档。本次中专补录的学生填报志愿时,可选择的余地很小,只能是在本地区的四所中专学校里填报,分别是梁州第二师范学校、梁州卫生学校、梁州工业学校和梁州农业学校。

踌躇了半天,赵弘毅在老师的建议下,填报了梁州第二师范学校。老师给出的理由是:赵弘毅身子太单薄了,如果报考卫校、农校或者是工业学校,身体估计吃不消。到了体检环节,赵弘毅各项健康指标都正常,就是身高不足一米五,体重只有40公斤,似乎属于营养不良和发育滞后。面试老师很负责,仔细地检验了他的胳膊、腿和骨骼,对负责招生的领导说,这个学生今后绝对还要长,不影响他未来从事教师职业。听到此处,赵弘毅深深地吐了一口气,谢天谢地,万事大吉!

接下来就是回到家里漫长地等待了,八月底终于等来了梁州第二师范学校大红的录取通知书。小山村沸腾了,这是当地赵家在新旧社会走出来的第一个吃公家饭的人!按照村东头老丁头的话说,赵家是出了"文明人"了。这一天老赵家从早到晚鞭炮响个不停,周边四邻的父老乡亲们纷纷前来恭贺,大家难得乐和乐和。老赵家特意请杀猪匠把准备留到过年时节的猪宰了,七个碟子八个碗,坝坝席做得格外丰盛。

通知书上写的是9月17日才开学,因此赵弘毅有充裕的时间来准备开学的事宜。家里给赵弘毅置办了里里外外都是崭新的被褥，到乡政府办理了农转非户口转移证明，到柳树区粮站用粮食兑换了三百斤粮票，还给他买了一套新衣服。姐姐说，到了大学校，可千万别让人小瞧了咱！

"好急人，梁州第二师范开学咋开得这么晚？别的学校都开学两周了，我这还得在家里杵着，没学上的日子真是难熬啊，我的师范生活快些到吧！" 赵弘毅在心里暗自埋怨。

第二章

盼望着，盼望着，台历在一页页翻过，9月17日这一天终于来到了！供销社上班的哥哥专门赶回家来送赵弘毅上学，在父亲的千叮咛、万嘱咐中，兄弟俩起程了。

这一次没有便车可乘，好在到了蓄水期，银湖的水已经回上来了，他们需要先步行1小时到达"船厂"，再从那里乘船到柳树镇码头，再转乘班船到达老庄子乘降所，从那里坐火车下梁州城。这已是赵弘毅第二次坐火车了，头一次坐火车还是下梁州城参加中专考试。

赵弘毅很喜欢听火车行进时"咔嗒咔嗒"的节奏声，尽管绿皮车厢里人山人海，挤得让人喘不过气，但他心里敞亮啊，他很快就要到梦里不知去了多少次的师范学校报到了！

赵弘毅饶有兴趣地看着青山和绿水飞速地向后退去，他想起了初中物理老师说过的话：你如果把行进中的火车作为参照物的话，那么铁路两边的山坡就是运动着的物体了！以前他对此还有点似懂非懂，今日亲身体验，果真如此！此时他想起自己中专考试第一次进梁州城时，犹如刘姥姥进了大观园，见到一切都好不稀奇！而今天他就要走进这个城市学习生活了，他不由得傻笑起来。

来不及回味，也还来不及想象未来的师范生活，20分钟后，火车进站了，到达了本次列车的终点站——梁州站。在熙熙攘攘的下车大军的裹挟下，赵弘毅和哥哥走出了车站。

按照入学通知书上的温馨提示，今天在汽车站和火车站都会有梁州第二师范学校的老师和老生们接站。果不其然，出站口的东侧早已支起了一个接待新生的棚子，上边清晰地挂着一个横幅：梁州第二师范学校新生接待处。

"这位同学，这位大哥，你们辛苦了，是新生报到的吧？快过来歇歇，等咱们一车人凑够了，就出发！"就在赵弘毅和哥哥向那里观望的时候，已经有两个学生干部走过来了。

说话间，他们把赵弘毅和哥哥手上的行李全部接了过去，做上标记卡片后，便往一个卡车上存放。十多分钟后，坐火车报到的新生和家长们陆陆续续来到了接待处。此时梁州第二师范学校的校车大巴车车门已经打开，大家听从接待处老师的统一安排，按照到达接待处时间的先后，分批次坐大巴车去学校。赵弘毅和哥哥有幸成为第一批次乘客，在大家的焦急盼望中，大巴车缓缓驶出了火车站，向城区开去。

不对啊，走着走着，大巴怎么又出城了？行走的道路已不再是柏油马路，而是泥沙土路，一时间尘土飞扬。"快！快！大家赶快把车窗关上！"司机师傅大声喊道。赵弘毅透过车窗看去，美丽的梁州城与大家渐行渐远，大巴车正向村庄开去。大家的心情顿时暗淡了下来了，看来美丽诱人的城市生活与他们是无缘了，这三年他们恐怕要成为修道的神仙了。

赵弘毅到了学校才知道，原来梁州地区有两所师范学校，一所在江南，一所在江北。位于江南城区的梁州第一师范学校，也就是老梁师，创建于1905年，至今已有九十多年的办学历史，为梁州地区培养了数万名教师。为了加快师范教育发展，为乡村学校更好更快地培养教师，梁州地区行署决定，于1985年在梁州地区安阳县创办安阳师范学校，这是一所年轻的师范学校。1986年，安阳师范学校从安阳县整体搬迁至沔江北岸，同年更名为梁州第二师范学校，与老梁师隔江相望。

在梁州城西关街尽头，往下走就是沔江，江的对面有个西津渡口，再往里走就是九里湾了，过去在这里曾经驻扎过一个解放军汽车团，后来军营搬走了，就留下了这一大片简陋的营房。这一块宝地被当时的梁州第二师范学校校长李仁贵相中了，他找相关领导，不知磨了多少嘴皮子，才把这块地要到手。他下定决心，排除万难，硬是把梁州第二师范学校从安阳县迁到了九里湾，目前从这里已经毕业了好几届学生了。

大巴车终于走完了漫漫黄土路，开始进入九里湾路段。九里湾是一个狭长的河谷，河谷两边屋舍俨然，住户密集，中间便是一条砂石路。车辆过处，还不时地窜出一条狗，或是惊起一只鸡来，司机把车开得很慢，精通时事的老生乘机告诉新生们，这里的民风很强悍，随随便便的一个老百姓咱都得罪不起哟。

"到了！"一个学生干部提醒被车摇得昏昏欲睡的新生们。大巴车缓缓地驶进梁州第二师范学校的大门，首先映入眼帘的是鎏金铜字制作的"梁州地区第二师范学校"校名，此时在太阳的照射下正熠熠生辉。正门头上一块实木牌匾上，"学高为师，身正为范"八个大字显得苍劲有力，仿佛散发着浓郁的墨香，一下子就把正在车上东张西望的赵弘毅吸引住了。

"哦，原来师范两个字的含义是这样的，没有文化的人竟然说是吃饭学校,实在是可恶!"赵弘毅瞬间有了一种莫名的神圣感。父亲给他取名弘毅,源自"士不可以不弘毅,任重而道远""学高、身正"不正是自己终身应该奋斗的方向吗?

喜悦、兴奋、激动、得意,这些字眼都不足以形容赵弘毅此时的心情,现在他终于成为一名光荣的中等师范学校学生了。

大巴车在新建的教学大楼前平稳地停住了。大家下车后,拉行李的卡车早已先到了学校,每个人按照卡片条,很快就找到了自己的行李。报到的手续很便捷,学校工作人员按照流水线作业的形式摆好了工作台,缴款、注册、领书、领饭菜票、领取住宿凭条等各项报到流程一次性完成,虽然报到学生较多,但一点儿都不觉得拥挤。

哥哥忙着给赵弘毅交款注册,办理入学手续。赵弘毅这时候便有时间来静静打量这个未来将要生活三年的地方。这所隐身在九里湾的梁州第二师范学校,既算不上大家闺秀,也说不上是小家碧玉,甚至很多地方都显得很粗糙,毕竟它的办学历史不是太长。除了眼前这栋教学大楼是新的,一切都是陈旧的模样。学校建筑整体布局是沿着九里湾河道规整分布的,九里湾这一段的河道已经被箱涵覆盖,中间是校园大道。在校园大道的左上角,学校西北边是一个炉渣铺就的田径场,内径大概有300米。从田径场再往下走六步台阶,就是新建的四个标准化篮球场,篮球场的南边是打开水的锅炉房和师生浴室,再往下走就是教师们居住的一个小四合院。沿着校园大道的右边看去,自上而下,依次分布的是男生宿舍楼、学生食堂、女生宿舍楼、教学大楼、行政办公楼、单身教工宿舍。

对于喜欢安静读书的赵弘毅来说,这个并不漂亮的校园,却很对他的胃口：远离市区，少了嘈杂，更少了不必要的花销，终于可以"躲进小楼成一统"，好好读书了！

赵弘毅被分在了普师班五班。哥哥很快就办理好了报名手续，没有学杂费，只交了200多元的书费，而且是三年的，办完粮油关系后，还领到了价值33元钱的第一个月饭菜票。

赵弘毅的宿舍分在1号楼201室，好家伙，这是一个21人居住的大宿舍，住的全是五班的同学。赵弘毅和哥哥走进去时，这里已经来了十七八个同学了，宿舍不是太大，十二张架子床按照U字形摆布，显得拥挤不堪。此时下铺几乎已经全部被占满，赵弘毅只好在中间位置选择了一个上铺位，爬上去铺上了床单被褥。

趁着哥哥和一个同学的爸爸在交流的时候，赵弘毅很快就认识了两个新朋友，一个是来自同县的王振，一个是来自安阳县的孟飞，三人的铺位恰好相邻，自然是最先熟悉。

哥哥把一切安顿好了，就要准备回单位了。面对第一次离家的弟弟，哥哥多少还是有点不放心，他再三拜托看起来年龄较大的罗军和张波，请他们一定要把赵弘毅关照一下。送哥哥走出学校大门时，赵弘毅忍不住哭了。哥哥说："放坚强点，等过几天你和老师、同学们熟悉了以后，一切都会好起来的，我过一段时间再来看你！"

回到宿舍时，安排住下的21名同学，都已全部到位了。过了一会儿，一位三十多岁的中年男教师走进宿舍，他带着浓重的关中口音，亲切地和大家打着招呼："同学们好！我是你们的班主任老师，我叫王大顺，也是你们的数学老师，欢迎大家来到梁州第二师范学校学习！现在我把咱们班的基本情况和开学这两天的工作安排简单地和大家说一下啊……"短短的几句话，关中男人的豪气和粗犷尽显无余。王老师很快就指定了两个正副舍长，让他们负责排值日生和监管宿舍卫生纪律工作。这两个舍长一个是张波，一个是孙浩，他们的共同特点是长得人高马大，都长出了胡须，明显比班内大多数同学年长。

哥哥临走时拜托的罗军和张波对赵弘毅确实够意思，一个帮他打回来了热水，一个带着他去食堂买了晚餐。

天色渐渐暗淡了下来，宿舍的灯亮起来了，校园的路灯也亮了。不太熟悉的校园，此时在柔和灯光的映射下，是那样温馨迷人。奔波了一天，赵弘毅现在也累了，在其他同学的喧闹声中，他甜甜地睡着了，他做了一个梦，梦中的他此刻已经成为一名教师，正在初中母校的讲台上为学生们讲解勾股定理……

第三章

　　早上六点半,一阵急促的起床铃声把兴奋了一夜的同学们唤醒。公寓楼上没有厕所和盥洗池,大家起床后,便争先恐后地以百米赛跑的速度冲向楼下的公厕和洗手池,大家得抓紧时间方便和洗漱。这时天已大亮,校园广播里正播报着早间新闻,洗手池旁挤满了洗漱的学生,三个学生食堂正散发着诱人的馒头清香,小广场上几位老教师正在舞剑,还有几位中老年教师在打太极拳。几个篮球场早已被一些篮球爱好者所占据,三对三的小半场比赛正热火朝天地进行中,田径场的跑道上挤满了跑步的人们……好一派热气腾腾的场面!

　　校园的早晨是如此清新美丽和催人奋进!

　　赵弘毅早在六点钟就已经醒来,洗漱完毕,此时正在校园里溜达。昨天到校时间太匆忙,他还没来得及把校园仔细端详。今早上他正和新认识的朋友王振、孟飞这里瞅瞅,那里转转,好不新奇。他们一直转到了学校大门口的校园商店,购置了一些常用的生活和学习用品。

　　"学高为师,身正为范。"

　　"欢迎你,新同学!欢迎你,未来的人民教师!"

　　校园内的欢迎新生标语还没有卸下,此时正迎风飘扬。校园大道两边的月季花正傲然绽放，四合院里的桂花散发着迷人的芳香，一些高年级的学生在校园的小树林和亭台下大声地背诵，一些幼师班的学生在校园里练声。舞蹈室也没闲着，一大群女生在那里下腰、劈腿、练功，琴房里也传来悦耳的风琴声，那是毕业班的学生们正在刻苦练琴。此时除了无所事事的新生们，老生们都在按照自己的生活节奏，做着他们该做的事情，美丽的校园此时显得活力十足。

赵弘毅他们三人转回宿舍时，三个学生食堂已经打开窗口准备开饭了。这时集合上早操的哨音响了，老生们开始上早操，今早上新生们没有安排上操，主要是观摩学习。十几个班的队伍已经集结完毕，随着带操老师的一声令下，老生们开始了整齐雄壮的激情跑操。每个班就是一个独立的方阵，就像是一个个四四方方的豆腐块儿，横看竖看都是那样整齐划一。伴随着带操老师有节奏的哨声，各个方阵"一、二、三、四"的呼号声响彻校园。

下操了，各班学生像潮水一般拥向各自的宿舍，大家拿着碗大多数都是冲向食堂，力争排到队列前边。梁州二师有四个食堂，有三个就分布在学生公寓的中间，主要面向全体学生，还有一个食堂在校门口下边的小院里，主要面向教师，当然标准稍高，学生来了也不拒绝。今天由于新生不上早操，大都已在老生下操前占据了有利地形，排好了队列，正在逐一买早餐。

食堂里早餐准备得很丰盛，有酸菜面片、稀饭、包子、馒头、豆浆、油条。最令人难忘的是油炸馍，其实是头一天没有卖完的馒头，放在油锅里一炸，外边酥脆，内部柔软，口感相当不错，很多年后，还让赵弘毅怀念不已。

早餐种类多，选择余地很大，大概只需要两三角钱就可以吃饱吃好。赵弘毅买了一碗面片和一个馒头，吃得津津有味，觉得这与在柳树中学上初中时学校食堂的饭菜相比，不知要好上多少倍。

再一看小黑板上公布的午餐、晚餐食谱和单价，最贵的红烧肉单价在5角钱，其他的素菜价格都很实惠。赵弘毅暗暗做了心算，一月33元的助学金，每天伙食控制在1元左右，完全可以自给自足了，不必再向家里伸手了，稍稍再节俭一点，甚至还可以有盈余，可以去买一些生活和学习用品了。昨天他们就已经搞清楚了，二师的饭菜票在整个九里湾都可以通用，不但在食堂里使用，而且可以在校内外商店和饭馆里流通消费。

梁州二师本届共招生9个班，其中有5个普师班，3个民办教师班，一个体育班，民师班现在暂时还没有报到。本届普师班面向梁州、安阳、汉宁、丰利、太极5个县招生，梁州县学生居多，总数达107人之多，占比超过三分之一。体育班则面向全梁州地区10个县招生。赵弘毅从老生们那里了解到，学校隔年还招收一个幼师班和电教班。学校以普师专业为主，所谓普师专业，就是打造全科小学教师，使之毕业后能够到农村学校胜任所有学科的教学任务。

五班教室在教学楼三楼，大概有60多平方米，课桌是每人一桌，抽屉仓很深，可以放很多东西，且安装了锁扣，可以上锁，看来以后不需要像上初中时那样把书本抱上抱下了。

早上8点钟，同学们早已在教室里安静坐好了。班主任王大顺老师开始点名，全班原来计划录取51名，结果只报到了49人，据说有两位学生考上师范后，最终选择了放弃，上了高中，班上男女生比例基本平衡，赵弘毅的学号是 49 号。

王老师发表了热情洋溢的欢迎致词，希望大家从现在开始，认真学习科学文化知识，努力锻炼并提高各方面能力，未来成为一名合格的小学教师。王老师特别强调，从这一级开始，学校将利用一周的时间进行新生军训和专项入学教育。随后王老师临时指定了班团干部和各个学科课代表，班干部自然是在个子高、年龄大、看起来成熟的同学中产生，赵弘毅被指定为数学课代表。

接下来就是新生欢迎大会了。大家穿着刚刚发下来的班服——一套浅蓝色运动装，倒也整齐、精神。九一级五个普师班和一个体育班的新生们排着整齐的队伍来到了阶梯大教室，按照班级方阵整齐落座。

主持人做完会议介绍后，就把话筒交给了校长李仁贵，他是今天会议的主角，他是梁州二师的首任校长，创始人，在学校里可谓德高望重。李校长梁州味儿的普通话很有特色，一会儿是醋熘的普通话，一会儿又是地道的梁州话。他讲话基本上不看讲稿，话匣子一打开，便天马行空，任意驰骋。他从"师范"两个字的含义入手，讲到了万世师表的孔子，讲到了孟子、朱熹、王阳明，讲到了陶行知、叶圣陶，讲到了乡村教育，讲到了中国四个现代化。

他特别推崇培根说过的话——"知识就是力量"。他以此举例说，在"文革"中他多次挨批斗，有一次，一大群红卫兵（他教的学生）扬言要和他"拼刺刀"，结果他开门"迎敌"，一番唇枪舌剑后，造反派向他认错。他讲到了教师的地位，他意气风发地说，老师不再是"臭老九"，老师是国家干部。他举例讽刺了一个乡镇党委书记，这个书记对老师说，你好好干，到时我提拔你去当售货员，他说这样的书记可以下台了！

听老生们介绍，李仁贵校长是一个硬角色，他是梁州二师的开创者，建校的辛酸，他比谁都感受得深刻。从拿到梁州地区行署的一纸任命书，走马上任，他几乎是一个光杆司令，要人没人，要地没地。好不容易，选了一个校址，地点选在了安阳县城城郊，原本是村上废弃的一个养猪场，用当地人的话说，那是一个屙屎不生蛆的地方。学校起初命名为"安阳师范学校"，当时学校办学条件极其简陋，只有几个老师和工作人员。1986年学校迁址到梁州县九里沟村，同年安阳师范学校更名为梁州地区第二师范学校。

当年学校景象真是不堪回首！学校校园地处荒郊山沟，杂草丛生，学校中间有一条很臭的污水沟。学校的校舍是部队迁走后留下的破破烂烂的旧营房，校内的设施简直是一穷二白。学生们就在改建的部队伙房里上课，窗户千疮百孔，地面也是坑坑洼洼。学校没有操场，没有围墙，大门是两扇锈迹斑驳的铁栅栏，门外是一条坑坑洼洼的很窄的土泥路，也是学生上体育课的"操场"。

李校长是一个非常有教育情怀和教育理想的人。他亲自上阵，带领梁州二师全体师生一手抓学习，一手抓校园建设。据说，学校的操场和篮球场、锅炉房、教师周转宿舍地基都是师生们一锄头一锄头地挖出来的。记忆最深刻的是，有一年九里沟连降暴雨一昼夜，水沟里的滚筒水来势凶猛，势不可当，眼看就要淹没学校的宿舍和教学楼，他二话没说，带领教务主任周谦益等一帮年轻教师冒着生命危险，连续奋战了六个小时，用沙袋硬是垒起了一道防洪长堤，确保了学校公共设施没有被大水冲毁。

曾几何时，九里沟一带，民风比较彪悍，因为学校土地界址问题，村民屡屡向学校发难，多次冲击校园，推垮学校围墙。其中还有不少人好勇斗狠，面对各种恐吓和威胁，李仁贵校长在原则面前丝毫不退让，誓死要捍卫学校集体的利益，与周边闹事群众斗智斗勇，在有关部门的配合和支持下，展开了一系列艰苦卓绝的"斗争"。

待到九一级这一级学生们进校时，学校的围墙已经修得很牢固、很完整了，九里沟已经被箱涵覆盖，各种设施已经基本完善，绿树已成荫。再到了2004年，中师停止招生前夕，学校已经取得了较大发展。梁州二师成为全省22所中师学校中规模最大、教育门类和开设专业最多、最早试办小教大专的学校。国家教委师范司中师处唐处长来梁州考察，称赞梁州二师是"山沟里飞出的金凤凰、山区师范教育的一面旗帜"。

随后学校的副校长安排了新生最近一周的军训及入学教育活动。各班有序离场，回到教室，开始学习校纪校规，班主任老师给大家讲解三年师范学习应该达到的目标任务。

赵弘毅感觉到师范生的学习生活，与枯燥、高压学习下的初中相比，实在是太丰富多彩了。他很喜欢这样的学习和生活节奏：既有坚定鲜明的学习目标，又有切实可行的方法步骤，少了考学的压力，可以充分培养、展示自己的兴趣和特长了。

赵弘毅个子很矮，被王老师安排坐在第一排，同桌是来自丰利县的林泽木，名字一听就很有特点。两人不到一会儿，在课间就成了无话不谈的朋友。

他们的后排坐的是两位来自县城的美女，都生得小巧玲珑，白白净净。一个戴着眼镜，文文静静，一个扎着马尾辫子，活泼可爱。

"这两个女生也太漂亮了吧，一个个眼睛都水汪汪的，要是能和她们任何一个人做同桌，就好了！"赵弘毅心里这样想着。

"你们是哪里来的？"

"安阳。""太极。"

"你们说话声音好好听啊，和唱歌儿一样！"

"你们两个男生个子好矮哟，估计是上初中时候光知道学习，没好好吃饭吧。咯咯咯！"

赵弘毅和林泽木是无话找话，两个女生也是礼尚往来，见招拆招，不一会儿，赵弘毅与前后桌同学也都熟悉了。

明天就要开始军训了，同学们不由得有点儿小紧张。晚餐过后，大家早早地来到教室，准备上晚自习。在师范学校，晚自习一般情况下都是学生们自主学习时间。每天晚自习前都会有一个30分钟的夕会。这个时间段一般是由班级文体委员主持，要求人人参与，或表演文艺节目，或即兴演讲，或总结当天班级各项工作。这个平台太重要了，很多同学都是在这个平台上培养了在大庭广众之下讲话的能力，由最初的羞涩、面红耳赤、结结巴巴到最后侃侃而谈、自信大方，为以后的试讲、正式讲课打下了坚实的基础。

"我叫唐敏之，取自讷于言而敏于行，我喜欢读书。"

"我是王霞，我是一个愿意帮助别人的人，我愿意为朋友两肋插刀，在所不惜！"王霞很有个性的发言，让她从此被大家私下称为刀姐。她的性格开朗大方，常常是经过处都会留下一串银铃般的笑声,后来成为班里文体委员。

"我叫陈慧,智慧的慧,大家以后和我交往时间长了的话,都会感觉到其实我很贤惠的。"

"我叫孙浩,孟子说吾善养吾浩然之气,苏东坡词云:一点浩然气,千里快哉风,这是我的毕生追求。"后来被称为老夫子的孙浩发言文化味道很浓。

"我行不更名,坐不改姓,百家姓里第一姓,士不可以不弘毅,任重而道远,这是家父对我的期盼,鄙人赵弘毅是也!"赵弘毅的自我介绍,自认为还有点扎势子。

热闹非凡的破冰活动,高潮不断,笑声和掌声交相辉映,经久不衰。同学们通过这样一种特别的方式隆重介绍了自己,也认识了别人。

第四章

天刚麻麻亮,同学们早已抑制不住内心的激动,抑或是带着几分对即将到来的军训的恐惧,早早地就起来了。吃过早餐后,大家穿着整齐的运动班服,来到田径场,在主席台前列队,静静地等待着教官们的到来。

7点40分,学校大巴车准时驶进了校园,七八位来自梁州武警支队的英气逼人的军人走下车来,来到了早已布置停当的司令台上。他们和学校领导在主席台上一一就座,简短的军训启动仪式就此开始。

校长致词中,代表学校对梁州武警支队心系教育,支持军训表示衷心感谢,对参训教官表示热烈欢迎和诚挚谢意,对举行军训的目的意义进行了简要阐释,预祝本次军训活动取得圆满成功。梁州武警支队一个领导代表参训教官做了表态发言,强调本次参训教官都是支队精心挑选出来的军事尖子,他们多次完成了大中专学校的军训任务,值得信赖,要求教官们对同学们严格要求,热情服务,圆满完成预定的军训科目。

从此刻起,各班正式进入军营模式,六个班就是六个排,每个排的军训教官就是排长,军训的科目主要是队列队形、四面转法、齐步走、正步走和跑步走,以及进行内务整理的相关训练。军训时间是七天，最后要进行会操表演，各排要进行比赛排名。

五排的教官姓熊，是个四川人。他身高大概在一米六五左右，留着小平头，眼睛很大，不怒自威，给人第一印象很是严厉。他的四川普通话很有特色，大家戏称为"川普"，大家在休息时以学他说话为乐。

简短的自我介绍后，熊教官立即投入工作。全排49人，男生26人，女生23人，男生两列，女生两列，多余男生补充到女生队列中。每列12人，还有一列要多一人。熊教官按照大家个子的高矮很快就调整好了队形，他要求大家要迅速记住自己前后左右的人，以达到解散后再集合时能迅速找到自己位置的目标。

赵弘毅个子很矮，只能站在队列的最后，但最后的位置也很关键，因为在四面转法训练时，那是参照坐标，做得不好时也是挨批的对象。同桌林泽木个头和赵弘毅不相上下，两人都不愿意做这个"出头鸟"，因此谁后到，谁就做排头兵。有一次两人正在你推我挤时，熊教官过来了，把两人提到队伍前列，每人都被磕了几个"毛栗子"，要求站军姿10分钟，并明确赵弘毅就是这个队列的排头兵，后边再不得争抢其他位置。

可怜了这些师范生，在初中时候光顾着抓学习了，很少有同学上过标准、完整的体育课，以至于在军训时，笑话百出。很多同学分不清左右，向左转时向右转，向右转时向左转。喊向前看齐口令时，看不齐，队列歪歪扭扭。熊教官发了几次火，说你们中专生还比不上我们军营里没多少文化的新兵蛋子。

反复出错后，熊教官也无语了，只好让老出错的同学，把左手悄悄在下边攥成拳头,做个自我提醒标记,向前看齐时一律看着前边同学的后脑勺,把你视线挡住了,就说明你看齐了。

队列队形和四面转法训练了整整三天,最后达到的要求是横看竖看一条线,四面转法时方向不出错,动作整齐划一,只听见"咔咔"的和谐音符。

几天相处下来,大家伙儿在休息时间早已和熊教官打成一片,别看他军训时严厉起来像个钟馗,席地而坐时,随和得像个兄长,很俏皮,很可爱。和他学说四川话插科打诨,也成了同学们战胜烈日、忘却疲劳的最好神药。再看看体育班,同学们体质一流,男生们一个个牛高马大,女生们也是孔武有力,就是不服管教,教官在训练时手拿武装皮带,连吓带哄,带打,就是不管用,教官说他们五十几个人团结得就像五十几个人似的,简直没治了。普师班的学生总体来说,很守纪律,基本上没有不服从管教的学生,熊教官倒也自在。

齐步走训练开始了。尽管每个人在一岁多就学会了走路,但如何正确走路却是一个最大的问题。熊教官给大家演示了正确的走法,分解了动作要领。然后让一些学生上前演示,结果各种搞笑动作层出不穷,令人忍俊不禁。出脚的方式,摆臂的幅度,立定时候的双脚配合,对于大家来说都是难题。

教官把各列再分成几个小组,各自按照动作要领,反复训练,等练到差不多时,各列再统一动作,全排再统一训练。熊教官的方法很管用,通过动作分解,有分有合的训练,两天下来,大家已基本学会如何正确走路了,班级方阵的整齐统一程度令每个人自己都感到吃惊。

学会了走,学会跑就容易多了。不到半天时间,五排不但跑得很整齐，也跑出了气势。熊教官的经典口令是：快的慢点，慢的快点，小的标齐。这几句话后来成为五班的经典语言，一直伴随了大家三年时光。

最难的当然是走正步了。赵弘毅一直以来都认为正步走是中国人民解放军最美的身体语言，每次看到电视上国旗班卫士迈着矫健的正步升国旗时，总让他有一种热血沸腾的感觉。六个排集合在一起，首先观摩了六个排长的示范表演。六位教官动作简直帅呆了，酷毙了，美得无法比喻了。他们踢腿时，腿绷得直直的，高度一致，摆臂时，胸前胳膊弯曲角度完全一致，摆臂后手臂斜角相同，拳头成一条线。一整套动作下来绝对是行云流水，一气呵成，没有半点拖泥带水。下边席地而坐的六个班学生被这种美完全折服了，六位排长示范完毕后，下边爆发出雷鸣般的掌声，经久不息。

"我们也要走出这种六亲不认的步伐！"赵弘毅和他的同学们暗暗下定决心。仍然是采取动作分解法，各队列分进合围式训练法，大家开始了魔鬼式训练。最难的是踢腿时脚尖要绷直，小腿要绷直，摆臂时双臂的配合，摆臂与踢腿的配合。知易行难，要想全班达到动作协调统一，实在是太难了！

"饭是一口口吃的，大家不要着急，你急个什么吗？我们新兵训练时，正步走练了一个月，为了走好正步，我们在踢腿时下边还吊着一块砖！我对大家的标准不可能像对待军人那样高，大家只需要记住动作要领，一步一个脚印，慢慢练！"教官看出了大家急躁和急于求成的心理，给大家加油鼓气。

"你是啷格的？看啥子？我说的就是你！"教官对着赵弘毅吼叫起来，赵弘毅正在打白眼，看四排学生休息时和教官玩的击掌传花游戏。"啷格的,你耳朵打蚊子了?我们部队里有句话说的就是你:不打勤,不打懒,专打不长眼!"这句"耳朵打蚊子了"后来也成为五班的经典语言。赵弘毅被教官一阵吼叫,脸红得直到耳根。

半天下来,大家反反复复地踢腿,摆臂,都已疲惫不堪,有好些同学都蹲不下来了,腿疼得、酸得厉害。

"大家解散,休息!唱个歌!"熊教官发布命令。于是大家伙唱的唱歌,讲的讲笑话,人人都要表演节目。熊教官在大家的鼓动下,给大家唱了几首军旅歌曲,尽管嗓音不是太好,但军人唱军歌,自有一番韵味。

五天下来,队列队形、四面转法、齐步走、跑步走和正步走训练基本结束。第六天上午先是安排各个教官分别到各个宿舍指导大家整理内务。经过教官的几分钟整理,只见一个8人住的小宿舍,刷牙杯子摆放成一条线,牙刷的朝向也是一条线,门后挂的毛巾一条线,床下的拖鞋一条线,橱柜上的热水壶一条线……最难得的是被子叠得方方正正,简直如同豆腐块一样,四棱见线,让人叹为观止。

大家在啧啧赞叹中,便开始了内务整理实践活动,教官到各个宿舍轮流指导,一个小时过后,学校领导到各班宿舍检查,一个个露出满意的笑容,认为学生们学习军人整理内务很有必要。

接下来就是对前五天学习的科目进行复习巩固、提炼提升,准备迎接第二天就要举行的军训汇报表演。

会操表演在大家的焦急等待中,终于开始了!学校主要领导,梁州武警支队的领导在主席台前就座,一位武警中队长担任检阅主官,发布会操表演开始的号令。各排按照抽签次序依次进入主席台前,接受检阅。五排被抽到第三个上场,顺序号很理想,既不超前,也不滞后,符合大众的预期心理。平时英俊威武、自信满满的熊教官,看起来似乎有点小紧张。

"全体都有!立正!稍息!向左转……"大家在教官的口令下,动作整齐,有条不紊。只听见"咔咔"的脚步声,仿佛是一个人发出来的。齐步走、跑步走、正步走,也堪称完美,只见炉渣跑道上升腾起阵阵灰尘……

最后,五班以零失误、无可挑剔、整齐划一的动作,获得了会操表演第一名!全场沸腾了,几个年龄大的男生激动得把熊教官举起来了,抛起,再接下。大家高兴着,激动着,有女生甚至流下了激动的泪水。

校长最后发表了简短的即兴讲话,对七天来教官们辛苦努力的工作表示感谢,对全校新生取得的卓有成效的成绩表示祝贺!对同学们的顽强意志和精彩展示表示赞赏,希望大家把军训的这种状态、这种精神带到今后的学习生涯中,成为又红又专的人才。并亲自把一方"军武振国威"的牌匾赠送给梁州武警支队。

第五章

在与熊教官依依惜别后,五班的学生们开始了充实愉快的学习生活。中师学习与初中、高中都不同,它的培养目标是合格的小学教师,不存在中考和高考的压力,它对学生的要求是全面发展、个性突出,注重能力培养。除了不开英语课,高中开设的所有科目都有开设,当然还有高中所没有的教师专业课。

在这里,每一门课都是主课,没有主副之分。每一门课都要学好,不及格的话,第二学期开学要参加补考,补考要是再不及格,毕业前夕会再安排一次补考,如果再不及格,将影响到发不了毕业证,只能发肄业证,最终会影响到工作分配。因此大家在学习上也不敢过于懈怠。当然也有个别学生抱定的思想是:六十分万岁,多一分浪费。

中师一年级,开设的课程主要有:文选与写作、语文基础知识、代数、几何、生物、政治、物理、化学、体育、音乐、美术和书法。对于凭真本事考上师范的学生们来讲,这些需要统一命题制卷的考试学科,达到及格一点都不难。难的是学期末由专业课老师们自由裁量的体育、音乐、美术和书法等科目考试,这些学科在初中和高中学校都属于排在课表上,基本不上的学科,在人们根深蒂固的观念中,属于副课。在中师却是不折不扣的正课，要是学不好，照样补考，照样影响到正常毕业。

代数老师是班主任王大顺，他毕业于陈仓师范学院数学系，数学功底很深。他讲得数列也好，多元方程、方程组、不等式组的解法也罢，条理清楚，简洁明了，大家一学就会，于是他会不时地给大家带来一些高难度的奥数题，专门来杀杀这些中专生的傲气。

他管班以细致、严厉而出名，非常关注细节，对学生的要求近乎严苛，所以五班在一年级时以遵纪守规而闻名，但活力略显不足。比如他要求宿舍和教室的地面必须用拖把拖得明光闪闪，不得有半点污渍，宿舍物品、教室抽屉里书本摆放必须整齐，作业格式必须按照统一要求，不得有半分出入，自习时间不能容许任何人讲半句闲话，迟到半秒也是不允许的。若有违反，他会用严厉的关中话嚷得你睁不开眼睛。也许正是这种严格要求，五班的学生大多都养成了爱整齐、重细节的好习惯。

几何老师是四班的班主任，是王大顺的师弟，当年刚从陈仓师范学院数学系毕业，是陈仓人，普通话鼻音较浓，知识丰富，就是表达能力欠佳，教学水平属于提高阶段，好多同学听起来都觉得有点费力，赵弘毅有时干脆自己看课本自学。不过后来经过一段时间的磨合，他的课倒是讲得越来越好了。

文选与写作课是大家都很喜欢的课，老师叫王招娣，是一个从师大中文系刚刚毕业不久的美女。她个子不高，但也生得小巧，声音很甜美。一篇《鸿门宴》让她讲得使大家如同身临其境，刘邦和项羽的形象简直是呼之欲出；"氓之蚩蚩，抱布贸丝……"她把"氓"讲活了，一个喜新厌旧、忘恩负义的小人形象让人切齿……

语文基础知识这门课略显枯燥，好在代课老师钱拥军是一位帅哥，说话风趣幽默，每节课只讲20分钟，他非常善于把语文基础知识编成歌，帮助大家记忆。比如在讲句子成分时，他如此讲道：主谓宾定状补，六大成分记清楚，定状在前补在后，成分帽子不乱扣。直到今天同学们都还记得牢牢的。一节课剩下时间就是让大家就有关话题上台交流发言，来锻炼大家的胆量和口才，大家都很喜欢上他的课，一节课往往是在轻松愉快和留恋不舍中结束。后来钱老师改行从政，多年后成为一名副厅级领导干部，这是后话。

生物老师李琦是一位年过半百的老教师，说不来普通话，讲课全用梁州土话，听起来倒也亲切，颇有乡土气息。他治学严谨，不放过任何一个知识点，在生活上对大家就如同父亲一样，很是关心。他虽然不讲普通话，但是对字的读音一点儿也不马虎，他经常引用的实例是：某年他带的一个学生在生物考试结束后，急急匆匆找到他说："老师，不好了，我把人体器官里的'贤脏'写掉了。"原来是该生把肾脏读成了贤脏，钱老师说："就凭你这一声贤脏，你的生物本学期就不及格！"这一举例不知是真是假，反正吓得大家上课时对于认不准的字，再也不敢马虎，赶紧查字典。

物理和化学课是两门实验科学，初中时候知识很浅，赵弘毅几乎都是靠死记硬背，学校也没有实验室，大概只做过氧气制造这样一个演示实验。今天不同了，二师有较为标准的物理和化学实验室，物理老师林荣，化学老师刘文革，他们都是科班出身，不但每节课都会有演示实验，还非常重视分组实验，每月会安排一次到两次分组实验。这自然是极大地提高了同学们的学习热情,而且让大家初步学会了科学研究的方法:提出或发现问题——大胆猜想——实验验证——实验报告——得出结论。

第六章

　　这些统考科目，自然不必多说，都是赵弘毅的强项，学习起来一点儿也不觉得吃力。对于他来说，难就难在体、音、美和书法课。这些课在初中时，老实说，学校不重视，自己也不重视，几乎没有上过一次规范完整的课。现如今都成了主课，实在马虎不得。

　　体育老师是体育班的班主任，第一节课就给大家来了一个下马威，让男生来个1500米跑，女生800米跑，全班绝大多数同学都不达标。后来的引体向上以及推铅球等训练项目对于赵弘毅来说都是老大难，结果第一学期体育挂了科，开年参加了补考。

　　美术课稍稍强一点。从小就喜欢看连环画的赵弘毅对人物素描倒是很感兴趣，他经常在白纸上照猫画虎。对于第一学期开设的静物写真和人物速写，赵弘毅很感兴趣。这当然也不简单，里面的学问很深，就比如握铅笔的姿势和写字来说就大为不同，其他如光线对比，明暗规律，人体各部分结构比例，都是科学，赵弘毅在这之前闻所未闻。

　　美术老师刘金鹏据说毕业于长安美术学院，个子很高，留着艺术家常留的那种长发，脸上胡子经常刮得干干净净，看得见青筋。他讲美术理论知识一节课不超过6分钟,其他时间就让大家不停地画。他讲美术理论知识时,往往都是捞干的,关键词、数字在黑板上板书后,自己先做示范,然后就是让大家画。先是练习静物写生,然后就是画石膏像,学校美术室里常见的都是一些外国人头像,往往都是高鼻梁,卷头发。刘老师一一介绍,这是太阳神阿波罗、雅典娜女神、爱神断臂维纳斯,那里是大卫、卡拉卡拉、米开朗琪罗。刘老师也顺带给大家讲一讲古希腊和古罗马的神话传说,他说只有了解了这些人物的生平事迹,才能画出气质和神韵来。

碰到心情太好或太不爽的时候,他会把教室门反锁,说是教大家练气功。他说他是张××大师的高足,他练的不是钢枪刺喉的硬气功,而是意念气功。他让大家闭上眼睛,心里默念:88643,59446……想象着自己灵魂脱壳,翻越千山万水,回到家乡,看见亲人的景象。

几年后,国家重点打击××功时,同学们不由得一个个后背发凉,当年的刘老师难道也是一位××功信徒?据说他后来辞职下海,去了南方。

画完静物和石膏像后,就开始学习人物写生。刘金鹏老师分别在班上选了一名女生和男生做模特儿,要求大家分别完成写生,要画出女孩儿阴柔之美和男孩儿的健美阳刚。照样是他先做示范,唰唰唰,寥寥几笔,就把女生的美丽之姿,跃然纸上,可谓形神兼备。然后就要求两个模特儿保持固定姿势和神态,让大家开始画,下课前五分钟进行讲评。经过前一段时间的练习,别说大多数同学都还画得不错,赵弘毅的作品受到了刘老师好评,说他的写生不仅仅是形似,更重要的是有几分神似,问他是不是在其他地方学过，赵弘毅说，没有，这是第一次。刘老师拍拍赵弘毅的肩膀，说他有学美术的天赋，好好弄，以后兴许可以报考长安美术学院。赵弘毅听了夸赞，自豪感油然而生。

第三个月的一天，班内所有学生按照刘金鹏老师的要求，都到校园商店买了一个画夹子，说是要为下周到室外写生做好准备。这是大家期盼已久的事情，到室外去可以晒晒太阳，还可以聊聊天儿，看看风景，多好！

这一天终于来到了，先是就近安排到校园内写生，地点在学校林荫小道上，不过已经到了秋天，树叶都黄了，而且落下不少，稀稀疏疏的。刘老师给大家的题目是，就画那些树，还可以画通往打水房的那座小拱桥。

"这该怎么画啊，树有啥好画的？"大家有点儿不耐烦。

"把简单的事物画好就不简单！你们不是学过达·芬奇画鸡蛋的课文吗？你们要把这几棵树画出味道来可不容易呢！"刘老师看出了大家的疑惑。

后来，刘老师又带领大家到了沔江边，画渡船，画对面的高楼，画沔江，画远处的大桥……从未在室外上过课的同学们就像是逃出笼子的鸟儿，感到既兴奋，又新奇，又好玩儿，大家都喜欢上了美术课。

音乐课分为视唱和琴法两个部分，特别难受的是去辨认五线谱上边的音符，大家戏称是蝌蚪，直晃瞎你的眼。打节奏也是靠悟性，有些同学压根儿找不到北，纯粹跟着大家滥竽充数。

音乐老师王丽是一个冰冷的美女，脸时刻绷得紧紧的，感觉就是拒人千里之外，估计心情一直不大好。常常为大家不能很快理解并记住她讲的乐理知识而在课堂上大发雷霆。大家也

第六章

是战战兢兢，如履薄冰。上琴法课时，她直说男同学的手僵硬得就如同是鸡爪子，不像是来弹琴的，倒更像是来刨土的。

　　第二学期很快就换了音乐教师，换成活泼开朗、幽默搞笑的冯伟老师，他是学美声唱法的。一上讲台，一首帕瓦罗蒂的《我的太阳》便把大家镇住了。他非常善于打比方，往往把抽象难懂的乐理知识用大家乐见的事物比喻出来，不但很容易理解，而且让人终生难忘。他中等个子，微胖，留着络腮胡子，戴着茶色眼镜，脸上经常洋溢着笑容。五一劳动节，他和教高中的英语老师陆曼曼结了婚，他们的结婚对联很有特点，上联是"1234567"，下联是"ABCDEFG"，横批是"卡拉OK"，让人们忍俊不禁。最搞笑的是，两人有一次穿着文化衫手挽手在校园里闲逛，冯伟老师背上写着"环肥"，陆曼曼老师背上则写着"燕瘦"，相映成趣。

　　写一手漂亮的三笔字（毛笔、钢笔和粉笔字）是师范生的基本功，当然写得一手好字也是未来从事教师职业的第二张脸。因此无论是学校领导，还是班主任老师都非常重视大家的书法练习。

　　书法老师吴运久是一个优点很多、缺点不少的可爱老头儿。据他自己讲，他以前是代文选课的，后来有位书法老师请假，就让他临时代了一学期书法课，结果学生们便深深喜欢上了他的书法课，学生们向校长写了联名信，坚决要求他教书法课，不让他回去带文选了。事情是否如此，没有人去考证。

　　但他的书法功力也的确有两把刷子，特别是楷书堪称一绝。在北京亚运会召开前夕，在一次庆祝亚运会召开的全国书法大赛中，他获得了二等奖，获奖证书，他几乎在全校所有班级都曾经炫耀过一遍。他指导同学写字有规律,一是你得买他写的字帖,二是喜欢给漂亮的女生手把手辅导,这成为大家最诟病他的地方。

其实老头子其他一切都挺好,甚至可以说超级可爱!特别是讲字的间架结构很形象、很到位,像什么上紧下松啊,左窄右宽啊,运笔要稳啊,呼吸要匀称啊,这些要领,他几乎节节课都讲。

一些同学的毛笔字写得不好,他当场张嘴就调侃:"张波,你看你的这个'安'字,像不像你穿你哥的大裆裤,掉裆啊!"

"孟飞啊,这个'波'字最后一笔要写成刀片状,你看你写成啥啦,成烂扫把了。"他的课总是充满笑声,大家在课余饭后,以学说他的话为乐。

他似乎对文选课有很深的情结,经常还念念不忘。他总是喜欢在夕会时间到各班遛弯,和大家探讨一些经典篇目。

"《孔雀东南飞》中把刘兰芝写得如此聪明能干,焦仲卿母亲为何不满,非要活活拆散一对恩爱夫妻?那还不是因为刘兰芝患了不孕不育症。"

"什么叫大弦嘈嘈如急雨,小弦切切如私语?没有音乐知识的人讲不好这课。"

他总喜欢在平静的课堂上扔下几枚"炸弹",于是大家饶有兴趣地听他摆龙门阵。

书法考试过后,成绩未上报前,他喜到各班教室放风:某某书法不及格。有一次他来到五班教室,当着全班同学面说起了赵弘毅的同桌林泽木:"林泽木啊,家里有电话没有?没有啊,那你只能是给你爸拍个电报,让他买上50斤木炭,你寒假回去需要烤火练字,准备迎接来年书法补考!"

　　精通时事的人就对林泽木说,你得在他把成绩上报教务处之前赶快找他,要么给买两包祝尔康烟,要么买几幅他写的对联,保证你过关。林泽木将信将疑,忐忑不安中给老头儿买了两包烟。结果当天夕会时间,他就到教室了。

　　"同学们,昨天我在班上说了林泽木关于书法补考的事宜,结果这个同学今天找到我,向我请教如何写好字,并且向我畅谈了对我一幅书法作品的理解,他谈得很好嘛!不会写字,会欣赏字,也是一种进步嘛。所以,我决定高抬一下,给他六十分,让他回家安心过大年!大家有没有意见?"

　　"没有!"

　　你知我知的默契,顿时间教室里笑声一片,春意融融!

　　许多年以后,素质教育大行其道。何为素质教育?它和应试教育的区别和联系在哪里?应该如何践行?这些年来,可以说素质教育的口号喊得惊天动地,应试教育却抓得扎扎实实。赵弘毅到现在都认为那个时候的师范教育其实就是一种素质教育,它既不同于高中的应试教育,又不同于一些学校的放任自流。这里的每一个学生都是以一种认真负责的态度,对待每一门学科的学习,班里学习氛围浓厚,大家双基(基本知识和基本技能)普遍扎实,特别注重把知识转化为能力,重视全面发展,因为这里的办学理念就是全面发展、特长突出。

　　大家在学好科学文化知识的同时,兴趣和特长也渐渐得到挖掘和发挥,很多同学踊跃报名参加了各种各样的兴趣辅导班,比如散打班、素描提高班、书法班、演讲班、写作班、文学社等。很多同学都很健谈,说拉弹唱,是说来就来。

什么是素质教育？20世纪80年代和90年代的中等师范教育，就是！中师生毕业后，分配到城乡的小学，普遍受欢迎。因为他们都是通才教师，从来不会去挑剔分配的教学科目，按照一个有名的乡村学校老校长的说法，他们都是满坛子滚的人！按理说，中师生毕业是要当小学教师的，但是中师毕业生在当时的初中学校也很受欢迎，好多初中校长直接到教育局要中师毕业生。以至于几年后赵弘毅毕业到初中学校上班时，所在学校校长直言，要谈工作，讲教书育人，抓成绩，提质量，我宁可要中师毕业生，不想要师范专科毕业大学生。论教书，大专生绝对不如中师生！老校长的理论依据是，大专生尽管知识层次高，但是普遍有傲气，虽有本事，但不愿出全力，往往不好驾驭和管理，而且学什么专业就只会带什么课，不像中师生：普遍谦虚，爱钻研，爱学习，有后劲儿，分啥课带啥课！此话虽有失偏颇，但中师生的能力和水平由此可见很不一般，在下边学校是很受欢迎的。

赵弘毅喜欢上了课外阅读，一到中午饭后，他都会以百米赛跑的速度跑到阅览室抢占座位，翻看报刊，关心时事新闻。他特别爱看《参考消息》《读者文摘》和《美文》，在以后的三年时间里，他把这一爱读书的习惯长期坚持了下来。在这里他知道了苏联解体，知道了京九铁路开工，知道了邓小平南方谈话，了解了党的十四大等许多新闻热点问题，这些直接影响到了他以后的文风，写作水平也有了明显提高。

第七章

开学一个多月了,赵弘毅和班里许多同学都没有离开过校园。他渐渐熟悉了中师校园生活的节奏,在这里他学会了自己洗衣服,每天学习、看书、适当运动,整个生活安排得井井有条。他喜欢上了这种"湾里无甲子,寒尽不知年"的生活。这种日子对于喜爱学习、求实上进的十五六岁少年来说是相当可贵的,让他们远离了闹市的喧嚣,和各种不良风气的交叉感染。很多年后,赵弘毅再也找不到当年那种可以静心读书、潜心研究的心境,便越发怀念起那个早已远去的时代。

终于迎来了难得的星期天,班里的不少同学商量着要进梁州城里去逛一逛。吃过早餐,赵弘毅和王振、孟飞三人相约一块儿准备进城去见见世面。

从学校进城说远不远,说近也不近,全程需要步行。先是要经过九里湾的石子路来到西津渡口,然后再乘坐渡船过沔江,接着要穿越几里长的西关街道,最后才能到达中心城区。

一到周末,九里湾便热闹起来。从校门口到西津渡口,人员来往,络绎不绝,这其中绝大多数是梁州二师的学生,他们之中步行者居多,也有部分老师和学生骑着自行车过渡进城的。赵弘毅他们三人来到西津渡口时,已有很多学生在此等候过渡了。因为当天只有一艘机动渡船来往，无论是过往都需要耐心等候，而且每一次都不能超员，需要排队。

虽然梁州二师和城区只隔着一条江，在江边就能看见梁州西关，但也实在是不方便得很，光来回过渡就至少需要半个小时。赵弘毅心想，人们经常说：宁隔千座山，不隔一条江，说的就是这个意思吧。当然也可以不用过渡，直接沿着新生到校报到时候所经过的黄土路步行到梁州城北桥头，过桥即可。只是这条路要经过荒无人烟的黄沙沟，治安状况很不好，而且路很难走，雨天一脚泥，晴天一身灰。除非渡船停摆，一般很少有人选择从那里步行进城。

赵弘毅他们终于排队上了渡船，船费两角钱，三人AA制各付各的账。有一些从来没有坐过船的学生对过渡惊奇不已，这里瞅瞅，那里瞧瞧，船老大一声大吼："都给我坐好，不想过去的，下去！"王振不由得吐了吐舌头，做了个鬼脸。大家坐整齐了后，船太公便提锚，撑篙，转向，向江对岸进发。此时船舱里只听见柴油机的轰鸣声，小声说话根本听不见。十几分钟的行船，让大家有闲暇时间来欣赏这条美丽的江水。此江名唤沔江，是长江最长的支流，江水以清澈而著名，在梁州城向上十多里处，修建了一个大坝，建了水力发电厂。江水因此受到大坝调控，时而满江河水，浩浩汤汤，时而水流骤然减少，只看见满江的砂石。

下了船，赵弘毅三人像脱缰的野马，几乎是一路小跑着穿越了西关古街，他们要赶时间去看电影。赵弘毅提议到梁州影剧院去看，参加中专考试时他到那里去看过一次，电影院地方大，上档次，环境相当不错。

第七章

运气真好,到达影剧院时,电影还有5分钟才开演,三人AA制买了电影票,抓紧时间进场。电影是《黄飞鸿》,一个半小时的功夫片,故事情节扣人心弦,打斗场面也是精彩万分。十五六岁正是好动的年龄,这种片子很对三位男同学的胃口,赵弘毅也因此很快就记住了宝芝林,记住了牙擦苏,记住了黄飞鸿的无影脚,好多年以后回想起来,他都觉得这个电影很带劲儿。

电影散场了,三人开始在街道上漫无目的地闲逛。三人一路闲谝,不知不觉便走到了解放路的体育场,周末的运动场上自然是热闹非凡,足球场上两支球队正在紧张比赛。老实说,赵弘毅他们三人对足球比赛不感兴趣,更准确地说实在是看不懂。旁边的篮球场也是人头攒动,原来梁州师范学校(一师)和梁州农校、梁州卫校的几支球队正在这里打比赛,现在场上比赛的是梁州师范对阵梁州卫校,三人当然是自发地选边站队,当起了梁州师范的啦啦队,谁让天下师范是一家呢!爱好篮球的王振直觉得手心发痒,好想上场。

"这个球应该传过去,你打什么孤老球嘛!哎,这个球你传什么传,直接上篮嘛,机不可失。我把你们几个都服了,都想当英雄,耍威风,不懂得配合,五个人团结得像五个人似的!"此时王振给另外两人热情地当起了现场解说。赵弘毅笑道:"王振啊,我看你是皇帝不急太监急!咸吃萝卜淡操心!"

体育场在城里,热闹是属于城里人的。三人继续闲逛,来到了天鹅湖广场,说是天鹅湖,既没有天鹅,也没有湖水。只见一个大理石妇女塑像,赵弘毅和王振不知是何含义。

"这里大有文章。我听高年级老乡说,梁州城里有三个标

46

志性的物件，一个就是这天鹅湖广场上的妇女像，另外两个在梁州大桥进城大门上，分别是四只铁牛和一只飞雕，象征着外地人对梁州的整体印象，那就是又牛，又刁（雕），又泼（妇）。"

孟飞一席话把另外两人逗得笑得直不起腰来，不由得感叹："哎！也不知是哪个家伙对梁州不满，竟然这样杂酱咱们梁州人。"

天鹅湖广场是梁州的市中心，所在的银州路是梁州城最繁华的地段。整个银州路上，车水马龙，川流不息。这对于早已习惯了寂静九里湾生活的三个中师生来说，仿佛是穿越到了另一个世界。好东西太多了，只有你想不到的，没有你买不到的。

王振买了一支长笛，孟飞则看上了一双板鞋。赵弘毅面对着琳琅满目的商品，也不禁有了买这买那的冲动，可当他手触碰到裤子口袋里羞涩的几张毛票时，终于还是忍住了，他想起了身体单薄的父亲在土里刨食的艰辛，他必须学会克制自己对优越物质生活的幻想。口袋里的几元钱还是最近一个月省吃俭用从牙缝里省出来的，好钢必须用在刀刃上，他的想法是买一本心仪已久的小说——路遥的《人生》。

穿过银州北路，三人来到了位于西大街口的新华书店。周末的书店也是人来人往，摩肩接踵。三人进了书店，分头行动，寻找各自的最爱。王振买了一本《庞中华钢笔字帖》，喜爱书法的孟飞买了一本颜真卿多宝塔碑字帖。赵弘毅找啊找，终于看见《人生》这部小说了，而且只剩下唯一的一本，此时正懒洋洋地躺在一大堆小说中，待价而沽。赵弘毅看看单价，不便宜啊，3.8元，这可是他接近四天的生活费啊！买还是不买，这都是一个问题。把口袋里的毛票全取出来，只有3元钱，还

第七章

差 8 角钱。

"我出 8 角钱,到时你看完后,让我看一遍,书还是你的,钱不用还!" 王振看出了赵弘毅的尴尬,爽快地说。

"那怎么行?算我借你的,下次还你。"赵弘毅不想占这种便宜。

"行,怎么做都好说。"王振拗不过赵弘毅。

走出书店时快到四点半了,三人的肚子都开始咕咕叫了。赵弘毅现在口袋里没有一分钱了,心想只有坚持到回学校食堂吃了。孟飞看穿了赵弘毅的心思,提议由他请客,请大家去吃一盘梁州蒸面。孟飞家里条件不错,父亲是邮电所长,哥哥是教师,零用钱比较宽裕。赵弘毅和王振两人实在是盛情难却,那就去吃吧。

梁州蒸面乃梁州一绝,是梁州美食文化的代表。作为一个最地道的梁州人,每天早上最过瘾、最享受的就是来一盘正宗的梁州蒸面了。蒸面以小麦面粉为主料,添加少许食盐,用水和成面浆,将面糊盛入表面擦有食油的铁制或铝制蒸面锣里,放入大口铁锅水里蒸,数分钟后,一圆形、青黄、柔软的蒸面即成。再配之以豆芽或黄瓜,浇上蒜泥、芝麻酱、油泼辣子和秘制的醋汤即可食用。其好坏,一是看面的筋丝、色泽、柔软度,二是看作料,特别是熬醋和油泼辣子。俗话说,杀猪杀屁眼儿,各有各的杀法,梁州城里的蒸面,有名气的如刘家蒸面、谭家蒸面、兰家蒸面等,都有自己秘不外传的方子。

现在三人正走在西大街上,前面不远就是兰家蒸面了。这家店子基本上每天开 12 个小时左右,很多都是回头客。三人找个位置坐下,孟飞叫了三大盘蒸面,外加一大壶七里稠酒。兰家蒸面果真名不虚传，当然也是肚子饿了，三人吃起来格外香。再喝上一大口七里稠酒，简直是沁人心脾，爽到心尖儿上。

赵弘毅是第一次喝七里稠酒，以前他喝过腊酒，喝过宴宾酒——一种酸甜酸甜的酒，这土法酿造的稠酒喝来味道极为香甜。就着蒸面喝稠酒，也是梁州城小老百姓的标配，梁州二师很多同学到了周末也都会三五成群地到外边小店里来一次，而赵弘毅今天还是头一次，禁不住劝，多喝两碗，结果很快有了反应。稠酒虽好，但也不可贪杯啊。这酒喝多了会上头，而且是慢慢地发作，三人很快都上了脸，红红的，赵弘毅走出店门时甚至有点飘，暗自后悔不该喝酒。

带着三分酒意，三个同学兴致很浓，相约着到新修的河堤上去逛逛，他们想到1983年发生特大洪水灾害的纪念碑前看一下。赵弘毅从《梁州县志》上得知，梁州城历史上一直是一座多灾多难和不屈的城池。据悉，从15世纪前后至1983年的580年，仅梁州城决堤淹城的灾害性洪水就有17次，平均34年为一次；其中毁灭性的特大洪水有10次，近60年一次。1983年7月下旬，沔江流域普降大雨，沔江出现特大洪峰。31日22时18分，最大流量31000立方米每秒，梁州老城被淹没，89600人受灾，870余人遇难，损失4.1亿元，这就是梁州历史上难忘的"731"洪灾事件。洪灾发生后全城党政军民万众一心，同洪水展开了生死搏斗。国家领导人也曾亲临梁州视察灾情，指导抗洪救灾工作，这期间全国各地也纷纷捐款捐物，支援梁州人民。

灾后不久，国务院拨出专款支持梁州城重建工作，首先就修了这一条总长大约4公里的防洪长堤，并在梁州城防洪指挥部所在的那一段城堤上,修建了1983年最高洪水线永久性标志纪念碑,目的是前事不忘,后事之师,让人们永远记住那难以忘却的伤痛,提高警惕,防止历史的悲剧重演。

赵弘毅三人来到纪念碑前,唏嘘不已。他们为曾经的死难者默哀,为英雄不屈的梁州人民骄傲和自豪。三人站在城堤上,看着太阳的最后一点余晖,慢慢地沉到沔江里去了。

他们猛然想起该回学校了。大家暗自埋怨,只图好玩儿,估计要错过摆渡了。无奈之下,三人决定从梁州大桥过去,走黄沙沟土路回去。这黄沙沟到今天,高楼已是鳞次栉比,在那个时候却是一片荒芜之地,很远都没有一个人家,据说有一些坏人就经常在这里打劫,挣点买路钱。很多学生一般都不从这里走,今天赵弘毅三人一是时间有点晚,二是带点酒劲儿,便把这点危险也不放在眼里了。

不坐渡船,走路回学校也有两条路可走,一个是沿着新生报到时走的公路,有点远路,另一个是从梁州北桥头往下走,到达沔江边,沿着沔江往上游走,一直走到九里湾水泥厂,再往九里湾方向走。三人决定抄小路走,这样可以少走一些路,节省时间。

夕阳西下,三人在沔江边散步,倒也十分惬意。晚霞投射在江水里,半江瑟瑟半江红,煞是好看。远远看去,一对恋人正在江边的一块草坪上拥吻,三人赶快逃也似的从旁边奔跑过去,仿佛是他们干了什么亏心事似的。走过去后,王振直喊叫,应该多看一会儿,这比看爱情电影还要过瘾,其他两人直笑他没出息。

平安无事。半个小时左右,他们就看到了九里湾水泥厂冒着黑烟的烟囱了,觉得安全了!原来此处就是荒凉一点,并没有传说中的可怕。孟飞说,他今天算是真正明白小马过河这个寓言故事的真谛了。

回到学校时已经快 6 点了,班里同学也没有闲着,有的在打篮球,有的在打排球,有的在打羽毛球。还有几个同学正在操场上学骑自行车,摔倒,爬起来,再摔倒……热心帮助的同学一边反复地讲解骑自行车的要领,一边跟着车跑。赵弘毅前两个周末用同学的车学过,经过数不清的摔跤之后,现在已基本上可以骑着走了,就是会车和临时处置能力还不足。说来也怪,刚学骑自行车的人,你明明看见前边有障碍,有人,心里想着要让开,可是车子就是不听招呼,偏偏要往那里撞。

他决定在上晚自习前,再抓紧时间温习一下骑车要领,特别是上车技术还要再提升一下,目前他只会上死车(就是人先骑上去,一脚蹬踏脚板,借助惯性起步),他今天要学会上活车(就是一个脚踩在踏脚板上,让车滑行一段距离后,再借助惯性,翻身上车)。方法和窍门都很简单,看别人骑着也特简单,但是会者不难,难者不会。功夫不负有心人,经过多次尝试,今天他终于初得要领,勉强可以上活车起步了,也可以像其他人一样在跑道上优哉游哉地骑行了。

赵弘毅心想,看来毛主席的"世上无难事,只要肯登攀",的确是一个颠扑不破的真理,岂止是学骑自行车如此,世间其他事情莫不如此。我今后一定要发扬"一不怕害羞,二不怕吃苦"的精神,不但要努力学好各门科学文化知识,还要积极锻炼各方面能力,别人能做到的,我照样也可以做到。

真是一个难忘的星期天,赵弘毅收获满满!今天晚自习又没有作业,看来可以安心地看《人生》了。

第八章

路遥是赵弘毅特别喜爱的作家，认识路遥还是源于他初三时语文老师的推荐。那时候，他的初三语文老师刚刚从梁州师范专科学校毕业，英俊潇洒，谈吐不凡，提起路遥更是赞不绝口，说他是中国当代文坛的领军人物。建议大家有机会读读《惊心动魄的一幕》，读读《人生》，读读《平凡的世界》。而今天买的书，就包括《人生》《惊心动魄的一幕》和《在困难的日子里》三部小说。

小说在题记中引用柳青的名言，一下子就抓住了赵弘毅的心。柳青说：人生的道路虽然漫长，但紧要处常常只有几步，特别是当人年轻的时候。没有一个人的生活道路是笔直的，没有岔道的。有些岔道口，譬如政治上的岔道口，事业上的岔道口，个人生活上的岔道口，你走错一步，可以影响人生的一个时期，也可以影响一生。

赵弘毅瞬间就走进了高加林的人生中去了。他觉得高加林实际上就是他自己，他为高加林被挤掉民办教师职位愤愤不平，他为刘巧珍对高加林的帮助和爱情而感动，他对一个农村青年要跳出农门的渴望感同身受……

他觉得自己比高加林命运稍微好一些，从刚开始中考落榜再到峰回路转只有一个月时间,即便如此,也仿佛让他经历了天上人间。他由此想起了初中校长给他们初三学生开动员会时常讲的话:你们今天的学习状态将决定未来你们是穿皮鞋,还是穿草鞋,别看你们今天坐在同一个教室和同一条板凳上,但因为学习成绩不同,你们明天就会成为不同的人,就如同鲁迅《故乡》中的少爷和闰土一样,会成为熟悉的陌生人。今天读这部小说,让他对校长的话语有了更深的认识。

教室灯熄了,宿舍的灯熄了……赵弘毅依依不舍中,只有放下书,脚都没有洗直接上床睡觉,等着明天继续看。

刚刚熄灯的宿舍,此时却热闹非凡。睡前半小时闲谝,历来就是这个大宿舍的保留节目。性意识已萌动的少年们,常常是蠢蠢欲动,对异性的向往欲说还休。班里、班外长得好看的女生会成为大家热聊的对象,大家经常是乱点鸳鸯谱,说谁喜欢谁,谁爱着谁。每天相同的时段,相同的节目不断地重复上演,一个个竟然乐此不疲。赵弘毅突然间有点讨厌这些长舌男,认为他们简直俗不可耐,不可救药。

这时候,王振神秘兮兮地对大家说:"你们今天没有进城的同学简直亏大了!你猜我们三个人看到啥了?"

"别卖关子,说!"大家有点不耐烦。

于是王振便把沔江边看到的一对恋人亲热的一幕,绘声绘色地大讲一通。明明是迅速穿过,他硬要说成是驻足欣赏;明明是只看见两个背影,他硬是说成女的美貌如花,身材婀娜,那男的是其貌不扬,猥琐丑陋。一番杜撰,把宿舍里这些处于青春萌动期的少年的性幻想天窗彻底打开了。有艳羡不已的,有大骂流氓的,有打破砂锅问到底,追问细节的……赵弘毅和

第八章

孟飞暗自好笑，任凭王振编排故事。

　　宿舍里有一个已经20来岁的同学便露出不屑一顾的神态，轻描淡写地说："纸上谈兵，少见多怪，有啥好稀奇的？这种艳福我早就有过。"也不知是真是假，反正此言一出，大家便立马停了下来，央求大男人代表张波给大家来点猛料。于是张波便采取章回小说的形式，讲起他当年在初中看过的、经历过的那些糗事、美事，把大家伙儿逗得只剩下羡慕嫉妒恨了。张波很会拿捏大家的情绪，一讲到精彩处，便自动刹车，说："欲知后事如何，且听明晚分解！现在我以舍长名义命令大家睡觉，祝愿大家都做个好梦！"

　　几个周下来，大家便给张波起了一个外号——性专家。只是在教室和校园里大家都心照不宣地喊他专家，遇到几个不明就里的女生也跟着男生喊他专家，让这些男生一个个乐不可支。

　　刚睡下，就听见管公寓的老余头在大声训斥隔壁四班宿舍里的男生们。原来这个班有个男生过生日，他们邀请了几个女生过来助兴。结果熄灯了，节目还在继续，于是大家点起蜡烛，开起了烛光Party，没想到这一下子让老余头发现了，把他彻底惹恼火了。按照学校的规定，男生女生是不可以互串宿舍的，哪知四班学生本领大，几个同学一边假装向老余头问事情，遮住视线，打掩护，另一部分同学便把女生们悄悄地领到了宿舍。

　　想想其实也没有什么，也就是少男少女们在一起吃个蛋糕，谝谝而已。结果超了时间，让老余头发现了。老余头不依不饶，一边大骂不已，说一个个还没有算盘子儿大，就假装谈恋爱，羞他们先人！一边说要找保卫科和学生科反映，让学校好好管管。最后还是四班的舍长厉害，一边火速把女生送走，一边硬塞给老余头两包白沙烟，承认错误，担保不重犯类似错误！

　　本来五班的这些男生一个个都准备看一场好戏的，结果很快就落幕了，大家有点失望。按照学校管理制度规定，在校师范生是绝对不允许谈恋爱的。刚刚开学不到一个月，体育班有个学生不检点，就被开除了，这简直就是高压线！当然总还有胆大的同学，他们和学校玩起猫捉老鼠的游戏，不来明的，来暗的，谈恋爱活动转入地下。约会地点也是瞒天过海，经常变动，让学生会和校团委防不胜防，无法抓住现行或者把柄。还美其名曰：玩儿的就是心跳！可毕竟那只是极少数，绝大多数同学是不敢冒险的，大家都是极力去压抑那一颗颗跳动不已的心，把心思用在了学习上。

　　五班的同学很是听话，好像是到了快毕业时，才出现几对"黄昏恋"，可惜一对儿也没有走在一起。其他班级似乎比五班早熟一些，刚进校不多久，便已产生了几对地下恋人，据说甚至还有情侣过早地偷尝了禁果。

　　大概在11月中旬，学校保卫科、学生科联合召开了全校学生冬季安全暨思想政治工作会。

　　会上保卫科长李精忠就学校近年来出现的不安全及违纪事件做了列举式通报。李科长大概50多岁，是一位老复转军人，为人疾恶如仇，眼里容不得半点沙子。他讲话虽是梁州土话，但气沉丹田，底气深厚，铿锵有力！在这次大会上他回顾了他带领学校保卫科配合七里区派出所智破流氓案的经典案例。

　　那还是在三年前，学校外几个混混儿看上了学校幼师班的姑娘，经常骚扰。有一次，几个女生经过黄沙沟时险些被强奸，闹得学校女生们人人自危，不敢出校门。结果这几个痞子不但

第八章

55

不知道收敛，反而是色胆包天，在女生厕所外偷窥。怎么办？报了案，警察需要证据。于是李科长便和派出所联合起来演了一出好戏。

在一个黄昏时分，他们挑选几个长得非常漂亮的幼师班女生在黄沙路路边做诱饵，等着几个混混儿出手，然后隔着一段距离选派 30 个体育班的男生拿着少林棍，在后边护法，做护花使者。结果这些无法无天的痞子，以为机会来了，正要出手时，体育班的三十"棍僧"从天而降，直打得、吓得这几个痞子是大佛出世，二佛升天。一个也没有跑脱，公安人员很快就给他们戴上了手铐，经过审问和上次几个女生指认，正是强奸未遂之人。当时正在严打期间，这几个鼠辈便被重判入狱。

李科长在讲这一个案例时，简直是在给大家说一段评书，语速一会儿快，一会儿慢，声音一会儿高，一会儿低，讲到紧张处，大家几乎都是屏住呼吸，汗不敢出。

他接着又讲了巡夜发现学生谈恋爱的事情。他说有一夜，他拿着手电筒在校园里巡查，忽然间听见小树林里，声音不对头，树叶子哗哗啦啦，哗哗啦啦，他想难道是猫子打春？结果他走近用手电一照，一对学生情侣正在亲热，他气不打一处来，呸了一口痰。让人带到保卫科，给两人来了个留校察看。他说，校园是个干净的地方，绝对不允许出现这些乱七八糟的事情，我当兵多年，早就练就一双火眼金睛，谁要是不相信，你就试一下。

报告会上李科长的一阵当头棒喝，不知又吓退了多少想要谈恋爱的学生，浇灭了多少熊熊燃烧起来的爱的火焰。大家暗自告诫自己，一定要把心思用在学习上，要是早恋被学校知道，叫来父母,咱丢不起这个人。其实这对于身高不足一米五,体重不到九十斤的赵弘毅来说,谈恋爱是别人的事情,离自己太遥远。他现在的目标就是搞好所有学科的学习,争取期末考个好成绩,然后安安心心回家过年。

第八章

第九章

  这个周一，本届三个民师班的学员们也相继到校报到了。他们大都奋战在梁州地区农村学校好多年了。他们的身份是民办教师，同公办老师相比，待遇较低，只是比代理教师稍好一些。他们一般都是在七八十年代入职，大多数都是教小学。不要小看这一群人，他们为当时积贫积弱的乡村教育振兴曾做出了不可磨灭的贡献。

  赵弘毅小学时代遇到的老师基本上都是一些代理教师和民办教师。这些人大都是本乡本土的人，少部分是高中毕业，大多数是初中毕业。他们的特点是吃得了苦，耐得住寂寞，教书认真负责。当时民办教师转正有两种方式：一是参加转正考试，上师范学校民师班，取得中专学历后转正，另一种是教学资历特别老的，可以按照政策规定，直接办理转正手续。当然民办教师最大的梦想还是能考上民师班，既能转正，还可以培训提升，能取得中专学历证书。

  当时赵弘毅的小学班主任张老师也刚好考上了本届民师班。赵弘毅现在有幸和昔日的恩师成了中师一级的同学。这种师生同学现象在这一届里也实在算不上什么新闻，这一届里还有父子同学的、母女同学的。张老师是赵弘毅的小学恩师，赵弘毅能跳出农门，全得益于小学时代张老师的悉心培养。那时候，张老师教赵弘毅数学，非常善于启发学生思维，培养学生的自学能力。应用题是小学生普遍畏惧的题型，但张老师启发教学做得很好，无论是相遇问题、追及问题、工程问题，还是图形面积计算问题，她总能总结出解题规律和模式。赵弘毅在张老师的悉心教导下，做应用题更是得心应手，很多时候都被张老师喊到讲台上做小老师给全班学生讲，他是怎么思考这道题的。

赵弘毅亲自到车站把老师迎接进校园，跑前跑后，帮忙办理好了入学手续。张老师分在六班，刚好和赵弘毅他们五班是邻居。民师班只上两年，他们来得比普师班晚，却早一年毕业。带民师班的班主任老师都是经验丰富的老教师，对他们生活上很关心，学习上要求很严。这些民师班的学员也格外珍惜这难得的学习机会，课间除非上厕所或者偶尔会有几个老烟民抓紧时间在外边吸根烟，几乎很少有人在外边闲逛的。赵弘毅班上的老师就经常拿隔壁民师班学员的学习精神教育他们要珍惜时间，好好学习。

但是毕竟年龄不饶人，很多知识都已经遗忘，民师班的学员们在学习上是很吃力的，特别是数学课，很多题都不会解答。张老师经常在课间或放学时间，请赵弘毅前去辅导。结果赵弘毅刚刚辅导完张老师，其他学员也围上来了："小赵，请你也给我们讲一遍！"

一个人的时间和精力毕竟有限，赵弘毅有点应付不过来了。这可都是当年有恩于他们的老师啊，得想办法帮帮他们。赵弘毅组织了班里七八个数理化学得好，又能热心助人的同学，成立了五班、六班结对帮扶小组，定期到民师班答疑解惑。没想到，赵弘毅他们八位同学火了！六班班主任上报了学校，校长在早操晨会上对他们这种行为大为赞赏，号召普师班其他班级、其他同学要向他们学习，要多帮助民师班的老师辈儿学员，实现共同进步！

其实也不要小看了这些民师班学员！除了文化课学习有点吃力外，他们在其他方面却是很厉害的，六班就是卧虎藏龙之地。

田斌老师的二胡拉得贼好，一曲《二泉映月》直拉得人泪花在眼眶里打转转，很快五班就有几位同学上街买了二胡拜师学艺，两个月下来竟也拉得有模有样。

李敏老师年轻时候在新疆待过，维吾尔族舞蹈《亚克西》跳起来简直是美不胜收，让人如醉如痴。几位爱好舞蹈的同学缠着李老师，不但学会了《亚克西》，还排了一个藏族舞蹈，成为后来五班参加学校元旦晚会的经典节目。

王大正老师出身于武林世家，不论是少林拳，还是长拳，还是散打格斗，他打斗起来无不虎虎生风，令人叹为观止。他冬练三九，夏练三伏，可以说是风雨无阻。真要是格斗起来的话，两三个小伙子根本近不了身。五班七八个男生很快就成了他的铁粉，想方设法要拜师学艺。王老师说，我不收徒，指导可以，但是一要看缘分，二要看你们有没有毅力，三要看你们有没有练武的慧根。经过挑选，有两位同学最终成了王老师的不记名弟子。

如何上好一节课，怎么把书本知识让小学生听得明白，学得轻松，已有过十几年甚至20年教龄的民师班学员更是普师班学生的当然老师。很多见习和实习的毕业班学生试讲时，找这些学员请教，征求意见。

班主任王大顺老师以此上了一节班会课。他说："有一个思想家曾经这么说过，你有一个苹果，我有一个苹果，交换后，还是只有一个苹果；你有一种思想，我有一种思想，交换后，就会有两种思想。你们今天和民师班学员的相互学习、相互帮助正好就说明了这一点。孔子告诉我们，三人行必有我师，此言不虚啊！

"你们不仅仅是要和六班的学员们结交朋友，更要和其他所有班级的同学交朋友，出了学校，走上社会，更要广交朋友！要知道独学而无友，则孤陋而寡闻。一定要有开放的思维和眼光！无论是个人还是国家，都不可能在封闭的状态下求得发展！"

以五班为代表的学生迅速在全校掀起了一场结交朋友、完善自我的运动。爱好书法的孟飞联合本年级的二十多位书法爱好者成立了书法社团，爱好文学的赵弘毅发起成立了梁州潮文学社，爱好篮球运动的王振则带头成立了"梦之队"篮球之友协会，喜欢做化学实验的谢超则成立了"诺贝尔"化学探究社团，喜欢唱歌的王霞成立了"山丹丹"合唱团……

恰同学少年，风华正茂，书生意气，挥斥方遒，粪土当年万户侯……一群意气风发的中师生，把上过湖南一师的毛泽东当作人生的偶像！谁说中师生没有理想，没有文化？谁说中师生文凭低，无出路？我们就是要"文明其精神，野蛮其体魄"，做一个德智体全面发展的好青年！

跟着好人学好人，跟着神汉跳假神。人是一种极易受到外界环境感染的生物。受到消极因素的影响，即使看见太阳，也是灰蒙蒙的。受到正能量的熏陶，自然是焕发出了巨大的生机，

第九章

太阳每天都是新的,同学们的心情美美哒,每一个人都结合自身特长选定了一定的奋斗目标。虽然他们的未来已定,就是做标准的小学教师,但他们暗暗下定决心,我们要做,就要做一个新时期有全新教育思想和过硬教书本领的新教师,我们照样可以在实现四个现代化的征途中做出我们小学教育人应有的贡献!

"张大力,梁州第二师范九一级二班学生。本人系中华麒麟神功张××大师关门弟子,近日已得其真传。现拟在我校成立麒麟功研学社,有此意愿的同学请到男生公寓楼204宿舍找我本人联系。咱们共同研习,共同提高。"

一大早,学校门口的这一则告示前,早已是人山人海。

"真的,假的?还张××关门弟子?我看八成有诈。"

"张大力,你也太狂了吧?在师范学校里竟然明目张胆地张贴这种神神鬼鬼的东西,学校领导知道不?"

"校长在大会上不是讲百花齐放、思想自由吗?我看没有啥大不了的。"

现场同学们莫衷一是,议论纷纷。

教务主任和副校长很快就到了现场,教务主任几乎是冲到贴公告的墙面前,一把把告示撕得粉碎,大声吼道:"好你个张大力,吃了熊心豹子胆了!"让学生立即通知二班班主任和张大力到办公室来。张大力受到学校领导的严肃批评,说他不务正业,要查证他和张××究竟是何关系,让他趁早迷途知返,回头是岸。

张大力也只是认识几个香功练习者而已,受了他们的蛊惑,才发了这样一张公告,也只是个噱头,想拉拉人气,好玩儿而已,其实他连张××面儿都没见过。

受此事件影响,学生今后但凡成立各种社团都必须在校团委报备,绝对不允许不经过组织认定,就胡乱开展活动。赵弘毅也从中受到教育:自由和纪律是辩证的,没有绝对的自由,良好纪律是自由的保障,绝对不能搞资产阶级自由化那一套。

第九章

第十章

已到深秋时节，校园里的梧桐树叶缓缓落下，小树林里的十多棵枫树的枫叶看起来格外精神，红得发紫。阵阵秋风中，同学们早已穿上了秋衣，有的女生甚至穿上了毛衣，九里湾的冬天比其他地方来得更早一些。

一年一度的三大球比赛正在如火如荼进行中。经过三周左右的初赛、复赛，九一级五班的男排、女排和男篮经过一路过关斩将，均已进入四强，取得进入前三名资格。班主任王大顺老师很是骄傲，也倍加重视最后的决赛。班内成立了决赛阶段工作小组，有服务队（主要提供茶水和洗脸水及毛巾）、啦啦队、宣传队和后备队。王老师还专门聘请了几个体育老师做技术指导，提出"争一保二"目标。

对于运动不在行，不太感兴趣的赵弘毅被任命为宣传组长，要及时地把大家在赛场上顽强拼搏的精神状态传递到校园广播里，为运动员们呐喊鼓劲儿。这对于赵弘毅来说，小菜一碟儿，不会打球，难道还不会欣赏和描写了？"到时只要你们打得好，我这个如椽大笔也绝对不是吃素的，保证把各种修辞手法都用到！"赵弘毅暗自下了决心。

五班男篮是有夺冠实力的。前天他们刚刚以 26 比 22 险胜三班，明天就要和一班争夺冠军了，真是难熬的一天！王振他们五个主力队员这一个月来，几乎是一有时间就长在篮球场上，一个个摔打得黑壮黑壮的，他们每个人流淌过的汗水没有一斗也至少有八升。进入四强后，这一支10人组成的篮球队更是抓紧时间操练，还把另外两支参赛队伍当作假想敌反复切磋，大家一致认为只要把一班的6号和12号防死，然后大家就可以发挥技术优势，全面开花。重点是让对手无法对五班球员进行对等的盯人战术，大家个个都是球星，对方能奈我何？提起打篮球排兵布阵，王振信心满满。

终于轮到九一级篮球赛冠亚军决赛了（体育班除外），对阵的是五班和一班。五班和一班的全体同学早早地带着凳子来到了灯光球场坐下，等待比赛开始。两个班的服务小组、啦啦队和其他应急小组已全部到位，大家做好了一切战斗准备。

球队长王振和一班球队长，同裁判出手掌手背来决定谁有优先权挑选场地。王振出手就到，取得了挑选资格，他挑选地势上略占便宜的东边场地，未曾开战，五班已经取得先机，队员们在心理上和气势上都已信心满满。

裁判刚一吹口哨，五班和一班的啦啦队便立刻沸腾起来了。

"五班加油！班级老五，如狼似虎！我看对手，猫抓老鼠！"

"一班一班，非同一般。过关斩将，猛虎下山！"

主战场还没对抗上，啦啦队飙上劲了，声音是一层盖过一层，此起彼伏。双方盯得很紧，两分钟过去了，场上比分还是0比0。一班班主任叫了第一次暂停，双方紧急做战术调整。

哨声响了，由五班发球。下边观众，人人屏住呼吸，个个睁大眼睛。只见王振脸涨得通红，双手交替运球。很快晃过对方两名队员的防守，运球后三步上篮，纵身一跃，一个腾空，球进了！2比0，五班率先实现了零的突破。这个魔咒和平衡一旦打破，进球便不是一件难事。

对方8号一不小心，到手的球居然让张波给抢走了，张波又传给孙浩，孙浩出手，打出了一个漂亮的三分球！"耶耶哦耶耶耶，yes！"五班啦啦队发出一阵欢呼。

上半场结束时，五班以18比10暂时领先。休息时间，五班的女同学上场表演了健美操，一班的女生则表演了呼啦圈舞，双方互不示弱。

下半场开始了！场地对五班不利啊，刚刚两分钟，就让一班接连灌了两个球，场上比分已变为14比18。五班队员们明显感觉到有点急躁，一班队员们的气势上来了！王老师连忙叫了第一次暂停，请来的教练给大家仔细分析了场上的形势，要求大家要按照预定的战术发挥好，特别是要调整好心态："对方比你们还急，记住一点：谁急躁，谁出局。"

王振断球成功！迅速被失球的队员反扑，他三步并作两步，带球突破两道防守线，直跑到篮板前，投中了一个两分球。

"漂亮！"队员们和王振击掌鼓励。场上形势又开始向着五班有利的方向发展。队员们的最好状态出来了，全面开花！人人都是主角，一班队员不知道重点盯谁了。一直默默无闻的罗军也开始发飙了，半旋身后，他魔术般地抓住了已飞到头顶的篮球，然后双手一沉，握着球放在腰间，接着右手单独抡起了篮球，画出一道美丽的弧线，侧身把篮球砸进了篮筐。

"3分！"裁判员喊道，五班啦啦队疯狂了，"罗军罗军，我们爱你，鲜花掌声送给你！"

"嘟嘟嘟",终场比赛的哨声响起了,五班以42比26的大比分赢得了胜利,取得了九一级篮球比赛的冠军!五班参加了四场比赛,四战四捷,像四道闪电把五班的激情彻底点燃。庆功活动持续了整整一天,其他兄弟班级对此事仇恨似火,说狂什么狂,来年再战,一定要让你们尝尝失败的滋味。

　　篮球比完赛后,就是排球赛了。五班男排中的好多队员也是篮球队员,这段时间忙着篮球比赛,自然是把排球训练荒废了下来。再加上前一段时间为了篮球夺冠,大家更是全力以赴,透支了很多的体力。虽然已进入四强,想要摘金夺银,看来不易。果然不出所料,两场比赛皆输,分别以2比3、1比3败北。大家把希望寄托在了女排身上,希望可以挽回一点面子。

　　排球场设在田径场南边,和新篮球场相邻,九一级女排四强争霸赛在这里打响了。五班派出了由陈慧、周丽、刘美、吴晓琴、黄荣等主力队员组成的强大阵容,这段时间也没少练习,王老师甚至让她们利用自习课时间和班上男排做对抗练习。

　　今天的这场比赛将决定能否进入冠亚军争夺战,对手是四班女排。为了表示团结和护花之心,五班的一些男生们还自发组织起来买了十几罐健力宝,据说这东西喝了能提神,关键时刻有爆发力。

　　排球其实和足球一样,对于升入师范学校的学生们是很陌生的。大家都是零起步,从开始学,到今天参加比赛也不过是两个多月时间。大家从垫球开始学起:脚叉开,半蹲下,手和身体保持45度,然后用脚的弹力,把球向上垫起……为了迎接这次比赛,五班的铁姑娘们已记不清多少次对墙垫球,多少次抛球练习,多少次发球,多少次扣杀……如今的她们已经不是

第十章

67

从前的那个对排球一无所知的人,现在她们是主攻手,她们每一个人与大家的配合都炉火纯青,任何一个人面对五个人的对手也会毫不手软,给她一个底线,她就能用发球轰散对手,给她一个二传,她就能用扣球锁定比分。

比赛开始了!由四班的8号发球,她发的是上手球,威力无比!她发的球够威够力,一碰就飞,很不好接!她接连发了3个球,比分成了3比0。怎么办?球队长陈慧当机立断,五个人往后场压,总算接住了一球,二传,扣球!对方没有接住,换发球0比3。轮到五班发球了,黄荣非黄蓉,但是发球的杀伤力似乎是得了桃花岛的真传,高度合适,旋转迅速,第一个球直接得分!她接连发了4个球,以3比3战平。第四球时,对方打回来后,打到了二号位,黄荣还没有来得及跑回二号位,其他队友也没有意识到补位,黄荣快步跑上,扑倒在地,想把球铲起来,但是落空了。

两局下来,双方战至1比1平。因为比赛采取的是三局两胜制,第三局是双方的决胜局,场上火药味很浓。比分一直咬得很紧,1比1,3比3,18比18,最后僵持到了23比23,双方谁也没能连下两分,五班以发球直接得1分,再次领先。第二次发球时由于太过谨慎,给了对手很好的一传,现在唯一做的就只能是防守了,反击!四班明显地想夺回发球权再战成平局。球很快地一击从周丽手上划过,周丽心想完了,一定落地了!结果砰的一声,救起来了,是后排的陈慧救起来了!可是由于质量不佳,二传也只是勉强把球送了一段距离,周丽不假思索,往前大跨一步,起跳,绝杀!得分!最终五班以25比23拿下了第三局,取得了冠亚军争夺赛的入场券。

冠亚军争夺远远没有半决赛这样费力气，五班对阵二班，毫无悬念地以 2 比 0 连下两局取得了胜利，轻松夺冠。

　　男篮和女排两个冠军的取得，就像两道银色的闪电照亮了九一级五班的天空，极大满足了大家的成就感和虚荣心，也激发了大家的自信心，他们坚信：世上无难事，只怕有心人。整个一周，五班全体同学都沉浸在胜利和快乐的海洋里。这时候已经是 12 月份了，再过一个月就会迎来一年一度的庆元旦文艺晚会，同时各个科目的学习也进入了关键时期，元旦过后，就得复习备考了，时间过得真快啊！

第十一章

第十一章

班主任王老师及时做了参加学校庆元旦文艺会演的动员讲话，他要求大家发扬篮球赛和排球赛的精神，在学校这个活力四射的舞台上展示五班的风采，留下浓墨重彩的一笔，从胜利走向胜利，以自己的实际行动来迎接1992年元旦的到来。

学校元旦文艺会演每班可以上报两个节目，然后参加学校团委组织的节目审查，思想内容积极向上，艺术表现力上乘的节目会通过终审，最后在灯光球场的大舞台上参加全校公演。每一年元旦能够参加全校公演的节目，无不是过五关斩六将，从众多待选节目中脱颖而出的。

五班准备了两个节目：一个是女生舞蹈《北京的金山上》，这是一个藏族民族舞蹈，王霞担任编舞，她信心满满；另一个是王大宝准备的男生反串独角戏《回娘家》。班主任确定的目标是要确保第一个节目入围。第二个节目虽然作为备选，其实也很有竞争力的。王大宝同学平时说话很幽默，胆子很大，洋相十足，很有艺术细胞，举手投足之间都是喜剧，让人捧腹。

节目组闭关练习了整整一个周，第二个周时，班主任王老师安排在教室初演，让大家提改进意见。

真是人靠衣服马靠鞍，12位女生穿上租来的藏族民族舞服装，化上淡妆后，一个个是妩媚动人，让人眼前一亮，这哪里是梁州二师的学生，简直就是从拉萨来的藏族美少女嘛。只把男生们一个个看得眼睛发直，这些家伙心想，都说近处没有风景，看来以前忽略她们的存在了。女同学被看得不好意思了，说还没有开始呢，一会儿大家多提意见。

一曲《北京的金山上》舞蹈，把藏族人民对领袖毛主席的敬仰和热爱表现得淋漓尽致。这几个女生虽不是专业学舞蹈的出身，但身段步伐，一笑一颦，尽态极妍，舞蹈的表现力恰到好处，把藏族女儿的美丽表现得很到位。让男生们提意见，大家都是外行，说不到点子上。一个说美啊，一个说妙啊，另一个说美不胜收啊，这些家伙，把马屁拍得都上天了。女生们倒是提出了几条建设性意见，舞蹈队决定照单全收，立行立改。

王大宝的独角戏也接受了大家的挑选。王大宝化了浓妆，穿上了花衣服，戴上红头巾，背上用带子背了一个布娃娃，左手一只玩具鸡，右手一只玩具鸭。刚上讲台，未曾开言，下边已是笑声一片，鼓掌的鼓掌，敲桌子的敲桌子，吹口哨的吹口哨……

"左手一只鸡，右手一只鸭，背上还背了一个胖娃娃，原来她要回娘家……一阵风儿过……丢了一只鸡，跑了一只鸭，吓坏了背上的胖娃娃……"王大宝边演边唱，把一个回娘家的农村妇女喜悦、尴尬、苦恼的心情演活了，特别是男的演女的这种反串，笑点不断，此起彼伏。

一周后，参加学校节目审验，舞蹈节目被选上了。王大宝的独角戏被刷下来了，节目组认为，此节目虽好笑，但整体格调不够高雅，不符合政审的要求。五班的男生们一个个义愤填膺，什么格调高雅,分明是你们不懂艺术,这么让人捧腹开心的节目都让你们"枪毙"了,我看你们眼光有问题!"

12月31日,学校的灯光球场坐满了全校的师生,舞台上张灯结彩,显得十分喜庆,美术老师绘制的"梁州第二师范学校庆祝1992年元旦文艺会演"主题会标,端庄大气、格外醒目。几个主持人全是学校广播室的美女帅哥,都化上了淡妆,无不潇洒美丽。今天温度很低,下边观众都穿着袄子,女主持们却穿着裙子,一个个显得美丽"冻"人!

校长发表了简短的新年贺词后,文艺演出便正式拉开了帷幕。

随着一阵优美柔和的旋律响起,八九级幼师班的开场舞上场了。舞蹈大气奔放,抒发了人们对美好新年的憧憬和渴望,婀娜的舞姿与优美的音乐浑然一体,一个个美女穿梭在舞台上,如同蜻蜓点水,一个又一个优美的造型定格在舞台上,给观众留下了一幅幅挥之不去的画面!音乐骤然结束,一整套舞蹈动作一气呵成,顿时下边掌声雷动!

化学老师李伟和幼师班一个女生献上了一曲男女情歌对唱——《我悄悄地蒙上你的眼睛》。一下子把大家都吸引住了。李伟老师本来就英俊潇洒,今天穿着一件短大衣,围着一条灰色的围巾,更帅了。李伟老师的嗓音很好听,幼师班女生歌喉很优美,两人配合默契,眉目之间脉脉含情,一首流行情歌,演绎得非常完美。之后,这首歌很快就在全校走红了。

美术老师刘金鹏也闪亮登场了!他和音乐教师冯伟合作演一个哑剧。刘金鹏老师反串一个乐队的指挥,冯伟教师则演一个合唱团的领唱。两人总是配合不上,指挥向东,领唱向西,动作极其夸张。指挥急得没法，似乎要冒汗，无奈脱衣服，首先脱了外套指挥服，只见他穿的衬衣后边烂了一条大口子，观众们哑然失笑。紧接着，他又脱了，里边的秋衣长短不一，窟窿乱眼，台下观众哄堂大笑！原来他们是借此小品讽刺那些好面子的人：只注重面子，不管里子。

师生同台，师生同乐！今天所有演唱曲目的伴奏，都是二师的教师业余乐队演奏的，虽说是业余，但胜似专业乐队，特别是那电贝斯手和萨克斯手的演奏，简直可以与电视上的专业人士相媲美。再加上后边的话剧表演，歌手演绎，老师们实在是太棒了！赵弘毅前边还听说二师的教师排球队、篮球队和足球队在全省的师范学校里都是有名的，特别是排球队，还拿过全省教职工排球联赛冠军。教师们个人取得的荣誉更是不胜枚举！真是强将手下无弱兵！能在这样的学校里求学，实乃人生一大幸事！此时此刻，赵弘毅对二师的老师们又多了一层认识，更增加了敬佩之情！

九〇级三班学生表演的课本剧《东郭先生和狼》也很有特色。他们制作的道具很考究，四位男生扮演的猎人、东郭先生、狼和农夫角色的情感把握得很到位，把东郭先生的天真、善良、幼稚，狼的恶毒、忘恩负义，农夫的聪明睿智演活了。其实排演课本剧也是大家今后走上小学教师这个工作岗位上，必须掌握的一项基本技能，因为小学生们都特别喜欢！

九一级二班的张大力上场了，大家可能还记得他，就是上次贴告示招收麒麟功学员的那个伙计。他今天带来的节目是评书《水浒》片段。只见他一袭长袍，手拿纸扇和惊堂木，踱着方步，优哉游哉地进场了。来到桌前，放下纸扇和惊堂木，先给大家拱手行礼，随后只听惊堂木"啪"的一下，他开讲了！这家伙口才那不是虚的，妙语连珠如行云流水，字正腔圆，抑扬顿挫把握得很好，神态落落大方，颇有得单田芳大师真传的架势。他把浪子燕青的英雄豪气、机智勇敢刻画得入木三分……正当赵弘毅听得如醉如痴之时，又听惊堂木"啪"的一声，张大力道："后边故事更加精彩，欲知后事如何，且听下回分解！"

五班的舞蹈《北京的金山上》在第 16 个节目上场，经过多次修改提升后，今天会演时已趋近完美。12 位女生化好妆后，美丽极了，穿上藏袍更显得优雅清纯。演出取得了圆满成功！

有过多少往事
仿佛就在昨天
有过多少朋友
仿佛还在身边
也曾心意沉沉
相逢是苦是甜
如今举杯祝愿
好人一生平安
……

《好人一生平安》是电视剧《渴望》的主题曲，当年几乎是家喻户晓，妇孺皆知，这首优美动听的歌曲，唱出了人们对好人的衷心祝福。音乐老师王丽以略带北方民歌韵味的极简演唱方式，营造出了一种温暖、平和、舒缓的氛围，从而让这首歌曲有了一种休憩的港湾效果。唱着唱着，她流泪了，下边的观众流泪了……一直以来能打动人们心灵的唯有真情!

好多年以后,赵弘毅看过很多的文艺演出,看过每一年的央视春节联欢晚会,很多节目看过就忘了。唯有这一年的梁州二师庆元旦文艺演出刻在了他心里,永远挥之不去。

元旦放假一天,五班同学开展了一次野炊活动。全班分了四个小组,每位同学集资3元钱,买了鸡鸭鱼肉,还有各种蔬菜,还买了几瓶双沟酒。然后派课代表向各个带课老师家里借了锅碗瓢盆,并邀请老师们一起出发去野炊。

这天天阴,北风不时地刮着,很冷。然而丝毫没有影响到大家的美好心情,同学们打着彩旗出发了,目的地选择在西津渡口再往上游走的月亮河河道。月亮河在西津渡口上边500米处注入沔江,是沔江上中游较大的一条支流,月亮河流域广阔,人口密集。反倒是在沔江入河口这一段没有多少人家,河滩地面积较大,取水、捡柴火都很方便,是一个适合开展野炊活动的理想之地。

由于在河道边,风特别大,刮起来有点刺骨。但是大家激情很高,这点风算什么,卷起袖子,不要怕,与天斗其乐无穷,与地斗其乐无穷,与困难斗,更是其乐无穷!

早已做好了分工,男生们赶快拾捡柴火,用石头垒灶,把场子支起来。一些女生到河边洗菜,淘米,另一些女生则在简易的案板上开始切肉,切菜。更多的男生四处寻找更多的柴火,准备燃起四堆篝火,取暖,添加过节气氛。

灶火和篝火都点燃了,厨艺好的男生、女生们开始八仙过海,各显神通。四个小组的锅铲都挥舞起来了,像是跳着欢快的舞蹈,菜的味道弥漫在田野中,真香啊!按照要求,原则上每个人都要炒一道菜，并贴上标签，一会儿要进行品尝评比，优胜者有丰厚奖品哟！

赵弘毅做了一道爆炒腰花，这是他爱吃的菜，上初中时他们住在柳树镇街道上，经常就是自己做饭，再加上他看过农村过喜事时大厨们做过，自己也有过操练，因此他很有信心。只见炒勺在他手上有节奏地抖动，火候也把握得十分好，酱油、醋及各种调料也恰到好处，炒完出锅，色香味形俱佳。整套动作优美娴熟，一气呵成。大家不由得对他高看一眼，这家伙个子不高，炒菜还有两下子，连连给他竖起大拇指。

炒菜之前，各个小组的米饭早已蒸上了，此时饭香四溢，勾起了大家的无限食欲。下边用石头和沙子垒起，上边用报纸铺就的四个大餐桌早已竣工，炒好的菜一盘盘端上"桌"来，用石头支起来的座位早已是虚席以待，只等待班主任老师一声令下，准备开席。

四个小组已基本就绪，开席！大家围坐在四个"大桌"上，开始品味美餐。老师们对每一道菜开始进行点评，点到赵弘毅炒的腰花时给予极高评价：鲜嫩、味道醇厚、滑润不腻，可以和酒店大厨相媲美。说得赵弘毅心情大好，虚荣心得到了极大的满足。

王老师破例让会喝酒的男生喝点小酒，于是他们代表大家不停地向几位老师敬酒，不知不觉间，四瓶双沟大曲已经见底。自己劳动所得，就是香甜，半个小时过后，盘子见底，几锅子米饭也是一抢而光，空空如也。王大宝戏称盘子如同狗舔了一般，招致一大堆同学笑骂。

大家围着篝火，迟迟不肯离去，又玩起了击掌传花的游戏，掌声停止时，红花未来得及传出去的学生要表演节目。直到天快黑了，才在老师的强制命令下打道回校，一路欢歌，一路笑声飞扬。

十五六岁的青春啊，是如此美好！

第十一章

第十二章

　　元旦放了一天假,加上周末,便有了两天的宽裕假期。班里梁州县的好多学生都选择了回家,外县的学生大多进城去闲逛,还有少数学生则选择留在学校,或看电视,或看书,或选择打篮球、打乒乓球。赵弘毅早早地借了一本名叫《天龙八部》的武侠小说,这两天时间,除了睡觉和吃饭,他的眼睛就几乎没有离开过书本,只看得是昏天黑地,竟然囫囵吞枣般地把整本小说看完了。赵弘毅太喜欢主人公乔峰了,认为他才是真男儿,大英雄!他沉浸在小说的故事情节中,时而因快意恩仇而兴奋不已,时而是一种悲壮之情涌上心头,他的情绪随着主人公乔峰坎坷的命运而起伏。乔峰经历了人生中几乎所有的不幸,原本是丐帮帮主,因拒绝副帮主妻康敏之爱遭报复指为契丹人后裔而受尽中原武林人士唾弃。乔峰极力平反遂四处追查自己身世,其间认识了大理世子段誉及虚竹和尚,并结拜为兄弟。乔峰追寻身世时屡遭奸人所害,含冤莫白,更错杀红颜知己阿朱,后为救朱妹阿紫寻医至大辽,辗转成为大辽南院大王,但与中原关系则更趋恶劣。在宋辽相争的时势下,各种江湖及情感上的恩恩怨怨正等着他们去面对,他为自己的身份而纠结,乔峰到底是汉人还是契丹人?最后乔峰因为劝阻契丹人南下侵犯大宋，选择了舍生取义。乔峰、段誉、虚竹等几人的不同际遇、情感上的纠葛共同构成了大义情操、壮士英雄的豪情壮志。

　　一部武侠小说只看得赵弘毅热血沸腾，赵弘毅心想：正所谓，侠之大者，为国为民！我虽然没有绝世的武功，只是一个普普通通的中师学生，依然要有报国之志，我们现在学好科学文化知识，锻炼好各方面能力，将来当一个好老师，不是照样在"为国为民"吗？

　　快乐的日子总是过得很快，两天的假期很快就完了。同学们陆陆续续地回到校园。宿舍里再次热闹起来，因为回家的同学带来了好多好吃的东西，大家又可以分享"战利品"，过一天"共产主义"生活了！留校的同学按照约定的大概时间，早早地来到西津渡口，迎接返校的同学。果不其然，返校的同学们一个个背的包包沉甸甸的，里边装的全是好吃的！有水果、核桃、板栗，有油饼、包子、锅巴……更有一瓶瓶的豆腐乳、擤辣子，那可是就着吃白馒头的上等佐料！谈笑风生间，留校同学一边把回了家的同学的行李接过来，一边打听他们回家一路上的趣闻，羡慕间更增添了他们的乡愁。

　　一回到宿舍，回家的同学急忙打开背包，留下一小部分之外，全都分给了没有回家的同学，并一再说，这是临走时妈妈一再嘱咐的。他们的妈妈说，能分到一个班一个宿舍，这是几百年修的缘分，大家一定要团结，要互相关心，特别是那些路远回不了家的同学，心里一定很孤单，让他们到校后一定要把家的温暖带给这些同学。留守同学们一边享受着这些美食，一边回味着同学妈妈们的话语，鼻子酸酸的！

　　元旦过后，期末考试也就近了。

体、音、美和书法考试在元旦过后的第三天就已经开始了。

体育考试的项目是：男生1500米跑，女生800米跑，男、女生推铅球，男生俯卧撑，女生仰卧起坐，达标即为及格。这三项对于赵弘毅来说都是弱项，最终俯卧撑勉强达标，其他两项离达标线相差不是一星半点儿，铁定是不及格，来年要补考。

音乐是考视唱，赵弘毅轻松过关，得了85分。

美术考试是静物写真，赵弘毅画了一个大卫像，竟然得了89分。

书法考试是自己事先买红纸裁成对联纸张大小，在书法课上，现场写一副对联。赵弘毅的父亲字写得不错，赵弘毅自小得过几分真传，其实写对联这事情他早在上初二那年就开始了，再经过这一段时间的勤学苦练，也已经初步形成了自己的字体风格，根本不在话下。

他练习的是颜体字。颜体字乃唐代书法家颜真卿所创，其特点是结构方正茂密，笔画横轻竖重，笔力雄浑，挺拔开阔雄劲。颜体和柳体字合称"颜柳"，有"颜筋柳骨"的说法。颜体字的结构特点可以用圆、齐、均、疏四个字来概括。赵弘毅喜欢颜体字的自然瑰丽、雄浑大气，从初中开始就利用假期时间在家练习，如今已有模有样，颇得书法老师吴运久的好评。考试成绩自然不错，得了95分。

接下来就是迎战其他统考科目了，考试时间定在元月8、9、10日三天举行。从元月5日开始，学校就不再集中统一上课了，留给大家充足的自由复习时间，可以到教室，也可以在宿舍，也可以在校园里任何一个角落，甚至是大家可以到校外的山坡上一边晒着太阳，一边复习功课。

这三天是大家最逍遥快活的日子。不用上早操，不用挤时间，全凭自觉，完全是"我的时段，我的地盘，我做主"。吃过早餐，赵弘毅和王振、孟飞三人拿上政治书、生物书、文选书就出发了。为了节省时间，他们没有经过学校大门，而是像高年级学生一样，从学校东北方向的围墙上一翻而过。围墙上边早已被历年来翻墙学生们的手和脚磨得光滑无比，这段围墙修得很坚固，要不早就垮了。翻过围墙后就是一条通往东北高坡的小沟，沟里早已挤满了人，上上下下，好不热闹。赵弘毅三人以前从来没有来过这里，带着几分好奇，一路小跑着，往山坡顶进发。

已到腊月，一些土地上没有种庄稼，是预留的早玉米地，一些地块上播下的麦苗已是一片春色，正焕发着勃勃生机。大家大都是农家子弟，是绝对不会去小麦地里踩踏玩耍的，这些预留种植早玉米的空地便成了大家嬉戏的天堂。其实大多数同学拿着书本就是做做样子的，现在估计复习都差不多了，如今上得山来只是图个新鲜，凑个热闹而已。登上黄土坡，南边的梁州城尽收眼底。据说当年解放军解放梁州城时，国民党军曾经在这里安排了炮兵阵地负隅顽抗，看来军事价值不小。

赵弘毅三人抱了一捆玉米秆在一个平地上坐下，拿出课本来专心记忆。冬日的太阳出来得很晚，收工却很早。此时太阳正慵懒地从云层中钻出来，照在身上，好舒服啊。三人一开始时是各看各的书，一个小时后，便开始相互提问，这种记忆方式很有效。赵弘毅的记忆力惊人，对于其他两人的提问是对答如流，不但知道答案，还知道知识点在课本上是多少页。这种功夫，实在是让王振和孟飞有点咋舌！

其实这是赵弘毅的一项特殊的记忆才能。他从小学开始就似乎有了这种过目不忘的本领。许多年后,赵弘毅在看一期有关快速记忆电视节目的时候,发现他的记忆方法与电视里专家介绍的方法惊人地相似。那就是他特别擅长图片记忆,他往往是一目十行,把整页书的内容都记住了,所以大脑里会留下这个知识点在第几页、第几行的印象。

  以前的考试绝大多数情况下考的都是记忆力,因此谁记忆力好,谁铁定拿高分。这也是后来命题人一直要刻意改变的方向。尽量减少死记硬背,多出一些灵活的题目,少一些标准答案的题目。这是后话,反正那个时候对于考试,那是赵弘毅的强项。他不怕考试,他甚至特别喜欢考试,他要用考试成绩来刷他的存在感。

  哪有那么多的知识需要背诵,一个半小时后,三人干脆就把书收起来,摆摆龙门阵。讲起这一学期的收获和感悟,讲讲班里、学校里的那些八卦事情,一个个眉飞色舞。其实要讲复习效率,教室里是最高的,跑上山来纯粹是为了好玩儿!一看时间快到12点了,该吃中午饭了!赶忙把玉米秆给人家还原放好,跑步回学校。

  元月8日正式开考了,第一场是文选与写作,不到40分钟,赵弘毅就把卷子做完了。按照学校的要求,没有一个小时是不允许交卷的,班主任王老师更是出台班里规定,必须答完全部时间,考试终场哨音响起来时方可交卷。反反复复从头到尾检查了三四遍,似乎没有任何问题了。又不能交卷,赵弘毅便有充裕时间来观看班内其他同学答卷时候的全景图。只见有的同学神态自然,自信满满,有的同学是抓耳挠腮,左顾右盼,有的同学和他一样早已做完,在那里百无聊赖,好不寂寞。

再看看全校统一安排的监考教师（本班老师要回避），目光严厉，不怒自威，似乎盯着每一个考生。他们不敢马虎，在期中考试时，因为一个叫张强的美术老师在九〇级一班监考不认真，学生借机拿出课本照抄，结果被教务主任发现，当场把作弊学生卷子撕得粉碎，当着全考场学生面把张强痛斥一番，让他下不来台。

其实经过多次考试下来，各年级同学对各个监考老师的脾气、禀性都已摸得很透了，比如谁监考时可以打点马虎眼，谁监考时可以带点夹带，谁监考时必须规规矩矩，比如说是被称作梁州二师监考界"四大杀手"的陈建安等四位老师，你的小心思最好别动，稍有不轨，没有警告，直接上手抓卷，做记录——零分。这种近乎严苛的考风考纪，让所有的学生对期末考试心存敬畏，不敢混日子。当然这也保证了梁州二师毕业学生的过硬素质。

1999年大学扩招后，已经参加工作几年的赵弘毅看到，有一些大学生在大学里胡混照样毕业时，愤愤不平，心想什么严进宽出，怎么管理的吗？放到我们的那个中师时代，你试试，几次考试下来，早就让你卷铺盖卷滚蛋了！

三天考试下来，不论是语文基础知识、代数、几何，还是物理、化学、生物、政治，赵弘毅无不是轻松完成。考试对于他来说，就是这样简单。

不到一天，所有的成绩都已揭晓。其实很多科目是边考边阅，因为学校必须赶时间在大家寒假离校之前把成绩通知书发到学生手中，补考的学生得在寒假里做好充分准备，迎接开学时补考。赵弘毅几乎取得了大满贯。除开化学第三，文选第二之外，其他科目全是第一名,代数、几何和生物还考了满分。正所谓"苦读半年无人问,一朝闻名全级知"。九一级五班出了一个"考神"的消息,竟然在全校不胫而走。

很可惜,赵弘毅本学期未能评上三好学生,因为他体育不及格。曾经有过体育补考的经历,这让赵弘毅多年以后始终是难以释怀,他认为那是自己中师时代的耻辱。

元月12日,寒假正式开始,大家背上简单的行囊,踏上了回家之路,要过年了!同学们握手道别,来年再见。

第十三章

赵弘毅回家有两条线路可以选择，一是走开学时来的路，坐火车，另一条路是到梁州运输公司坐班车回家。坐班车虽便捷一些，但是需要翻越望河垭这一座山，这里是凤凰山脉，山高路险，到了冬天，积雪不化，路面结冰，汽车需要挂上防滑链子，让人很是担心。在1989年放寒假时节，因司机驾驶不慎，致使一辆公共汽车翻到望河垭崖下，造成了十几人死亡的特大交通事故，死者当中就有三位梁州二师的学生，这是梁州二师历史上最为灰暗和悲惨的一天，几个未来的人民教师从此与亲人、母校的师生们永远天人相隔了。所以每年放寒假时，学校的老师总要再三嘱咐，一定要注意安全，平安回家和返校。

赵弘毅果断地选择了坐火车回家，尽管还需要再坐船，麻烦一点，可是安全第一啊！四个月没有回家了，回家的心情是如此迫切。坐上熟悉的列车，再一次听着"咔嗒咔嗒"的火车特有的节奏音，赵弘毅兴奋异常。下了火车再坐船，只觉得船行得太慢。

经过柳树镇时需要换船，刚好又遇到街道逢场，回家的船很多，不着急。走上熟悉的街道，赵弘毅心情大好。初中母校还没有放假，赵弘毅抓紧时间去了一趟母校，看望了自己的初中老师，汇报了自己几个月来的学习生活情况。这半年来由于营养跟上去了，赵弘毅个子已经长到1米60了，身子也壮实了不少。老师们见了他，都觉得变化挺大的，班主任杨老师勉励赵弘毅一定要好好学习，既要注重知识积累，更要注重能力培养，做一个德才兼备之人。

回到家后，赵弘毅始终是在忙忙碌碌中度过的。过了腊月二十三的小年，附近各家各户纷纷请赵弘毅去写对联。之所以请他，一是他的字的确写得好，二是想沾沾"新科状元"的喜气，届时可以向亲朋好友炫耀炫耀。赵弘毅也不客气，提笔就去，如果太过谦虚，乡里人会认为他骄傲，看不起人。

从裁纸，接对子，再到书写和晾干，赵弘毅只要一个帮手，便轻车熟路，一气呵成。他写的颜体字非常大气漂亮。对联内容无外乎是老家人耳熟能详的几句话，比如"向阳门第春常在，积善人家庆有余""天增岁月人增寿，春满乾坤福满门""出门求财财到手，在家创业业成功""生意兴隆通四海，财源茂盛达三江"之类的话语，他在平常练习书法时这些字也是常练的，现在写起对联来，可以说是轻车熟路，一挥而就。

过年的热闹自不必说，从正月初一开始，赵弘毅开始奉父命给各个亲戚拜年，一直跑到正月十五，喝酒不少，所收红包也不少。

正月十六返校上学，姐姐给赵弘毅准备了一大包好吃的东西，他直说太沉，姐姐说，到学校去人多，好东西要学会与别人分享。正月间出门的人实在是太多了，特别是这一趟慢车，好不容易挤上了车，只见上边挤满了外出打工的四川人，让人插个脚都太难。好在时间不长，只有20分钟就到站了。虽是冬季,下车时赵弘毅已是大汗淋漓。

到校时,本宿舍大部分同学已到。这时大家都变戏法似的从包包里取出各种各样的美食,开始过上共产主义生活。赵弘毅暗自感谢姐姐,幸亏早有准备,否则该有多尴尬啊。

大家开始集资,要去买酒。酒是那种四两五的双沟,因为酒喝完后,装酒的杯子可以做茶杯,一时间成为学生们的最爱。当然按照学校的制度规定,在校学生是不允许喝酒的,这种事情做得说不得。一个寒假没见,大家见面很是亲热,说不完的过年趣事,道不尽的离情别意,一切都在酒里面,不喝点儿酒,不但没有面子,而且也实在说不过去。

没有酒盅,三五个同学就共饮一大杯酒,大家伙说,咱都没有传染病,怕啥子?顷刻间,十几瓶双沟大曲已经下肚,大多数同学早已不胜酒力,开始迷迷瞪瞪,此时还有几个大酒量的同学在四处挑战。

"哥俩好啊,三桃园啊,五魁首啊,六六顺啊,八匹马啊。"

宿舍里开始了喝酒大赛的第二阶段,划拳比赛。划拳是梁州地区特有的酒文化。划拳两人喊高升开始,各自随意出手指(叫出子),0至5都可以,当然也有禁忌,比如出"一"时候,只能出大拇指,表示尊敬,出"二"的时候不能出大拇指和食指,这会让别人认为你是在用枪打他,不礼貌。两人出拳时嘴里要喊一个数(0至10之间),然后看两人所出的子,加起来凑上谁嘴里喊的数,谁就赢,输家喝酒。这种游戏很有韵律,而且能考察一个人的大脑反应,拳划得好的人,往往反应好,大脑够用。

张波拳好,酒量也好,在这个宿舍基本上难遇对手。顷刻间,

第十三章

几个挑战者都败在他的手下,这让他越发骄傲,大喊:"谁再来?"独孤求败的滋味难受啊!

"我来!"赵弘毅出场了。赵弘毅酒量一般,但要说划拳,他一般情况下不虚其他人。从小看着、听着父亲划拳长大,上初中时没有游戏玩时经常和同学以划拳比赛喝白开水为乐。

此时他和张波杠上了。"高升起啊,五魁首啊,宝到你家,九长寿啊!"宿舍里热闹起来。两人都是高手,有时候一个回合下来,要划十几下,仍然是难决胜负。这时就要比耐心了,看谁老出一个子,对方就会逮拳,迅速出子赢拳。高手过招,不但比智商,还要看情商,还要看形势。这两人是拳逢对手,酒遇良才。无论是技巧、节奏、气势,都属上乘。赵弘毅刚才喝得少,是轻装上阵,现在头脑要比张波清醒,待张波头三板斧过后,赵弘毅便抓住张波拳路的破绽,连连逮子成功,让张波又喝了几大口。

张波只有告饶:"兄弟,你高!高家庄的高!今天哥哥甘拜下风,下次再与你大战五百回合。"整个宿舍沸腾了,赵弘毅这小子不但是个"考神",还是个"拳神",人才,难得的人才。

喝酒暂时告一段落,大家或呼呼大睡,或聊天吹牛,好不快活。这时来自丰利县的金永多拿出一副扑克,说要教大家玩一种过年时候刚从湖北传过来的游戏,名叫"诈金花"。那时候电视剧《罪恶赌城》正在热映,大家对里面的时之康的赌技佩服不已。赌博乃万恶之源,大家以前也仅仅是听说而已,绝对不敢沾,据说这东西如同毒品一样,一沾上就上瘾,要戒掉就很难了。

金永多开始介绍游戏规则。一副扑克牌去掉大小王后,还有 52 张，搬点儿后，决定谁当庄家，上手人抬牌，依次给玩家按顺序发三张牌，比大小。这个游戏人多人少都可以玩。三张牌中大小各不相同，花色也不同，称之为乱子，按照从大到小的顺序比大小；三张牌中有两张牌数字一样，叫"对子"，一对 A 最大；三张牌为三个相邻自然数就叫"顺子"，比如 234、567，AKQ 最大；三张牌花色完全一样，比如全是红桃，全是方块儿，称之为"金花"；三张牌数字完全一样，称之为滚筒，三个 A 最大。这几者的相生相克规则是：滚筒吃金花，金花吃顺子，顺子吃对子，对子吃乱子，而乱子中最小的 235 又吃最大的滚筒三个 A。

从前一直心无旁骛，扑在学习上的同学们，一听来劲儿了，纷纷要实践操作。一些同学自我安慰说，咱们试试手气而已，又不赌钱，怕什么？

七八个同学开始上手。玩了几把，大家觉得还不够刺激。

金永多说，其实这个游戏的妙处在于要赌钱，彩头可大可小，关键要有，发牌之前每人可上底钱，表示取得发牌资格，可以闷牌（就是不看牌直接下赌注），也可以看牌，觉得自己牌大也可以下注，但必须是在闷牌人下的赌注 2 倍以上，当然不能超过封顶的数额。诈金花顾名思义，重点是一个"诈"字，最高境界是可以坐"鸡"，虚虚实实，让人摸不着真假。

金永多说，光说不练嘴把式，我们可以打一毛钱的底子，五毛钱封顶，上饭菜票也可以。好家伙，七八人都上去了，几把牌过后，赢的人眉飞色舞，想再接再厉；输的人沮丧着脸，渴望着下一把牌要赢回来。大家很快上了瘾，到了熄灯时分，兴趣仍浓，不肯歇火，点起蜡烛再战，直打到凌晨三点，最后

第十三章

发起者金永多大获全胜，赢了 20 多元钱。输钱的人不在少数，一个个心里很疼，发誓要找机会赢回来。

这之后一周的时间里，玩牌的同学都陷入了恶性循环，有的同学把一个月的生活费都输没有了。久走夜路碰见鬼，终于有人向班主任王大顺老师告了密。参与赌博的人一律被检举揭发，一个不漏。王老师大发雷霆，把赌徒们叫到办公室狠狠地批斗了四节课，赢钱的人一律退给输家，发誓不能再玩。夕会时间，每位参赌者走上讲台做检讨。

王老师本着家丑不可外扬的心态，没有上报学校保卫科。否则喊家长是轻的，重则背处分，在档案里会重重地记下一笔。大家的检讨很深刻，始作俑者金永多受到的批评最重，埋怨最多。

勿以善小而不为，勿以恶小而为之。十五六岁的少年啊，对于赌博实在是不可沾染。赌博和犯罪从来都是一对孪生兄弟，既危害个人，也危害家庭和集体，更会危害社会。赵弘毅暗自庆幸抵制住了诱惑，没有上手。父亲经常告诫子女，赌技不养生，十赌九诈，发财致富要靠双手劳动，不可投机取巧。

第十四章

开学第二周进行补考,补考科目每科要交五元的补课费,交钱多少本无所谓,关键是名声不好听——挂科了。

赵弘毅需要补考体育,这事让他很闹心,以至于这个春节都没有过好,老是操心这事。补考科目是1500米跑和推铅球,赵弘毅到现在依然是没有把握,补考要是再不及格该怎么办呢?好朋友孟飞看出了赵弘毅的担忧,出了一个主意:补考老师是学校其他体育老师,又不认识每个补考的人,补考者又不需要拿准考证,完全可以代考,他愿意为好朋友出头,先把这一关过了再说。长这么大,赵弘毅考试从来没有作弊过,主意好是好,要是漏了馅儿咋办?他有点儿拿不住主意。

"撑死胆大的,吓死胆小的,我都不怕,你怕个锤子!"孟飞揶揄道。赵弘毅终于下定决心,让好朋友代考。孟飞体育成绩很好,这倒不用担心。

全年级一共有40多位同学参加体育补考。点名,抽顺序签,再考试,孟飞变成了赵弘毅,一切顺利!所有的忐忑不安都是多余的。孟飞没有使出全力,害怕老师发现成绩提高太快而露馅儿,一切恰到好处。这是赵弘毅平生第一次作弊,让他很羞愧,发誓从此以后一定要起早锻炼身体,决不再做"东亚病夫"。

赵弘毅要请孟飞吃饭感谢一下，孟飞拒绝了："就你那点生活费，省省吧！咱兄弟俩谁跟谁？"赵弘毅还是坚持给好朋友买了一罐健力宝，说是要给他补充一下能量。

第二个周，九一级五班举行了一场关于知识重要还是能力重要的主题班会。班里同学很快分成两派，一派说是知识重要，知识就是力量，必须趁年轻时多学知识；另一派说能力重要，我们今后教小学根本不需要多少知识，但是你必须具备多方面能力，否则就会像陈景润一样，满肚子的学问，教学生时讲不出来。公说公有理，婆说婆有理，互不服气，一时间好不热闹。

最后班主任王大顺老师做了总结，发表了自己的看法。他说："知识和能力是紧密结合在一起的，是相辅相成的。知识和能力如同鸟之两翼，车之两轮，不可顾此失彼，更不可割裂开来。掌握知识是创造能力的基础，创造能力又是掌握知识的目的。没有学好知识，就没有能量可言，掌握知识越多发挥的潜能就越大。可是丰富的知识如果没有转化为能力，那么学习的知识也是死的，没有用处。当然没有扎实、渊博的知识作为基础，要想发挥出卓越才能，简直是无稽之谈。因此我们作为未来的人民教师，既要努力学习科学文化知识，又要从现在起积极锻炼各方面能力，要想办法将知识转化为能力，不能当书呆子，读死书，死读书。"

赵弘毅心想："王老师的总结发言可谓一语中的，关于知识和能力的辩证关系已经说得很到位了，那么接下来的两年半时光，我必须一方面搞好各个学科的学习，另一方面要积极参加班级和学校组织的各项活动，在活动中培养并提升自己的各方面能力了。"

第三个周,学校团委和学生会要面向一年级学生扩招学生干部,因为三年级的学生就要去实习,然后面临毕业离校,现在必须解决学生干部青黄不接的问题。赵弘毅决定也去报名,接受组织挑选。

学校团委主要负责学生社团、团组织的日常管理,优秀团员的选拔、培训,学校的宣传工作,比如检查黑板报,进入广播室当编辑或者广播员什么的,各项文体活动的组织等。基本上初次加入者就是给老师、老生跑跑腿、打打杂,当然这也能锻炼学生与老师打交道的能力,与其他学生打交道的能力。

学生会是学校学生自治组织,直接受学生科的领导,在学校可以说无处不在,无所不管。一般设立有宣传部、文体部、生活部、纪律部、安全部、宿管部、女生部等。他们在执法检查时一般都会戴上红袖章,很是威风。

在学校里如果有机会能加入这两个组织,是非常能够锻炼人的意志品质和提升各方面能力的,对今后参加工作也会有很大的增加社会阅历作用。并且在工作中因为常和老师沟通协调,非常有利于和学生科老师搞好关系,在毕业分配时很有可能进入统分序列,从而改变自己的就业方向,对此大家心照不宣,不少同学功利心和积极性都很高。

操场上报名桌前早已是人山人海,一方面大家都非常看重这个锻炼能力的平台,另一方面来自中国自古以来就有的官本位思想,"学生官"这个头衔还是很有诱惑力的。这种登记其实也是一次初选的面试。老学生干部们就是考官,他们通过目测报名者个人形象,交谈中了解学生加入学生组织的目的和动机,观察报名者是否具有学生干部的工作潜力,进行全方位的摸底考察。往往只有五分之一的报名学生会进入第二个选拔程序——竞选演说。

赵弘毅差点没能过第一关。招聘学生说你这么瘦小，个子又矮，到时你怎么震得住别人，让别人听你的？赵弘毅很不服气地说："你们到底是在选学生干部还是在选大力士，还是选美？有志不在年高，无志枉活百岁。甘罗十二岁当宰相，我就不能进入学生会？我是志在必得！"

学生会主席觉得赵弘毅志气不小，嘴巴劲儿有两下子，同意他进入竞选程序。

星期天的下午，学校大会议室座无虚席，一年一度的学生干部竞选大会正在这里如期举行。赵弘毅经过自己争取，进入了最后演讲环节，赵弘毅要竞争的岗位是纪律部副部长。

学校纪律部直接领导各班纪律委员，指导并开展工作，参与监督岗活动，对各班班风班貌、同学的仪容仪表进行监督，检查同学们上课迟到早退现象，配合学校对各种大型集会的监督和检查。

"敬爱的各位领导、各位老师，亲爱的同学们：大家好！我叫赵弘毅，来自九一级五班，首先真诚地感谢英明的领导、尊敬的老师和亲爱的同学们给了我这次难得的展示自己的机会！我要竞选的职位是学生会的纪律部副部长。

纪律是什么？纪律是一种类似于法律的带有强制性的行为准则。纪律所表达的是一个学校、一个集体统一的意志，是用来维护大多数人的利益的。它的产生，是学校多年经验教训的总结。纪律用明确的语言告诉我们每一个人，提倡什么，反对什么，哪些事可以做，而且应该去做，哪些事情不能做，哪些事情不应该做。作为学校，如果没有校纪，整个学校就会陷入一种无序的状态，同学们的学习、生活就不能正常进行。

　　我有着百分的热情，九十九点九的信心！满腔的热情对当代年轻人来讲，不仅重要而且难得，所以积蓄了很多澎湃的热情，我绝不会让大家失望，我不能说我是能力最强的，但我可以保证我会全力以赴。任职期间，如果老师们和同学们对我有什么不满，随时可以向我提出，我会认真地去思考你们对我的不满评语，我绝不会像无赖那样麻烦，我更不会死赖着不走。

　　今天，我向我的对手们学了很多东西，真诚地祝愿他们获得成功。当然，更希望在座的各位领导、老师、同学们支持我，信任我，给我一次机会，我会还你们百分之九十九点九五的满意。记住投我一票，我叫赵弘毅。士不可以不弘毅，任重而道远！你们可不能毁灭我的热情和我的信心，我等待着你们神圣的投票。谢谢大家！"

　　　赵弘毅的演讲稿早已背得滚瓜烂熟，再加上他精心设计的身体语言，恰到好处！

　　"这家伙，人小心不小，还想当纪律部副部长？"

　　"听说他是五班的考神，大脑超级聪明！"

　　"凭他那两下子怎么去管理那些违纪学生？"

　　赵弘毅走下讲台后，下边开始议论纷纷。结果赵弘毅几乎是以全票当选。第二天开始进行了岗前培训，第三天就跟着肖部长和纪律部的各位干事上岗工作了。他上岗的第一天早上就抓住了几个迟到的学生，问清班级后，直接按照学校规定扣分，并通知所在班级纪律委员领人；晚上值班时又抓住了几个半夜三更在外边喝乱酒翻围墙进来的学生，直接交给保卫科处理。

第十四章

但凡是个男人，都会渴望权力，赵弘毅也不例外，现在做了纪律部副部长的他，更觉得很爽。"竞选时，下边不是有人不服吗？现在我就让你们看看，我个子小咋啦？我代表的是学生会这个组织，又不是我个人？我执法靠的是学校规章制度，又不是靠武力？按照你们的逻辑，拿破仑早就玩儿完了，还当什么法兰西第一帝国皇帝，横扫欧洲？走我自己的路，让你们去说吧！"赵弘毅现在是志得意满。

五班这一次大获全胜，有两人进了学生会，两人进了校团委，一人当了广播员。班内各社团组织的各项活动也显示出勃勃生机，班内的学习风气也日渐浓郁，大家个个听讲认真，完成作业积极，课外阅读也是蔚然成风。特别是每天夕会时光，班级大舞台更是成了同学们展示各自风采的梦想剧场。

去年刚来时，大多数同学一上讲台，就脸红脖子粗，说话结结巴巴。现在绝大多数同学，上得台来，无不是落落大方，侃侃而谈，文人气质初步显现。

同学们正沿着又红又专、一专多能的发展道路大步向前进。

第十五章

因为五班的黄娟进了广播室当了播音员，大家便自然而然地更多地关注起校园广播来。校园广播是学校的喉舌，能在中午、下午吃饭的时候，听到播音员深情的播报，实在是一件很享受的事情。当然如果再能听到自己写的广播稿能够在黄金时段播出，那更是一件很值得炫耀的事情！你想啊，全校多少学生啊，每天广播室播出的稿件就那么多，设置的固定栏目就那么几个，而且《历史的回声》是不需要供稿的，还要占用固定的时间。因此在那时，如果听到，"下边请听××班××同学的来稿"时，写稿的同学心里简直比吃了蜜还甜！这简直可以和在报刊上发表了文章媲美！稿件选中播出，一方面可以为班级优秀班集体评选挣分儿，一方面还可以让自己扬名，何乐而不为！

各班班主任都非常重视广播稿的供稿工作，大都给班上每个同学下达了每周的供稿任务，完成不了的要点名批评。五班班主任王老师说，不要小看了写广播稿，虽然是"豆腐块儿"，但是能锻炼你的写作能力，要求短小精悍，行文干脆利落，绝不拖泥带水，还要言之有物，内容不空洞，读起来要朗朗上口，注重语言的平仄规律，要在几百篇甚至是上千篇广播稿里脱颖而出，被播音员播报出来，绝不是简单的事情！经常写，经常播，没准儿以后就是作家！很多大作家都是从写简讯、写"豆腐块儿"开始走上文学之路的。

赵弘毅深以为然。他之前也写过不少，但播出率不高！他便在吃饭时间认真聆听校园广播，熟悉广播室设置的栏目，熟悉播出稿件的行文风格。他一有空就到阅览室去读书看报，增广见闻。他订下计划，要切实提升稿件质量，不去盲目追求稿件数量，争取每周能播出两篇自己的作品，保底一篇。稿件的选题一定要好，内容要真，就写五班的事，身边的事，要以小见大，要传播好声音，传递正能量。一篇广播稿如何开头，如何写好正文，如何结尾，都要精心构思，不可为完成任务而写，要写就要播出！他想，题材要新，视角要新，语言要优美，用词要讲究，还要跟上形势，关注时事新闻，稿件内容一定要达到人无我有，人有我新！虽短小，开头、正文、结尾要如同凤头、猪肚和豹尾，就像鲁迅的杂文一样，像投枪，像匕首……

功夫不负有心人，赵弘毅的稿子便屡屡在校园广播里播出，同学们笑称赵弘毅成了学校校园广播的"播出专业户"，引起了不少同学的羡慕嫉妒恨。有人说他就爱出个风头，有人说因为播音员是五班的，他近水楼台先得月，也有人说他和校园广播编辑室的编辑吴文化是老乡，吃了偏碗子。几个要好的朋友把这些小道消息传给赵弘毅，替他抱不平，说那些嚼舌根儿的同学，是吃不到葡萄就说葡萄酸。他只是微微一笑，不发表看法，不解释！他说，走自己的路，让别人去说吧！

赵弘毅渐渐爱上了写作，他的作文每次都被文选老师当作范文在班里诵读，他渐渐不再满足于写写广播稿，他尝试写了一篇歌颂家乡的散文，偷偷地投给《梁州日报》副刊，没想到两个周后竟然发表了！能把自己的文章变成铅字，在党报上发表，这是多么让人激动的事情啊！赵弘毅一下子成了学校的名人，这让他激动之余，有点不安！父亲一直告诫他，为人要低调，不要张扬，这是不是有点儿飘？

管他的，我手写我心！我高兴就好！赵弘毅心里这样想。读书是一种快乐，写作的快乐更胜一筹。他想起了自己读林语堂先生《苏东坡传》里的东坡先生，苏东坡说写文章"大略如行云流水，初无定质，但常行于所当行，常止于不可不止。文理自然，姿态横生"。能使读者快乐是苏轼作品的一个特点，正如他写信给朋友所说："我一生之至乐在执笔为文之时，心中错综复杂之情思，我笔皆可畅达之。我自谓人生之乐，未有过于此者也。"欧阳修说每逢他收到苏东坡新写的一篇文章，他就欢乐终日。

于是赵弘毅是一发不可收拾，短短一学期竟然有六篇散文在《梁州日报》上发表，让同学们艳羡不已！文选老师看他如此爱好文学，便单独给他列了一个文学名著的清单，让他多读世界名著，积淀文化，提升文学素养，并同时推荐他参加了几次《梁州文学》散文创作笔会，他的几篇小文便在梁州作协的这个刊物上发表了！此时的赵弘毅大有"春风得意马蹄疾，一日看遍长安花"之快意。

就在这时，学校的《银州潮》文学社也向他伸出了橄榄枝，邀请他加入，并成为几个栏目的约定写手。自然而然，赵弘毅萌发了自己的文学梦。到了这一学期快结束时，他迅速接了毕业班汪志文的手，成为文学社的副社长兼编辑。他很快就熟悉了文学社的运作流程，要积极推动学校《银州潮》文学社向青草更青处漫溯了。

经过赵弘毅等人的精心筹备,面向全校学生征稿的启事,在学校张贴栏上,以雄劲的颜体书法与大家见面了!

《银州潮》文学社征稿启事

文学是一种情感的宣泄,没有情感,就不会有流传千古的文章。在今天的校园中我们每天都在演绎着不同的故事,都在经历着成长的磨炼。相信正值青春的你,一定也有万千思绪,几多故事……那么英姿勃发的我们,何不高歌青葱,追梦天际?即使青丝变成白发,沧海变成桑田,若有回忆永留心间,则一生了无遗憾。亲爱的同学们,请拿起你手中的妙笔,撰写华章。

《银州潮》栏目设置:

  校园风铃 诗海拾贝 如歌岁月 情感天空 我思我想
  佳作欣赏 小说原创 ……

(具体栏目随内容而增减,计划7月上旬结册)

征文要求:

1. 体裁、题材不限,可抒理想,可忆情感,亦可寻求信念……
2. 文章内容健康,积极,必须为原创作品,不得抄袭、套改。
3. 来稿请注明作者的真实姓名及班级。
4. 投稿联系人:九一级五班赵弘毅

启事发出一周内,各班文学发烧友的稿件如同雪片一般飞来,这让赵弘毅和其他编辑有点儿应接不暇。赵弘毅花了一个晚上的时间对这些投稿进行初审,一些语句不通、思想消极、内容肤浅的作品先予以淘汰。然后对剩余作品按照题材和栏目进行分类，提交编委会编辑们再审，要从中选出几十篇优秀作品，交由印刷部编印。这其实是一件很为难的事情，经过几遍筛选，仍有上百篇优秀稿件待价而沽，到底选哪些？最后经过编辑们激烈的辩论，优中选优，选了31篇优秀作品，准备在7月上旬结册发行。

那时并没有电脑打印，经费也十分有限，不可能去印刷厂印刷，采取的是刻蜡板自己印刷。赵弘毅因为字写得好，这个光荣的任务也就交给他了。连续几个周末，赵弘毅推掉其他所有的事务，来到文学社编辑室，静下心来，准备刻蜡板印刷了。

一支铁笔，一块刻板，一张蜡纸，一架油印机，便是制作文学期刊的全部家当。赵弘毅轻轻地把刻板平放在桌子上，小心翼翼地把蜡纸整整齐齐铺在刻板上，用专用的铁笔照着范本工整地刻写着。这个刻写过程，需排除一切干扰，需要加倍小心，因为稍有粗心大意，就会把蜡纸戳破，蜡纸一戳破，印出的刊物便会落下一个黑疤点，就像是精心化妆过的脸蛋上出现一块大大的雀斑，很是难看，直接影响了期刊的感官效果，而且很有可能还会影响到读者们的阅读心情。对于这种低级错误，赵弘毅总是要竭力避免发生的。

这个活儿，说难不难，说简单也不简单。刻写蜡板，慌不得，需要一笔一画地进行，字体大小要适中，行距疏密有致，印出来的字迹才会美观大方。当然，刻蜡板的时候，不仅要把字写得工整好看，而且在用力上也很有讲究，使用钢板时，有时用力太小，蜡纸没刻透，油印不清晰；用力过大，蜡纸破了，油印时白纸上黑乎乎的一大片。

等到所有的版面都刻写完了，便可以印刷了。印刷时，蜡纸贴在印刷机网的背面，要贴平，方法是从一侧慢慢用刮板向另一侧刮，使整张蜡纸保持平整，空白的纸张则放在印刷台面上，在印刷的那一刻，最底下是纸张，向上接着是蜡纸、网和墨辊。

　　赵弘毅一边将刻好的蜡纸小心翼翼地取下来，按照油印机卡位，把它平整地贴上去，固定好卡子。另一边则按照比例，在墨盒的油墨里兑上一些煤油，使之浓度合适，将推油的墨辊在里边均匀地浸润。现在万事俱备，只等着印刷了。

　　印刷也讲究技巧。第一次推油印机的滚筒，如果用力过猛，蜡纸渗油过多，印出的字迹又黑又粗，油墨久久不干，如果力度不够，印出的作品则因油墨过少而字迹不清。滚筒上蘸的油墨不宜过多，过多则字迹粗浓模糊，也不宜过少，过少就有可能出现印刷不明的地方。尤其是推动滚筒和翻拉成品时，都需认真细心，否则就可能撕坏蜡纸，导致前功尽弃。可以说每次印刷，都是体力与脑力的双重挑战。"当把一张张油墨文学作品发到每一个文学爱好者手里时，我的心里总是美滋滋的！"赵弘毅到现在回忆起来，仍然是一脸的幸福。

第十六章

五月下旬，期盼已久的梁州二师第五届田径运动会终于盛大开幕了，田径场上彩旗飞扬，人声鼎沸。

在雄壮的运动员进行曲中，在体育组组长的指挥下，各个方阵依次进入主席台，接受校领导的检阅。最先通过的是国旗护卫队，12名旗手训练有素，着装整齐，很有天安门国旗护卫班的气势。

在体育班几位高大威猛的男生簇拥下，由几位美术老师创作的"梁州第二师范学校第五届田径运动会"主题会标，在大家热烈的掌声中闪亮登场，显得大气、醒目。而描述短跑、投掷标枪、跨栏的运动宣传油画尽显一种力量之美，另一块宣传栏板上"更高、更快、更强"的几个大字更是让人有了一种拼搏的欲望。

彩旗队、花环队和腰鼓队的出现，把热闹、喜庆的氛围带向一个新的高度，全场沸腾了。

"一班一班，非同一般！赛场驰骋，唯我争先！"

"五班五班，猛虎下山！摘金夺银，唯我五班！"

由12名男生和10名女生组成的各班运动员代表队喊着雄壮的口号，依次通过主席台，并在主席台前短暂停留，接受校领导检阅，听候广播员逐一介绍各个班级的风采。各班为了这两分钟的展示，也是下足了功夫，有的班级队员们戴着各种各样的面具，有的班级队员们挥舞着小国旗，有的班级队员们变戏法似的戴上了各种童话世界的帽子……

运动场上的热闹和光荣注定是属于体育健儿们的。班级里其他同学绝大多数都是服务组成员，而且每个人都有写通讯稿任务，当然在广播里能听到自己写的通讯也是一件很光荣的事。赵弘毅按着学生会的安排，这几天主抓全校学生纪律，主要负责定期清查各班人数，不允许学生随意进入宿舍和教室，确保看台上各个班级列队整齐，不随意进入运动场。这事挺难的，需要纪律部的学生会干部不断巡回检查，对于违纪学生，第一次予以警告，第二、三次就要酌情扣分了，是一个出力不讨好、得罪人的差事。由于赵弘毅文笔不错，还兼任了班级通讯组的组长，主要负责写稿任务，并督促其他同学搞好运动会期间班级的通讯报道工作。

赛场上早已是热火朝天，一项项学校运动会的记录正在被刷新。短跑赛场，跳高赛场，铅球赛场……到处都有运动员在挥洒汗水，奋力拼搏。

200米短跑赛场上，一个个勇士在起跑线上跃跃欲试，准备出战。五班派出李峰、王振两位选手出战，看看他们二位，精神抖擞，信心百倍。两人向班主任老师立下军令状："首战用我，用我必胜！"

"各就位！""预备！"运动员们弯腰、蹬腿、双手杵地，目视前方，凝神细听，蓄势待发。此时赛场上人头攒动，大家都在等待，等待箭离弦的那一刻的到来。"加油！"五班啦啦队队伍里突然出声,与此同时"啪"的一声,发令枪响,比赛开始了!李峰似乎因为那声"加油"而分了神,没有在瞬间冲出去,而是愣了一下。没想到,就是这一刹那的耽搁,他起跑便落在了最后一名。大家都捶胸顿足,以为铁定没戏。

李峰似乎也有些着急,只见他脸色通红,颈间青筋暴起,握紧了双拳,双腿用力,猎豹扑食一般向前冲去,目标就是200米外的那个终点线。一个、两个、三个……他风驰电掣地超越着在他前面的选手,几秒钟时间就和跑在第一的那位同学并驾齐驱了。

五班的观众都疯狂了起来,一下子来了劲,加油的声浪震耳欲聋,甚至别的班的同学都已经分不清楚在给谁加油了,嘴里喊着加油,眼睛紧随着李峰而动。这样激动人心的比赛,太精彩了!快到终点冲刺了,李峰出人预料地转头看了下一直和他并驾齐驱的那名同学,然后轻吐一口气,突然加速……

此时那名同学应该是已经使尽了全力,眼睁睁地看着李峰和他拉开了距离。1米、2米、5米……李峰没有像别人那样气喘吁吁,双腿沉重,而是均匀地吞吐着气息,前胸尽量向前挺着,双手轻松地摆动着,双腿强劲有力疾跑如飞,目光灼灼朝着那诱人的终点线奋力而去!啊,他抢先到达终点了!冠军属于李峰!他技压群雄,赢得了第一名。

短跑比赛的胜利令五班士气为之大振,一时间其他赛场也捷报频传。高手如云的跳高赛场,陈慧步履轻盈神态自若,一看就没有丝毫的压力。只见她先从容地自横杆往前量着步子,然后轻巧地转身,镇定地望着那根横杆。四周渐渐静了下来,大家都把目光聚焦在陈慧的身上。大家的心在怦怦跳个不停,她能跳过去吗？只见陈慧猛吸了一口气，果断地开始助跑。她先往前踏一步，然后对着横杆冲过去，加速，一个轻快有力的起跳，身体腾空而起，两腿像剪刀似的一夹，一个漂亮的转身，飞过去了。五班同学们都不禁为她欢呼，鼓起掌来。"加油……加油！"赛场上到处传来此起彼伏的欢呼声、掌声，现场一片沸腾。

王大宝乐呵呵地出现在田赛场地，他一人报了三个项目：标枪、铁饼和铅球。经常在宿舍里秀肌肉的他，力气很大，爆发力惊人，5公斤的铅球在他手里就跟玩儿似的。他取得了铅球和铁饼双料冠军，标枪第三名！扔铅球成绩还打破了学校运动会保持了三年的纪录，他一人就为班级挣得13分的积分。

孟飞在男子1500米和3000米的中长跑比赛中也不负众望，取得第一和第二名的好成绩。周丽、刘美也分别取得了400米、800米跑比赛的冠军……

五班在本届运动会上获得了团体总分第一、广播稿播出量全校第一名的好成绩。一年一度的运动会在闭幕式的欢呼声中结束了，这期间留下了多少欢笑和泪水，承载了多少光荣与梦想，见证了多少感动和喜悦。运动会为中师生们提供了一个展示自我的舞台，大家懂得了生命在于运动的真谛，让五班同学更加团结友爱了，同学们在体育比赛中尽情地享受着青春的张扬和美丽。

班主任王大顺老师高兴得都不知道怎么走路了，班级的庆功晚会是必需的，那天破例让男生们喝一瓶啤酒。

运动会后，就是五一假期了。王大顺老师兴致很高，准备带领大家步行至国家四A级风景名胜区——八仙洞旅游，奖励大家在运动会期间的杰出表现。

梁州八仙洞风景区为国家四A级旅游景区,位于城南3公里新城办事处境内。据园内碑文载始建唐代,明万历庚子年(1600)、清雍正九年(1731)两度重修,昔称"古洞仙踪",系梁州城"八景"之最。

一个半小时的步行,大家一路上叽叽喳喳,好不快活。不知不觉间,已来到八仙洞景区门口。买过集体门票进入后,大家便自由活动了,王老师要求大家两个小时后在门口集中,返校。

赵弘毅、孟飞和王振三人结伴而行。沿途的风景很美,树木郁郁葱葱,群山连绵起伏。走在这个幽静的山谷中,感觉有一种心灵放假的难得休闲。

赵弘毅观看旅游地图介绍,得知此景区主要景点有八仙洞、纯阳楼、玉皇阁、天梯、驾云桥、镜儿湖、凌霄亭、古钟亭、望江楼、兴贤塔、古战场、三清殿等,传说中八仙之一的吕洞宾曾在此修炼,素有"古洞仙踪"之称。依次观赏八仙,只见八仙洞中石雕泥塑神像,神采奕奕,栩栩如生。

三人沿着碎石铺成的小路继续前行,不知不觉就已经走到了药王洞,洞里都是烧香的人,再向前又经过了几个洞后,走过一座小桥,孟飞跑到一个牌子前叫起来:"到天梯了!"原来那个牌子上写着"天梯"两个大字。赵弘毅抬头向梯顶望去,啊!梯顶那么高,就像是在云彩里呢!再看看笔陡的石级,石级边上的铁链,似乎是从云彩上挂下来的,真叫人害怕。

三人鼓起勇气向上爬,一会儿抓着铁链上,一会儿趴在台阶上向上爬。爬到一半时,赵弘毅感觉到仿佛就要爬到云彩上了。爬上梯顶,赵弘毅感觉很累,气都喘不过来了,双腿发软。

第十六章

在路边的亭子里休息了一会儿,他们又开始向"南天门"走去……

有人说,旅游其实就是一群人离开自己早已讨厌的地方到别人讨厌的地方去。这是赵弘毅平生第一次旅游,时至今日,很多当年旅游时的场景依然历历在目。尽管后来他有过很多次旅游经历,去过黄山、华山、庐山,到过海南岛、九寨沟、青海湖,但最美好、最难忘的旅游,还是这一次八仙洞之游。

其实旅游之美在于人的心境,很多时候在乎的不是风景有多美,而在乎的是,你和谁在一起!同学少年时代的一次说走就走的旅行,注定会成为赵弘毅终生难忘的美好记忆。

第十七章

1992年初,邓小平先后途经武昌、深圳、珠海和上海几千公里,历时一个多月的行程中,这位伟人、中国改革开放的总设计师一边调研视察,一边发表了一系列振聋发聩的新观点。

"改革开放胆子要大一些,敢于试验,不能像小脚女人一样。看准了的,就大胆地试,大胆地闯。"总设计师的"南方谈话"精神迅速地在全国各地传播开来。梁州第二师范学校的校园里此时也不再平静了。"解放思想、实事求是"正成为一种思潮,涤荡着校园的各个角落。

"下海!下海!"

学校开始创办第三产业,梁州二师竹席厂应运而生。一部分有才华的年轻教师激情满怀,准备孔雀东南飞,到深圳、广州去追寻自己的人生理想。另一部分教师则决定立足岗位,抹开面子和自尊,开展起第二职业。清贫不再是知识分子的天然命运,依靠双手劳动致富奔小康,并不是一件耻辱的事。

"米线,米线,一块钱一大碗,好吃不贵!"

"麻辣烫夹馍,够麻够辣,六毛钱一个,物有所值!"

"新鲜的水蜜桃,五毛一斤,欲购从速,机不可失!"

晚自习过后,校园大道上摆起各式各样的摊点,一些文质彬彬的教师开始了热情的叫卖。同学们穿插其中，如同进入了一个热闹非凡的夜市。正在长身体的年龄，晚上吃点东西，补充能量，再正常不过了。

看着白天在讲台上激扬文字的老师们在夜间成了经营者和服务生，同学们刚开始还真有点不适应。买东西时绝对不到自己的老师处购买，总觉得有点难为情。其实这些老师既然敢摆摊，敢走出第一步，早已进行过激烈的思想斗争，早已将面子置之度外了。此时反倒热情地叫起本班学生的名字，吆喝起自己的生意。既如此，同学们也就没有了羞涩和顾虑，主动地关照起自己老师的生意。

"袜子，领带，洗发水！香皂，毛巾，卫生纸！绝对品质、绝对低廉的价格，超乎你的想象。"

三班的翁全海在课余时间也开始当起了卖货郎。他在周末时间到城里批发市场批发一些生活用品，本着低于校园商店同类商品价格，薄利多销的原则，活跃在各个宿舍间。他想，解放思想不仅仅是老师的事，也是我们大家的事情，我也可以利用课余时间勤工俭学。

一些专业教师则利用自己所学，在学校办起了各种各样的辅导班，武术、散打、吉他、钢琴、绘画、书法等各个辅导班像雨后春笋一般冒出来了。五班的一些同学报名参加了散打班，还有同学报名参加了吉他训练班……

"忽如一夜春风来，千树万树梨花开。"面对着突如其来的校园经济"繁荣"，赵弘毅思想上还暂时转不过弯来，他总觉得在一个神圣的校园里，过多地掺杂了金钱的东西，似乎有点不太正常，其实他也说不出来个子午卯酉。他留恋着、向往着的师范学校应该是那种书香弥漫、道德文章……他个人觉得书香、铜臭不能兼容。

然而人是社会中的人,个体在无法改变现实的情况下,只能是更好地适应这个现实。日子仍然在一天天过去,一翻热闹过后,晚自习后的校园夜市渐渐开始冷落下来。也许是学校开始管制,也许是大家的购买力有限,也许是知识分子短暂热情的消逝,总之校园里除开为数不多的几个教师家属摆的小吃摊点外,大多都已悄然收摊,校园恢复了昔日的平静。

赵弘毅的家里经济并不宽裕,但是师范学校的助学金已经可以使他正常生活运转了,他对"发财致富"这种事情不太感兴趣。

赵弘毅最大的兴趣还是看书。他在这近一年的时间里,通过学校图书室,系统地翻阅了中国四大名著和一些世界名著,翻看了鲁迅的《狂人日记》《朝花夕拾》《呐喊》《二心集》,阅读了中国当代一些作家的优秀作品。他的各门功课俱佳,再加上文学作品的滋润,使得他越发地容光焕发,充满青春年少的朝气。

赵弘毅现在身高已经长到了一米六八,与刚刚进校时候不到一米五,形成了鲜明的对比。他身高虽然长了,但仍然比较消瘦,同学们戏称他是《包身工》里的"芦柴棒"。

教室、阅览室和学生宿舍成了赵弘毅标准的三点一线,他很喜欢这种极简的生活方式。赵弘毅有段时间迷上了《史记》,每读一个历史人物传记,都让他有酣畅淋漓之感,觉得鲁迅先生"史家之绝唱,无韵之离骚"的评价一点儿也不为过。当然赵弘毅往往也并不是读过一两遍就完了,而是养成了写读书笔记的习惯。

"生当作人杰,死亦为鬼雄。至今思项羽,不肯过江东。"赵弘毅在初中时代便从李清照的诗里结识了项羽,从此一个"力拔山兮气盖世"的悲情英雄的形象,便在他心里生根发芽:总以为项羽才是一个顶天立地好男儿,他只是时运不济而已,才败给了小人刘邦。在赵弘毅幼小的心里,一直对刘邦不以为然,甚至有些不齿:好好一农二哥,一天不务正业,游手好闲,就喜欢骗吃骗喝,到了三十多岁,还光棍儿一条。最可气的是他还没有人性,在逃亡途中,他嫌马车跑得慢,竟然几次把自己亲生儿女孝惠、鲁元往车下推,得亏滕公三番五次捡起来。我很好奇如此一个不学无术的痞子无赖为何能打败项羽,竟然取得了天下,并且奠定了四百年汉室基业。

赵弘毅粗读《史记》第一遍,答案依然不是太清晰,只是肤浅地认同了刘邦本人的思想总结:"夫运筹帷幄之中,决胜千里之外,吾不如子房;填国家,抚百姓,给饷馈(供给军饷),不绝粮道,吾不如萧何;连百万之众,战必胜,攻必取,吾不如韩信。三者皆人杰,吾能用之,此吾所以取天下者也。项羽有一范增而不用,此所以为我所禽也。"那就是刘邦善于用人,善于走群众路线,而项羽自以为是,逞强好胜,个人英雄主义罢了。

答案似乎太过简单,难以说服赵弘毅自己。再读《史记》第二遍、第三遍,然后再不带感情色彩地解读项羽和刘邦的人生密码,客观地来看待他们的人生结局,赵弘毅觉得有点儿意思了。

项羽,季父项梁,项氏世世为楚将,可以说是出生在将门之第,书香之家。项羽年少时,学书不成,去学剑,又不成,项梁发怒,项羽说要学万人敌,学兵法。学兵法后,略知其意,又不肯竟学。由此可见,项羽虽有机会受教育,未曾吃苦,缺乏毅力,做任何事情,浅尝辄止,半途而废。刘邦则生在一个贫苦农民之家,读过多少书,史记中未曾记载,其"不事家人生产作业",太公经常把刘邦和老二刘仲相比,认为刘邦将来将一事无成,不如刘仲会经营,善生产。然而刘邦有一个重要的品质,"仁而爱人,喜施,意豁如也,常有大度"。"及壮,试为吏,为泗水亭长,廷中吏无所不狎侮"。由此可见,刘邦从小就很豁达,善于交朋结友,是一个不拘小节之人。简言之,刘邦这家伙情商高得吓人,每到关键关头,他总会逢凶化吉。项羽与刘邦相比,恰恰是输在非智力因素上,输在情商上。

一是项羽不如刘邦能忍。项羽不能忍受义帝的日渐长大和控制,设计弑杀义帝,从而人心大失。刘邦先入关中本可遵义帝之约而王关中,但是当知道项羽兵进潼关时马上笑脸相迎,而且毕恭毕敬。特别是在鸿门宴上,刘邦把身段放得很低,滴水不漏,硬是让项羽找不到半点趁机火并他的机会,最终打消了项羽的疑虑,使得项羽鸿门宴失策,错失良机。而后项羽自立为西楚霸王,负约,更立刘邦为汉王,把刘邦分封到了鸟不拉屎的汉中,并且三分关中,封了三个秦朝降将为王,以监督刘邦,试图把刘邦困死在汉中。刘邦二话没说,立即赴封地就任,还故意烧掉秦岭栈道,造成永远不回关中的假象。刘邦始终能忍项羽所不能忍,终成就大业。

二是项羽不能像刘邦一样大气,能控制自己的私欲。项羽虽说也能"仁而爱人",但充其量也只是妇人之仁,到了关键时候舍不得下血本。高起、王陵对此向刘邦总结说："陛下慢而侮人,项羽仁而爱人。然陛下使人攻城略地,所降下者因以予之,与天下同利也。项羽妒贤嫉能,有功者害之,贤者疑之,战胜而不予人功,得地而不予人利,此所以失天下也。"刘邦手下的韩信、陈平等一大批能人奇才都是因为在项羽那里得不到重用而跑到刘邦阵营去的。刘邦占领咸阳后,面对美女珍宝宫室,也曾心动不已,但是樊哙、张良依据提醒,刘邦便立马退出皇宫,封存宝物,并与关中父老约法三章。刘邦在与项羽决斗的关键时刻,韩信让人请求封假齐王,以安齐的百姓,刘邦本火冒三丈,张良给他使个眼色,刘邦便立马心领神会,说要做王就做真齐王,做什么假齐王呢?立即下表册封。汉六年大封功臣之时,臣下们日夜争功不决,未得行封,一个个人心惶惶,刘邦果断采取张良建议,分封他平生最恨的雍齿为侯,温暖了一大片人,"雍齿尚为侯,我属无患矣"。

　　三是项羽不如刘邦能从谏如流,知错能改。项羽天生神力,巨鹿之战,以破釜沉舟的勇气,九战九捷,名震天下。从此之后再也没有人能入他的法眼,再也难听取别人的意见。就是被其尊奉为亚父的范增,他也从来是未可全信,后来中了陈平的离间之计,竟然怀疑范增与汉王有私,稍夺其权,范增气愤之下,祈求还乡,未至彭城,落得疽发背而死。反观刘邦,大脑反应之快,纳谏之快,说他是天下第二,无人敢称第一。刘邦引兵过高阳时,郦食其为监门,求见他,欲献良策。刘邦正在让两个女子服侍洗脚,郦食其不拜,提出批评意见说:"足下必欲诛无道秦,不宜踞见长者。""于是沛公起,摄衣谢之,延上坐。"郦食其立即转怒为喜,掏心掏肺。韩信到汉中投奔他,他只给一小官位置,后来萧何告诉他,要想得天下,非得拜韩信为将不可,于是他二话没说,立马筑坛拜将。项羽与刘邦约为鸿沟为界后,欲引兵西归,张良、陈平说:"汉有天下太半,而诸侯皆附之。楚兵罢食尽,此天亡楚之时也,不如因其机而遂取之。"刘邦欣然听之,垓下一战,逼得项羽自刎,遂取得天下。取得天下后,面临定都问题,手下功臣多位关东人,都劝说刘邦定都洛阳,但刘敬、张良一番高论,刘邦立马决定定都关中,比起有着"富贵不还乡,如锦衣夜行"浅见而定都彭城的项羽,不知要高明多少倍。陆贾时时在刘邦面前说《诗》《书》。刘邦很烦,骂他不长眼:"乃公居马上而得之,安事《诗》《书》!"陆贾反驳说:"居马上得之,宁可以马上治之乎?且汤武逆取而以顺守之,文武并用,长久之术也。"刘邦立即反应过来,自己鄙视儒生的做法是有错误的了,面带惭色,对陆贾说:"那请你为我写一本著作,说明为什么秦国失去了天下,而我为什么得天下,还要有古代国家成败兴亡的例子。"陆贾于是接受了请求,写了十二篇文章,一篇一篇写在竹简上,上奏给刘邦,而每一次上奏,刘邦看了都满口称赞,于是《新语》一书就此问世。

四是项羽没有刘邦心理素质好。刘邦与项羽争霸,输多赢少,但是他能屡败屡战,永不言败。在战场上,他兵不厌诈,把谋略和诡计用到了极点,而项羽却热衷于逞强斗狠。楚汉相持未决多时,项羽说:"天下匈匈数岁者,徒以吾两人耳,愿与汉王挑战决雌雄。"汉王笑谢曰:"吾宁斗智,不能斗力。"项羽伏弩射中汉王胸膛,刘邦狡诈地说,"虏中吾指!"士卒士气丝毫不受影响。这且不论,最可气的是,项羽抓了他父亲刘太公，以此为人质，威胁他："今不急下，吾烹太公。"刘邦竟然笑嘻嘻地说："吾与项羽俱北面受命怀王，曰'约为兄弟'，吾翁即若翁，必欲烹而翁，则幸分我一杯羹。"一副我是流氓我怕谁的样子让项羽不知所措，让我等吃瓜群众看后一地鸡毛，这哪里是为人子者该说的话？刘邦多次被项羽打得满地找牙，有一次如果没有纪信假扮他吸引项羽注意力，刘邦几乎难以逃出生天。但是刘邦一逃出去，萧何把补充兵员和粮草全都准备好了，接着再战，简直就是打不死的小强。垓下之战后，项羽愈战愈勇，无人能够近身，乌江亭长欲渡他过江，意图再战，劝说他"江东虽小，地方千里，众数十万人，亦足王也"。项羽却道："天之亡我，我何渡为！"他百胜却挺不过一败，最终乌江边自刎，到死还认为：此天欲亡我，非战之罪也。死则死耳，他死前还吟唱：力拔山兮气盖世，时不利兮骓不逝。骓不逝兮可奈何！虞兮虞兮奈若何！到头来也未参透生死成败。再看刘邦，临终前问医，医曰："病可治。"高祖谩骂之曰："吾以布衣提三尺剑取天下，此非天命乎？命乃在天，虽扁鹊何益？"遂不使治病，赐金五十斤罢之。面对生死，刘邦何等通透，何等潇洒！

孟子曾说："居天下之广居，立天下之正位，行天下之大道。得志，与民由之；不得志，独行其道。富贵不能淫，贫贱不能移，威武不能屈，此之谓大丈夫。"以刘邦所作所为对照之，似乎完全符合：

他，理想坚定，坚持不懈，为了年少时看到秦始皇时，"嗟乎，大丈夫当如是也！"那一声叹息，奋斗了一生，为此百折不挠；他意志坚定，面对一次次失败，他愈挫愈勇，毫无退却之心；他能屈能伸，忍字当头，不盲动，不蛮干，等待机会成熟时再果断出手；他虚心听取不同意见，善于权变，从谏如流；他遇事冷静，斗智不斗力，善于四两拨千斤……

赵弘毅最后得出结论：刘邦实乃大丈夫，非项羽之辈所能比也。

稍稍遗憾的是学校图书室里的书太为陈旧了，他渴望读到更多更新的书籍，特别是获得过茅盾文学奖的一些当代作家所著的小说，比如《穆斯林的葬礼》《平凡的世界》和《少年天子》等书。可惜这些书，学校图书室很难借到，买呢，价格不菲，平均售价10元左右，这够他10天的生活费了。

怎么办？赵弘毅要勤工俭学实现他的读书梦。有同学介绍他周日到梁州城里西关街一户人家里做家教，每月4次，每次辅导2个小时，辅导科目是小学六年级语数，每月付费20元。只需要过个渡，路程不是太远，价钱也可以接受，他不假思索就答应了。

赵弘毅辅导的学生是一个六年级的小男孩，叫亮亮，住在西关街一个二层小楼里，家里条件不错，爷爷奶奶退休，父母都在梁州县政府里工作。这个孩子很聪明，学习基础不是太差，但由于平常父母工作忙，学习上过问不多，再加上受爷爷奶奶溺爱，玩性大，在学习上下的功夫不够，每次考试，语数成绩都在70分到80分之间徘徊，这让他的父母很着急，想找个家教把成绩提升一下。

赵弘毅和亮亮初次见面就很愉快。他针对亮亮注意力不够集中的问题，采取了从讲故事入手的办法。对于读了很多书，满肚子故事的赵弘毅来说，讲故事那是他的强项。这招很奏效，很快就激发了亮亮的学习兴趣,赢得了对赵弘毅的信任和好感。对亮亮的语文辅导,他注重从字词入手,要求亮亮写对字,弄通词义,弄懂课文大意,通过适量的课外阅读,培养亮亮读书兴趣,特别是对一些易错环节一个都不放过;对数学的辅导,着重是对亮亮计算能力训练和解决方程问题的训练,他特别重视每一章节知识树的构建,让亮亮重点搞清楚各个章节知识点的逻辑关系,使其做到融会贯通。每次辅导完知识后,赵弘毅都会对亮亮进行检测考试,试题设计由易到难,给他一种跳一跳就可以摘到桃子的感觉,让他每次都感到进步和成功的喜悦。

亮亮很快就喜欢上了这位年轻的家庭教师。人们说兴趣就是最好的老师,本来就很聪明的亮亮,一经点拨,学习成绩便突飞猛进了。期中考试,语文考了89分,数学考了94分,到了期末考试,语文成绩是94分,数学是100分,亮亮以优异的成绩考入了梁州一中。亮亮的爷爷、奶奶、爸爸、妈妈对赵弘毅很是敬佩和感激,报酬也涨到25元每月,学期末还给赵弘毅额外封了一个50元的红包,并希望亮亮上初中后,赵弘毅能继续辅导。

赵弘毅的书架上很快就有了《穆斯林的葬礼》和《平凡的世界》。

"1975年二三月间,一个平平常常的日子,细蒙蒙的雨丝夹着一星半点的雪花,正纷纷淋淋地向大地飘洒着。时令已快到惊蛰,雪当然再不会存留,往往还没等落地,就已经消失得无踪无影了。黄土高原严寒而漫长的冬天看来就要过去,但那真正温暖的春天还远远地没有到来。"

一走进《平凡的世界》,赵弘毅便再也不舍得出来了,他觉得孙少平简直就是自己的化身。赵弘毅俨然已走进了平凡的世界里，感受着孙少平的酸甜苦辣。

放眼望去，贫瘠的土地上，生活着渴望吃上白馍馍的农民。站在那个山坡，唱起信天游，高亢的声音仿佛能穿透天空，也就是这片土地上的生活，造就了陕北人的豪放之气。孙少平，这片土地的儿子，在贫穷中挣扎，他要冲破天空，创造自己的生活。

上高中时，普通得不能再普通的孙少平，因为家里穷而感到自卑，在学校里，也总是抬不起头。饥饿折磨着它，是书带给他精神上的安慰。他害怕，不愿贫穷，但是他没有迷失自我，有一股子冲劲，不想向残酷的现实投降。

"我们原是自由飞翔的鸟，飞去吧！飞到那乌云背后明媚的山峦，飞到那里，到那蓝色的海角。只有风在欢舞，还有我做伴。"田晓霞的呼喊，唤起了孙少平沉淀的梦想。赵弘毅不曾觉得孙少平很贫穷，他喊出的是梦的力量，那种力量能够战胜一切艰辛。孙少平始终表现出一种征服者的咄咄逼人的态度，他微笑着面对生活，工作再苦，他又何曾放弃，纵使生活再平凡，他都可以活出精彩。

一段时间里，孙少平几乎占据了赵弘毅大脑的全部，他的情绪随着孙少平命运的波折而起伏，或喜或悲……如果说曾有过一部书能改变人的心智和三观，赵弘毅会毫不犹豫地说，这就是——《平凡的世界》。

第十八章

　　孙少平给了赵弘毅很大的鼓励和启示,他很快就有了自己的梦想。他要努力学习,争取三年中师毕业后,能够参加保送考试进入大学,继续深造。

　　那时候,大学还没有扩招,师范院校每年会给学习优异的中师毕业生为数不多的几个保送上大学的名额。美其名曰保送,其实最终能够拿到上大学入场券的还是由保送考试成绩决定。而且指标很有限,几所院校合计起来,每年大概只有三四个名额,而且需要和梁州一师竞争,考上的概率比高中毕业生参加全国普通高考上大学要小得多。

　　"哪怕只有百分之一的希望,我必须付出百分之百的努力!我能够考上中师,跳出农门,已经比孙少平幸运多了。如果再能够实现人生逆袭,保送上大学,实乃我人生一大幸事!"

　　赵弘毅暗暗下定决心,他一定要努力学习,全面发展,争取通过保送,走进大学校园,体验象牙塔里面的生活,成为新时代的天之骄子。

　　参加保送考试一般需要考语文、数学和外语三科,有时可能会加考物理和化学。语文、数学、物理和化学对于赵弘毅来说没有任何问题,难点在英语上,因为中师不开设英语课。当然这对于所有中师生来说,大家是站在同一个起跑线上的。

赵弘毅托已经上了高中的初中时同学给他借了高中全套英语教材,他决定自学英语。上初中时,英语也是赵弘毅的强项。高中英语的难度不是太大,八种时态在初中时已经学会,其他重要语法知识,课本后边都有罗列。和初中英语相比,高中英语的词汇量显著增加,需要重点过关。对于记忆力超强的赵弘毅来说,这都不是事。目前最重要的工作是列出切实可行的自学计划,按计划进度自学完高中两册英语教材。

"How Marx learned Foreign Languages"(马克思怎样学外语)是高中英语课文中的必背篇目,其实也告诉了人们学习外语的正确方法和途径。赵弘毅决心按照马克思指明的方法,循序渐进地学习外语。他对自己的要求是每两天学习完一篇英语课文,目标要求是英语单词会写、会读和会认,英语课文基本上会背诵,重点语法知识熟记。时间安排是:早上6点至7点背英语单词和课文,晚上7点到8点做练习巩固。

赵弘毅从来不打无准备之仗。他想,要想在毕业时参加保送考试脱颖而出,就必须得付出比别人多得多的努力。赵弘毅在邮局专门订了《高中生语数外》和《高中生数理化》两种月刊。对于每期刊物,他必然是认真研读,希望可以获取和掌握最新、最前沿的知识和解题思路。

正当赵弘毅学得格外有劲儿的时候,他接到学校通知,下个周末,学校将进行体育班和幼师班的术科招生考试,要求校团委和学生会的干部全员上岗,协助老师们做好招生秩序的维护工作。

二师建校初仅有两个普师班,102名学生。1987年开设了体育班，1989年又开设了幼师班、电教班、民师班。体育班和幼师班一般情况下隔年交替招生，今年不同以往，体育班和幼师班竟然是同时招生，给梁州十大县区的初中毕业特长生带来了很大的历史机遇。

体育班术科考试科目无外乎是田径项目、三球（足球、篮球和排球）、体操等常规项目，要求自然是跑得快、跳得高、扔得远，成绩是作不了假的，一切都是秒表说了算，尺子说了算，技术说了算。幼师班当年不招男生，术科考试自然是考查学生的说拉弹唱、舞蹈舞姿、讲儿童故事等项目。其实还有一项考查项目，虽然没有写进简章，但是也非常重要，那就是考生的长相气质，一般来说，考生长得漂亮，气质佳，印象分就高，就会占优势。

上帝为人关上一扇门的同时，必然会打开一扇窗。这些参加体育班、幼师班考试的学生，文化课成绩都不是太好，如果参加中专考试，纯粹靠成绩，是上不了中专的。但是他们大多都有特长，特别是在体音美方面有专长，他们就可以通过参加体育班、幼师班招生考试，拿到中专学校的入场券。

今年，上级下达给学校的招生计划是，体育班50名学生和幼师班50名学生。结果梁州十大县来校参加术科考试的学生就有2000人之多。学校在大操场和大礼堂分别设了体育术科考场和幼师术科考场。这些参加考试的学生绝大部分都是提前请过专业高手培训过的，一个个都是精神抖擞，志在必得。赵弘毅不禁为这些考生担忧，5%的录取概率，看来绝大多数学生都是来陪太子考试的，必然是乘兴而来，败兴而归。

学校这一天是彩旗招展，鲜花怒放。校园里到处都是穿着时髦的男女小青年，花花绿绿，人山人海。特别是报考幼师专业的女学生们，更是打扮得花枝招展，美不胜收！她们穿着五颜六色的、奇奇怪怪的、拖在地下的各种舞蹈服装，化着不一样的淡妆，有一种出水芙蓉的美。也有提电子琴的，背吉他的，提二胡的，拿笛子的，各种长枪短炮也是"全副武装"。报考体育专业的学生穿着各式各样运动服，红的、白的、蓝的，色调不一，各式各样的运动鞋，彰显着他们是运动场上的常客。每个考生的后面都跟着一群人，有父母家长亲自送的，也有全家亲戚总动员的，把整个考场围得水泄不通，那场面，那阵势，用一个词形容，那就是震撼！

　　赵弘毅他们的任务就是设立警戒线，让考生凭准考证和顺序号进入考场，其他闲人一律不得进场，维护正常的考试秩序。他们每人戴着一个执勤的红袖章，显得不怒自威，很有存在感！赵弘毅看着一个个考生走进去，神态不尽相同：有人期待，有人忐忑，有人志在必得，有人紧张不已……再看看，有考生走出来眉飞色舞，蹦蹦跳跳，有考生则神情沮丧，颓唐不安……

　　整个体育班和幼师班的招生考试分头都进行了两天，每一项考试成绩都进行了当场公布，确保了招生工作的公开、公正和透明。随后不久，学校向招生办上报了本年度体育班和幼师班招生术科分数的控制线。后边的正式录取，还要加上考生们的文化课成绩，按照总分从高往低录取学生，下发正式的录取通知书。

　　整个术科考试的组织是严谨规范的，考试的秩序是井然有序的，校团委和学生会的全体干部为此也是立下了汗马功劳，受到了学校领导的高度好评！

体育班和幼师班术科招生考试结束后，离本学期放假也就不远了，大家马上就要迎来一个快乐的暑假了。就在这个时候，学校保卫科发出通知，要在全校招收24名暑期护校队队员。

一到寒暑假，师生们就要离开热闹的校园，回家度假，留下一个偌大的、空旷的校园，倍显冷清。与此同时也给一些不法分子留下可乘之机，蓄谋偷盗。为了确保校园公私财产安全，梁州二师每年寒暑假都会招聘一些学生成立假期护校队，进行24小时三班倒不间断值班。值班期间，学校免费供应一日三餐，每月给予60元的值班补助。

赵弘毅听到这个消息后，异常兴奋，他第一时间到保卫科报了名。他觉得护校这种事简直就是为他量身定做的：他暑假在家基本无事可做，正好可以利用这个时间自学高中英语，再把其他各门学科知识复习巩固和提升一下。

期末考试于6月底顺利结束，成绩揭晓，赵弘毅依然是门门优秀，这学期体育成绩也达到了75分，终于告别了补考的历史。

7月4日，学校暑假起假，护校队员们正式上岗值班。早上8点，在教学大楼一楼门前，保卫科召集全体护校队员开了一个简短的动员会和培训会。24名护校队员被分成三个班组，每个班组值班8个小时，定期轮换。每个班组还安排了一位带班老师，老师不用现场值班，主要是负责随机检查学生值班到位情况，值班遇到突发情况时，值班组第一时间要向带班教师汇报。

学校为每个值班小组配备了橡胶棒、强光手电。固定值班地点设在教学楼一楼大门口，在那里设置了值班桌椅，接通了报警电话。教学楼的铁门已上锁，就是值班人员也不得随意进入。值班小组进入岗位后，要么看书，要么闲聊，基本上就是无事可做。每隔一个小时或者两个小时就派两个人在校园里巡视一番，看看动态，活动活动筋骨。到了夜间，巡视密度会稍微大一些，大家就拿着那个强光手电，这里照照，那里看看。

为了打发这闲得发慌的时间，保卫科在值班点还配发了一台黑白电视机。那时候还没有有线电视，拉开电视天线，只能收到省台和梁州台节目。大家从早上九点开机，一直放到晚上十点半电视台说再见。到了暑期，电视剧很多，很好看，一看就上瘾。

赵弘毅暗暗告诫自己，不要忘记了自己参加护校队的初心：自己是为了学习而来。不管是不是值夜班，他总是在早上六点半准时起床，洗漱、早餐完毕后，7点半到9点开始背英语单词和英语课文，10点开始做数理化高考模拟题，午休后，下午2点到5点半读文学名著和做语文高考模拟卷。晚上7点准时收看《新闻联播》节目，然后再看两集电视剧，接着继续看书。

赵弘毅感觉到参加护校队真是太值了！这种生活真是太有利于他自学了。学校不但免费供应队员们一日三餐，还发工资，还给了这么宽裕的时间让你去学习，让你过一种有规律、有价值的暑期生活，这种好事你上哪里去找？这种充实和快乐实在是不足为外人道也！

7月下旬的一天晚上，正赶上赵弘毅他们小组值夜班。他们刚刚在校园里巡视了一番，这时正坐下闲聊。屁股还没有坐热，就听见紧急集合的哨声"嘟嘟嘟"地响起来了。按照规定，这种集结哨音表明学校已发生重大险情，需要全体护校队员带上器械迅速赶赴集结地！

"一定是有坏人进入校园，偷盗公私财物。"

"是组织考验我们的时候了。"

全体护校队员来不及细想，拿上橡胶棒，迅速向哨音吹起处靠拢。

"一伙来历不明的人刚刚翻围墙进入校园，闯进我校行政办公楼，企图偷盗！被值班老师发现，现在还没有惊动他们。全体护校队都有！一组学校行政大楼，二组校门口，三组围墙边，大家迅速摸索前进，抓住歹徒！歹徒可能随身携带有匕首，大家注意安全！"

保卫科长李精忠简短发布了命令。大家不由得吸了一口凉气，我的乖乖！阶级敌人到底还是进来了！大家没有害怕，似乎还有点兴奋，护校护校，护了这么久，连一点风吹草动都没有，真是没劲！现在终于到了证明自己和立功的时候了！大家带着器械，拿着强光手电，按照李科长分派的任务迅速向各目的地奔去。

赵弘毅小组负责行政大楼搜索，这是歹徒刚刚被发现的地方。走进一看，门锁完整，没有被破坏的痕迹，难道是翻窗而入？仔仔细细搜了半个多小时没有发现任何迹象。其他两个小组也无动静，到现在也没有发出求援的信号。

正在大伙儿纳闷儿的时候，"嘟嘟嘟"，集结哨音在校门口再次响起，大家便铆足了劲儿，以百米赛跑的速度向校门口奔去，只见保卫科长和几位带班老师正笑呵呵地站在那里。

"歹徒呢？怎么连个人毛儿都没有看见？难道飞了不成？"大家在下边面面相觑，一个个都是丈二和尚摸不着头脑。

"这是一次紧急护校演练行动！大家刚才的表现基本合格。"保卫科长李精忠神态中有点狡黠和小得意。大家纷纷吐了一口气，原来是虚惊一场。

"护校队护校，犹如军人练兵备战，和平虽好，忘战必危！近些日子，大家大都能按照保卫科的要求，认真履行值班职责，很好啊！但是我们也看出部分队员精神出现懈怠，有了麻痹大意思想，这种苗头很不好啊！因此保卫科就临时决定，安排了这样一次安全演练活动。"

"活动中因为没有提前打招呼，所以大家的表现才显得很真实。大家都很勇敢！我对你们的表现总体上是满意的，但有几个问题需要在这里强调一下啊。第二小组有两位成员集合时候迟到，紧张感不够！部分队员赤手空拳，没有带上器械，你以为是玩小孩过家家游戏啊？歹徒往往都是穷凶极恶的，你对他仁慈，就是对人民犯罪！另外啊，大家的勇敢精神值得提倡和表扬，但是对敌斗争一定要讲究方法策略，既要斗勇，更要斗智，还要懂得有效地保护自己，大家要发挥集体的力量，形成合力打压态势，我不提倡个人英雄主义！"

保卫科长借机进行了一次生动活泼的安全演练教育活动，说得大家一个个连连点头。

两个月的护校生活下来，赵弘毅晒得黑黑的，个子已窜到一米七二了。高一全册的英语教材已经通通过了一遍，中师二年级的文选与写作、数学、物理和化学教材内容，也基本囫囵吞枣地看过一遍。

赵弘毅的这个暑假过得充实、愉快，这也成为他今后学习生涯中极其重要的一个加油站。

第十九章

年年岁岁花相似，岁岁年年人不同。

两个月的护校生活转瞬即逝，赵弘毅迎来了他师范时代的第二个学年。已经冷清了许久的校园，再一次热闹起来。先是老生们返校，紧接着是1992级新生入学，军训，又一批年轻人开始了全新的师范生活。

1992级学生的来源与上几届学生略微有一些不同。从这一级开始，每个班都招收了一定量的自费生。也就是说他们的录取成绩要比正式录取分数线低，只要交够一定的学费，仍然可以计划内分配工作。这个学费是比较贵的，好几千块钱呢，对于一般的穷家小户，往往是可望而不可即的。有钱人家的子弟，往往也都有一些不良的习气，比如抽烟、酗酒、赌博、谈情说爱等，让学校的老师们很是头疼。不少师生在下边私下议论，学校为了收几个钱儿，把一些瞎桃烂杏儿都一股脑儿收进来了，好比是一个老鼠坏一锅汤，他们这少数学生把学校的风气带坏了。

果不其然，刚刚开学两周，学校就发生了几起打架斗殴事件，参与者都有自费生，而且居然有一年级新生挑衅高年级学生的案例。还有一个学生刚刚进校不久，就死缠着一名幼师班的女孩儿不放，买这买那，在各种场合向那女孩儿表白，弄得全校都知道了。学校学生科和保卫科的老师们在那一段时间要处理各种各样的"案子",这在以前的管理生涯中,还没有遇见过,这让他们有点吃不消了。

历史的车轮滚滚向前,不可能滚滚向后吧,存在即合理。对于这些违反校纪校规的事情,只能是批评教育,不可能全部开除吧。于是通知家长到校,大会作检查,操场罚跑步,教学楼门前罚站,出布告宣布留校察看等处分决定……各种方法想完了,收效是有,但是还是不能"治断根"。存在的就是合理的,急也没用,抱怨人心不古,更没用,有关管理部门也就只有做好"持久战"的思想准备了。多少年过去了,其实这些在当年的师生们看来所谓的"差生",他们现在都混得挺好的,也最懂得感恩,毕业后与老师们也联系得最多。这实在是让人们都很费解的一种教育现象!

九一级五班换了班主任老师。新任班主任叫李儒华,毕业于长安师范大学历史系,个子较矮,人很精神,才华横溢,而且是学校业余足球队的主力队员,脚下功夫不错,球踢得蛮漂亮。赵弘毅在暑假护校时就认识了李老师,他当时是护校队的带班老师之一,两人很快就成了朋友。得知李老师要当班主任,赵弘毅很是高兴。

李老师刚从师大毕业没有两年,浑身还散发着大学生的书卷气。他接手班主任后的管班理念是相信学生、依靠学生,实行自主管理。这和一年级时班主任王大顺老师的事无巨细、大包大揽、严格要求、随时跟进有着很大的不同。

新官上任三把火,李老师也不例外。他召开的第一个班会就是民主投票改选班委会。第一届班委会是由原来班主任王大顺老师指定的，如今已经满一年了。有些成员能力一般，不能服众，有些成员厌倦了当班干部，想撂挑子不干了，而一些能力较强，渴望锻炼能力的同学则希望能够通过公平竞选成为班委会一员。这如同《围城》里说的一样：城里的人想出来，城外的人想进去。

李老师通过走访学生，采取推荐和毛遂自荐的方式，所有班委会岗位按照2比1的差额确定了候选人。要求各候选人用一周左右的时间造声势，与广大选民（班内所有学生）密切联系，宣传自己的竞选纲领，寻求支持。并要求竞选人提前准备好3分钟左右的竞选演说稿，在周一班会上脱稿演讲，由全班学生无记名投票决定最后班委会人选。

方案一经宣布，便空前调动起参选同学的热情。为了拉选票，一些同学使出浑身解数。这些招数中有光明正大的阳谋，也有见不得光的阴谋。有请吃饭的，有自己不好出面，请其他人打招呼的，有主动和班主任老师拉关系的，一时间好不热闹。

周一的班会开成了一个热闹非凡的竞选大会。各位候选人的演讲都很精彩，纷纷围绕着对竞选职务的认识、竞选的动机、施政纲领和目标任务几个方面，慷慨陈词。教室里的掌声也是此起彼伏，同学们的激情一次次被点燃。

要想写好诗，功夫在诗外。其实竞选演说也只是一种走形式而已，谁当选，谁落选，其实在选举前已基本明朗了。经过一年多时间相处，谁的品行怎么样，谁的能力水平如何，大家是瞎子吃萤火虫——心里亮堂着呢。赵弘毅没有参加这次竞选，他已经是学校学生会干部，现在一门心思想着考大学，他不想把主要精力放在这些烦琐的班级管理事务上。对于本次选举，他愿意做观察员，看着"班内熙熙、皆为名来，班内攘攘、皆为利往"，他有一种冷眼看世界的超然。

孙浩成为大家民主选举的班长，李芳成为团支部书记，其他班委成员也选举产生了。新的班委会很快就召开了第一次班委会，研究班级本学期重点工作，确立了学习领先、纪律第一、卫生第一、活动特色、能力突出等多方面施政要点。新的班委成员们纷纷摩拳擦掌，决定大干一场，绝不辜负班主任李老师和同学们的信任，让五班成为全年级乃至全校的排头兵。

本学期增加了三门课程，一门是历史，老师是班主任李老师，一门是心理学，老师是陈虎，另一门是计算机，老师是燕玲。代数老师换成了程新芬，一位年过半百的女教师，文选与写作换成了周本宁，一位毕业于沔中师范学院中文系的中年教师。

历史很有趣，但是需要记忆的知识点很多，每年都会有不少学生被撂倒，参加补考。

"历史是什么？历史是记载和解释作为一系列人类进程中历史事件的一门学科。学习历史到底有什么作用？"

李老师开课就抛出了历史学科的概念和功用，讲解了红军长征经过大渡河时吸取石达开当年兵败大渡河的历史经验，刘伯承与彝族首领小叶丹结盟后迅速通过彝人区，成功脱离险境的事实，告诉大家，历史往往具有惊人的相似性，学习历史是有现实意义的，学史使人明智，历史可以告诉人们未来。

李老师非常幽默，他说很多历史人名、地名的记忆，要发挥想象功能，经常让大家忍俊不禁。

心理学是师范学校学生一门非常重要的专业课。在未开课前，不少同学认为这门课无非是猜测人们心理活动的，认为学好了它，就可以像算命先生一样知道人们所思所想了。

"心理学是研究心理现象及其活动规律的科学。主要研究个体心理和社会心理两个方面。个体心理可分为心理过程和个性心理两个方面，心理过程包括认知过程、情绪情感过程和意志过程，个性心理又可分为个性倾向性和个性心理特征两个方面……"

陈虎老师第一节课就对心理学的概念进行了科学解读，一打开话匣子便如滔滔江水，绵延不绝。

赵弘毅由此第一次知道，心理活动准确地说应该是脑的活动，而不是心脏的活动。心理学对于人类一切实践领域都是有指导意义的，学习心理学有助于促进人的身心发展，维护心理健康，进而提高人的生活质量。心理学研究的范围太广，作用太重要了，教育心理学只是心理学中的一个分支，作为未来的一名教师，如果不懂得教育心理学，很多时候就会如同盲人骑瞎马而临深渊，是很危险的。

陈虎老师人如其名，讲起课来，虎虎生威，各种心理学知识如数家珍，娓娓道来。大家通过心理学学习，逐渐了解了心理实质、感觉、知觉、记忆、思维、想象、注意、情绪、意志等心理现象，了解了一些个性心理特征，知道了气质和性格类型，了解了艾宾浩斯遗忘规律，知道了马斯洛需要层次论……大家觉得学习心理学简直是太有趣了。

听高年级学生讲，陈虎老师对学生要求十分严格，课堂上绝对不允许大家做小动作，或者在下边窃窃私语。他监考认真，绝对不允许学生作弊，被称为梁州二师监考界"四大杀手教师"之一。

据说有一年，他带了一届学生，正在他眉飞色舞，课讲得有劲儿的时候，下边有一个男生和同桌女生小声说话，他看了几眼，这两位都没有觉察到，依然故我。他于是大发雷霆，吼道："你们要谈恋爱到宿舍里去，不要打扰大家！"这个男生年轻气盛，一头站起来就顶了他一句："陈虎，你是一个流氓！"结果可想而知，当年考试不及格，补考不及格，毕业前夕再次补考，仍然不及格，这个学生因此未能拿到毕业证。等到上班一年后，来校又一次参加补考，他还是给人家不及格。这个学生恼羞成怒，威胁他说："你再不给我及格，我就抱着你跳楼！"他淡定地说："那样的话，我是烈士，你就是反革命。"最后还是校长看不过去了，给他说了一大堆好话，这才让这位同学毕业一年后补考合格，拿到毕业证。

以上故事仅仅是传闻，五班的学生未曾考证过，不知是否杜撰。这倒也逼得大家在心理学科每一节课上都必须打起十二分的精神，生怕哪里出了差错，得罪了"陈老虎"。

计算机课，这在以前，同学们可以说是闻所未闻。大家第一次穿上鞋套，来到了据说是学校当年最值钱的部室——计算机室。只见三十多台电脑摆放得整整齐齐，室内干净整洁，一尘不染。

"这是主机，那是显示器。计算机珍贵得很哟，今天是参观机房，没有让你们操作，现在大家要认真听，仔细看，不要动手去摸！"燕老师先交代。

"计算工具的演化经历了由简单到复杂、从低级到高级的不同阶段，例如从'结绳记事'中的绳结到算筹、算盘计算尺、机械计算机等。它们在不同的历史时期发挥了各自的历史作用，同时也启发了现代电子计算机的研制思想。"燕老师开始讲解起计算机的前世今生。

"1889年,美国科学家赫尔曼·何乐礼研制出以电力为基础的电动制表机,用以储存计算资料。1930年,美国科学家范内瓦·布什造出世界上首台模拟电子计算机。1946年2月14日,由美国军方定制的世界上第一台电子计算机'电子数字积分计算机'在美国宾夕法尼亚大学问世了,这台计算机有几间房子那么大。迄今为止计算机的发展经过了电子管数字机、晶体管数字机、集成电路数字机和大规模集成电路机四个时代。1971年世界上第一台微处理器在美国硅谷诞生,开创了微型计算机的新时代。应用领域从科学计算、事务管理、过程控制逐步走向家庭。计算机的发明堪称第四次科学技术革命……"

什么是BASIC语言?什么是二进制?怎么编写一个DOS命令?学习字根,快速地让你的文章变成铅字!于是从那一天开始,大家便开始了新奇而又难懂的计算机初步知识学习。由于学校班级多,上机时间少,一年下来,大家觉得还是云山雾罩,半懂不懂的。直到多少年以后,Windows的出现,个人电脑终于走进了寻常百姓家。大家也才真正地认识到,"未来谁不懂电脑,谁就是文盲!"这一句当年燕老师说过的话,真是一点儿都不假!

第二十章

文选与写作老师现在换成了周本宁,他毕业于沔中师范学院中文系,最初毕业时,分配到了梁州地区一个县城高中工作,后来调动至梁州二师。

周本宁老师文学功底深厚,可谓满腹才华,讲课时往往是心随我动,任意驰骋,不讲章法。一手粉笔字更是写得刚劲有力,富有个性。他特别擅长讲解诗词歌赋类文章,往往是以诗讲诗,以文讲文,旁征博引,大气磅礴,听他讲此种课型很是惬意。

虽然周本宁老师讲课的优点很多,然而缺点也不少,他在学校是一个备受争议的人物。他比较崇尚嵇康、阮籍这些魏晋名士,总喜欢率性而为。讲起课来,兴之所至,有时便口无遮拦,难免说一些有违师德大雅的狂语,让大家一时难以接受。

他讲杜牧的《阿房宫赋》,当讲到"一肌一容,尽态极妍,缦立远视,而望幸焉。有不得见者,三十六年。"这一段时,便开始任意发挥了。

"何谓尽态极妍?那是形容女子的美丽无以复加,女人之美,贵在有态。态是什么?类似于今天人们所说的气质,但其内涵远远要多于气质这个词语本身。大家可以想象一下,这么多美女都在等待秦皇宠幸,是一种何等焦虑的心态,有人穷其一生也没有见过皇帝，简直是暴殄天物啊！

"不过这还算不了什么，这和西晋开国皇帝司马炎相比，简直是小巫见大巫，远远甩过几条街。大家且听我慢慢道来：晋武帝后宫养美女近三万，他忙不过来啊，他还假装要做公道人，便设计了一个公羊车，坐在上边，车在某处停下，他便留宿某处。于是道高一尺，魔高一丈，美人们纷纷想出高招，有人在门前扔下洒有盐水的青草，有人在寝宫前拴上一只发情的母羊……于是人和动物各得其所！"

讲到此处时，男生们无不欢欣鼓舞，兴奋不已，女生们明显是难为情，有的女同学甚至反感地用手捂起了耳朵，以示抗议。结果周本宁老师发起火来。

"有一句话叫什么来着？叫小和尚念经，不知道什么经是正经。你们装什么装，你们以为自己单纯得如同七八岁的小姑娘？"

课堂上诸如此类的例子还很多，他一讲起男女之间那些事儿便飘飘然不知所以，这让女同学们对他很痛恨，认为他有违师德。

到了第二学期开学不久的一节课上，矛盾终于爆发了。

"大家知道，飞机失事以后，必然会机毁人亡，但是有一样东西永远不会消失，它会忠实地记载飞机在失事之前所经历的一切，它叫什么？"

周本宁老师上课前强压怒火，和大家打起了哑谜。

"我告诉你们，那个东西叫黑匣子！去年期末考试前，学校进行教师师德民主测评，是谁参与了画票？是谁给了我差评？是谁说我在课堂上讲一些与课文无关的内容？是谁说我在课堂上给大家讲不健康的内容？你给我站起来！要想人不知，除非己莫为！我今天就要把这个黑匣子的秘密破译出来！"

一番恫吓、敲诈，仍然未奏效，没有人站出来承认这事情是自己干的。周本宁老师气呼呼地把教本往讲台上一放，坐在上边，让大家自学。为了让他好下台，一些男生凑上前去说好话，让他消消气，大人不记小人过，请给大家继续上课。

民评风波刚过不久，在周本宁老师身上又发生了一件怪事。早上他上课时候，大家发现他脸上有好几道指甲的抓痕，便很诧异，纷纷问他怎么了。

"昨天晚上我家来了一只发情的公猫，不停地叫春，我赶都赶不走，动手撵它之际，这畜生竟然抓了我，唉，说多都是泪啊！"

他脸上略显尴尬，便迅速编起故事来。其实大家都知道，他一定又是和夫人动手了，据说两人感情不是太好，经常吵架，为此他也是很受伤。

周本宁老师酷爱文学，对《当代》《名作欣赏》这些杂志往往是爱不释手，他经常让五班的学生到阅览室里去把这两本书给借出来，供他研读。他对写作中的遣词造句几乎达到了痴迷的境地，思维方式与众不同。他在一部小说中这样描述一个人焦急的心理，"某人急得两眼如尿尿"，他说这是一种通感的写作方法。

有时他课上得正好，突然大喊一声："不得了，不得了，肚子疼，坚持不了了，我要先走一会儿！你们可不能乱跑，下课铃响了才可以放学，知道不？"于是他夹着教本，提前离开教室，后来他故技重演时，不等他说肚子疼，男生们便异口同

第二十章

声地说："周老师肚子又开始疼了！"他便拱拱手说："心照不宣，你们懂我。"便飘然离去。

久走夜路碰见鬼，他的这些小聪明，终究没有瞒过学校领导。据说学校副校长找他进行了严肃谈话，给了严重口头警告，让他不得再犯同类错误，后来他稍微有所收敛。

但要说讲课认真起来，他的功底无人可及。11月份恰好迎来省教育厅对梁州二师课堂教学进行评估，点名要听一节语文课和数学课。学校领导经过商议，决定到五班听一节文选课，把重任交给了周本宁老师。

"王维的《山居秋暝》是山水诗的代表作之一，它唱出了隐居者的恋歌。全诗描绘了秋雨初晴后傍晚时分山村的旖旎风光和山居村民的淳朴风尚，表现了诗人寄情山水田园，对隐居生活怡然自得的满足心情。

"诗的开头两句'空山新雨后，天气晚来秋'，是诗人用大手笔勾画的雨后山村的自然画卷。其清新、宁静、淡远之境如在目前。一个'空'字，渲染出天高云淡、万物空灵之美。诗人隐居于此是何等的闲适，如此描绘山水田园之典型环境流露出诗人的喜爱之情。

"'明月松间照，清泉石上流'，薄暮之景，山雨初霁，幽静闲适，清新宜人。被雨水洗涤后的松林，一尘不染，青翠欲滴；山石显得格外晶莹、剔透新亮；就连月光也像被洗过一样，极其明亮皎洁；山雨汇成的股股清泉顿时流淌于拾级而上的石板上，又顺着山涧蜿蜒而下，发出淙淙的清脆悦耳的欢唱，好似婉转的'小夜曲'奏鸣。'照'与'流'，一上一下，一静一动，静中有动，动中有静，仿佛让人感受到大自然的脉搏在跳动。此时此刻诗人仿佛觉得自己也被洗净了一般,自然的美与心境的美完全融为一体,创造出如水月镜般不可凑合的纯美诗境。此种禅意非隐居者莫属。苏轼把此联誉为'诗中有画'的典范之秀句。"

周本宁老师的这节公开课几乎是一气呵成,让同学们和听课教师、领导们如醉如痴。直到现在,赵弘毅还清楚地记得那节课。

那节课,周本宁老师上的是王维的《山居秋暝》。他通过带领大家读诗、品诗,读诗人、读唐代诗歌等几个环节,把诗佛王维"诗中有画、画中有诗"的特点彰显无遗,通过以诗讲诗和大家分组交流讨论,把这首诗的意境描述得恰到好处。

可惜的是他本性难改,一旦脱离学校领导监督视线,便自以为是了,讲起课来依然是我行我素,口无遮拦。在文选课上总是管不住自己,偶尔还会讲一些"少儿不宜"的话题,学生投诉不断。到了赵弘毅上三年级时学校不让他再教文选课,而是改教五个普师班的语文基础知识,心想这一下你该不会再卖弄你的那些不太健康的才华了吧。谁知他依然如此,只要有发力点,他照常会带来一些意外。

"今天我们学习倒装句,什么叫倒装句呢?为了强调和突出某些词语而颠倒原有语序的句子,就是倒装句。比如说,'去一趟吧,你'。我今天上班路过西关街道,遇到两口子吵架,就很有意思,和今天所讲有点关联,大家且听我细细道来。"

"男的骂自己老婆说,你这个狗日的。女的不服,反过来骂老公,大家猜猜她怎么骂的?她竟然说,你这个日狗的!哈哈哈!"

老周自己说完就酣畅淋漓地大笑起来，惹得男生们一个个敲桌子怪笑不已，女生们则无比尴尬，心里说，低级趣味！

"什么是对比？对比不仅是一种写作方法，也是一种修辞手法，还是一种说明方法。比如李太白诗云"素手把芙蓉"，为什么不去把一束狗尾巴花？我今天到了火车站，上车人较多，一个美女出现在我的眼前，最美还是她那双嫩嫩的、白白的小手。美女上不来车，需要有人拉她一把。此时车上恰好有一位下里巴人，只见他衣着脏兮兮的，双手黑乎乎的。美女试了几次，简直不忍心把这只玉手短暂地交给这位下里巴人，犹豫之下，还是伸出了小手，一位是指若削葱根，另一位是两鬓苍苍十指黑，对比是如此强烈，让人不忍直视啊！"

周本宁老师总会不失时机找到与男女有关的话题，让女生们哭笑不得。

赵弘毅心想，周老师虽然有才，然而在师德方面却不敢恭维。他坚定地认为传道者自己首先要明道、信道，育人者要先受教育，教育者要始终追求并确立大境界、大胸怀、大格局，才能给学生指点迷津、引领人生航向。一个优秀的教师应该始终以德立身，以德立学，以德施教，坚持教书和育人相统一，坚持言传和身教相统一，坚持潜心问道和关注社会相统一，自觉发挥积极性、主动性、创造性，用高尚的人格感染学生，用真理的力量感召学生，以深厚的理论功底赢得学生。

他发誓今后一定要做一个德才兼备的好教师。

第二十一章

不知班主任李老师怎么想的,这学期的座位也进行了重新调整,基本原则是男女混排。赵弘毅竟然有幸和班里一个小巧玲珑,长得白白净净的县城女孩儿坐在了一起,这让赵弘毅既有点儿难为情,又有点莫名的兴奋。这意味着以后可以就近和女生交流了,这对从来没有和女生近距离接触的他来说,有一种莫名的激动和渴望。

这毕竟是他心里的小九九,他不敢也不能向外人道也。他只觉得那女孩儿有一种"清水出芙蓉、天然去雕饰"的自然美,即使坐在一起,什么话也不说,也是一种无以言表的幸福。他于是每天一吃完饭便往教室跑,心里想着早点见着女同桌。

一想起她来,他心里就有一种被蚂蚁蜇了一下的快乐。这是从来没有过的感觉,他觉得每天和同桌相处的时间太短暂了。他总是喜欢出点风头以引起同桌的注意,他喜欢看着女同桌甜美的笑容。

但是他很清醒,那美丽可爱的女同桌是阳春白雪,而他纯粹就是一个下里巴人。她是他的梦中青春偶像,而他只是她一个再也普通不过的同桌而已。

同桌理科不太好,于是他很高兴地当起了同桌的义务辅导员，他喜欢给她讲题的感觉，看着女同桌纯真的眼眸和对知识的渴求、迷惑不解，他甚至有了一种愿时光停滞的想法。

原来少男少女们在一起竟然有这样美妙的感觉，难怪那些成熟男生把那种感觉形容得如此美妙和神圣。那同桌俨然已经成为赵弘毅梦中的偶像，他想要是未来他有这样一个女朋友，将是一件多么幸福的事情啊！

浑浑噩噩的心理状态很快就有一个多月了，赵弘毅很迷茫，他虽有考大学的雄心，但时常被不紧不慢的学习节奏所湮没。于是上课不时地打瞌睡、走神，鬼使神差般地经常想到女同桌。想她现在在想什么呢，她笑了吗，想着想着眼睛不自觉地左顾右盼。好似灵光一现，又好似老天安排，他居然猛地觉得同桌怎么就和初中时候那个美女同学那么神似呢，在他看来，几乎同样的脸蛋，同样的嘴唇，同样的表情，时常会表现出淡淡的深思状。这一切让他着迷，师范生活还有一年半，他似乎还有表白的机会！

于是，上课成了一件十分幸福的事，因为他不仅能学习知识，而且还能每次都看到同桌。这样的日子持续了应该有两三个周吧，都说女生的第六感是很灵敏的，在他把同桌想象成初中同学并时常"偷窥"她两三个周后，同桌也会好奇地看着他，她完全没有了初次同桌时的淡然，觉得赵弘毅似乎有点儿不太正常，于是常常脸一红，低下头去，不再看他，也很少再向赵弘毅请教难题了。

这让赵弘毅有点儿不好意思，他时常会像犯了错误的孩子，慌忙躲过她怀疑的眼神，开始时觉得非常狼狈，时间长了，也许是脸皮厚了点吧，他躲避同桌眼神的动作没那么不自然了，甚至有时还故意慢一拍躲过她指责的眼睛，留下0.1秒的对视。

随着时光的流逝，这0.1秒被拉得越来越长，最后他索性有些期盼她的目光，故意多些对视的时间，这样，不好意思的人又戏剧般地变成陌生人了，她减少了回眸的次数，赵弘毅感觉到了她坐姿的不自在，似乎她知道，一双眼睛时常在看着她。

日子就这样一天天过着，不知不觉过了一个多月，赵弘毅知道，他心里喜欢的是初中时候的那个同学，同桌只不过是一个寄托罢了。在心里他斗争了好多次，他不停地问自己，同桌比初中时那女同学强吗？她们有区别吗？外表嘛，应该没什么区别，至少在他看来是这样的，要不也就不会把她想象成她了，至于性格和内在的东西嘛，鬼知道呢，她们两个他谁都没接触过多少，怎么可能了解？所以，他为自己找理由，以后就改喜欢同桌吧，反正那初中女同学也不知道他的心思，以后也可能很难再遇到了，而同桌呢，至少还经常能见到，也许还有表白的机会，有可能被接受，有可能……还有很多的可能，于是，也不知从哪一天起，他的内心就"一心一意"喜欢同桌了……

课堂上，在四目相接这件事上，他和同桌渐渐有了默契，保持1秒的接触就移开，避免彼此的尴尬，虽然没有言语交流，但这份默契一直保持到这一学期结束。

每天，同桌穿的什么衣服，梳的什么样的发型，走路的姿态，学习写字的样子，在赵弘毅的脑海里都是浪漫的爱情电影，他贪婪地欣赏着，那时的她几乎就有三四套衣服、两双鞋子轮换着穿，特别是那一身品红白拉链的夹克，一件粉红黑边西装领的外套，一双棕色坡跟布鞋，深深印在赵弘毅的脑海里。

赵弘毅甚至想向同桌表白，但想到他的大学，想到学校不

第二十一章

准谈恋爱的规定，想到可能被拒绝的尴尬，他没有轻举妄动，他想，保持这样一种状态也不错，感觉很美，很享受，很满足。

有一回下课时，赵弘毅发现同桌课本上有两根长发，发梢带着和她头发一样的弯曲，他如获至宝，他认定就是同桌的头发，他精心把它收藏在了他的日记本里，晚上的时候常拿出来仔细看它……

一段时间以来，赵弘毅觉得同桌简直占据了他大脑的全部，他实在是无法再压抑下去了。思来想去，他写了现在想来觉得很好笑的"情书"，就两行字，大致内容是这样的：

某某，我一年前就喜欢你了，对你很有好感，不知你对我是不是也有好感？如果是希望你能告诉我，如果不是那就算了。

是不是有点像买卖？又或是像最后通牒，对人家女生一点都不客气，也不尊重，像是逼着人家认账。

他以借书、还书的名义把那封信夹在书里交给了同桌。

赵弘毅怀着惴惴不安的心情度过了两天，在盼着同桌的回复，又害怕她的回复，要是被拒绝怎么办啊？他真的很慌乱，尽管强装作一副无所谓的样子，但心里对她的喜爱只有他自己最清楚。

还好，两三天就收到了她的回信，她同样以借书的名义，把信夹在了书里，虽表达了同样的好感，但是告诉他，他们都很年轻，他们只是很好的同桌而已！

两个月后，再次调整了座位。这让赵弘毅有点儿黯然神伤。一个多星期，赵弘毅都始终走不出那种撕心的疼，打不起精神。人生中的第一次单相思就这样无疾而终了。

深夜花园里四处静悄悄

只有风儿在轻轻唱

夜色多么好

心儿多爽朗

在这迷人的晚上

小河静静流微微泛波浪

水面映着银色月光

一阵清风一阵歌声

多么幽静的晚上

我的心上人坐在我身旁

默默看着我不作声

我想对你讲

但又难为情

多少话儿留在心上

长夜快过去天色蒙蒙亮

衷心祝福你好姑娘

但愿从今后

你我永不忘

莫斯科郊外的晚上

深夜花园里四处静悄悄

只有风儿在轻轻唱

夜色多么好

心儿多爽朗

在这迷人的晚上

那段时间，赵弘毅疯狂喜欢上了《莫斯科郊外的晚上》，他觉得这首歌简直就是为他量身打造的一首情歌，符合他渴望、失望、忧伤的心境。

明天你是否会想起
昨天你写的日记
……
我也是偶然翻相片
才想起同桌的你
谁娶了多愁善感的你
谁看了你的日记
谁把你的长发盘起
谁给你做的嫁衣
……

一年过后，老狼的《同桌的你》唱遍大江南北，这首歌也好像专门为赵弘毅而作，好多歌词似乎都唱到了他的心坎上，听着唱着，都有一种被蚂蚁蜇了一下的快乐和苦涩。

"去他妈的爱情！既如此，就把心思放在学习上吧。我要努力拼搏，争取通过保送考上大学。到那时在大学的校园里再来谈一次轰轰烈烈的爱情！"赵弘毅自我解嘲，也算作自我安慰吧。他很快就自我修复了心灵的伤口，痊愈了。读书、学习、工作，成了新常态，他又恢复了当初那副乐呵呵的形象，不时地给大家来点笑料，逗大家开心一下，充满了阳光和自信。

赵弘毅和一群男生在课间开始了另外一场有趣的游戏。那就是从楼上俯视二楼幼师班的美女们。赵弘毅他们班的教室在四楼，对面二楼就是幼师班的教室了。幼师班是清一色的美女，到了下课时间，她们时常会在阳台上嬉笑、追打。这都是从全地区通过层层术科、文化课考试选拔出来的女神，燕瘦环肥，各有其美。大家戏称课间看美女，可以养眼。

幼师班的美女们一般情况下是不会和普师班学生主动交往的，她们偶尔会和体育班的男生们发生点儿故事，应该是需要安全保护吧。于是校园里便流传过一句话：幼师班的姑娘体育班的汉，普师班的娃子靠边站。

但是天时不如地利啊，现在可以凭空俯视这些美女，让这些怀春少年兴奋不已，大家约定俗成，说那是"看伞"。这"伞"看得幼师班一些女生有点儿不好意思，另一些女生则故意摆出各种"pose"，故意撩拨这些少男的情思。发展到最后，一些同学便开始在空中"南北对话"，相互嬉笑对骂。

多少年过去了，阳台上"看伞"的经历，成为五班同学们最为深刻的印记。

第二十二章

驿动的心渐渐平息以后，生活还得继续。于是每天宿舍、教室、饭堂三点一线的生活又成为常态。赵弘毅的内心似乎变得更加强大了，他必须以更加努力学习、更加充实的生活节奏，来忘却第一次单相思失败所带来的屈辱。

每天早上起床铃打响前 30 分钟就起床，在操场上跑个 5 圈，大汗淋漓后，再回宿舍洗漱。然后抓紧上早操前 20 分钟时间在路灯下大声地背诵英语单词或课文。而在操场的另一端，幼师班姑娘们正在那里"鬼哭狼嚎"般地吊嗓子。赵弘毅干脆就找了两个棉球把耳朵捂住，依然如无人之境般大声朗读，成为校园内另一道风景线。

早起的鸟儿有虫子吃，每天早上的提前半小时起床，让赵弘毅有充足的时间锻炼、洗漱、学习和吃早餐。他每天早上总会第一时间排在打饭队伍的最前边。赵弘毅天天早上的食谱几乎是老三篇：油炸馍、酸菜面片、稀饭。他对吃饭没有太多的讲究，能吃饱就好。为了赶时间，他吃饭的速度极快，往往是三五分钟便很快解决战斗。在别的同学还在排队打饭时间，赵弘毅已经到教室了，他要背诵古文和诗词歌赋。所以五班教室的钥匙一直就由他掌管，他几乎就没有耽误过其他同学，总是第一个到教室。

十六七岁的年轻人,正是吃长饭的时候,往往还没有到放学的时间,他们的肚子早已经在唱空城计了。于是他们便希望最后一节课能够早早下课,好以最快速度到食堂去买饭。大家最恨上课上到昏天黑地,拖堂的老师,如果哪位老师拖了堂,他们便会在下边有意弄出各种各样的响声,以示抗议。时间一长,老师们大都知道了他们的这些心思,往往是还不等下课铃响,便结束讲课,静待放学铃响。

为了节省到宿舍取碗的时间,男生们大都把碗拿到了教室,放在自己的抽屉里。在放学铃声即将响起的最后时刻,他们在心里默默地开始倒计时:十、九……一。盼望已久的放学铃声终于打响了,喊完一句"老师,再见"后,男生们便拿起吃饭的家伙如同离弦之箭一般冲出教室,飞一般地下完楼梯,然后以百米冲刺的速度直达食堂卖饭窗口。大家迅速地占据了有利地形,开始买饭,买好饭后,大家便会端着碗在学校司令台边钢筋焊接而成的防护栏上坐成一排,边吃边谝。这地方长期以来往往是被五班的男生们所盘踞。

赵弘毅作为学生会纪律部成员也会时常轮班执勤,督促大家排队,处罚那些不遵守规则,肆意插队的学生。插队的大多以体育班的学生居多,他们往往生得牛高马大,柔弱的普师班学生压根儿就不是他们的对手。赵弘毅有一次就看见两个低年级普师班学生好不容易排了很久的队,眼看就要轮着他们打饭时,结果来了两个体育班男生,把他们就如同老鹰抓小鸡一样,放在一边,心安理得地打起饭来。再看看体育班男生们的饭碗,哪里是碗嘛,简直就是一个个小脸盆儿,他们每天活动量大,

第二十二章

吃得多，饭票的定量本来就比普师班的学生多。他们拿着脸盆儿式的饭碗，米饭往往是六两起步，还要外加两个馒头。

他们的碗之所以那么大，还有另一种考量，那就是打饭师傅，你看着打，打少了连个盆底都填不满，他们便会斥责饭堂师傅缺斤短两，赖着不走。为了少纠缠，打饭师傅们往往是好汉不吃眼前亏，多少给他们吃点偏碗子。于是普师班大一些的学生也向体育班学生看齐，也买了盛饭的"脸盆儿"。

对于这些不遵守排队规则的体育班健将，学生会执勤的学生干部们往往也是睁只眼闭只眼，除非有学生科的老师在场，他们才会狐假虎威地呵斥插队学生几声，让他们自觉排队。执勤的学生会干部们也害怕拳头啊，多一事不如少一事。赵弘毅也不得不接受这样一个现实：所有的规则都是为遵守规则的人制定的！

赵弘毅有一次值班时，还见证了一件非常奇特的事情。一个高大威猛的男生拿着"脸盆儿"，打了八两米饭，两个馒头。饭打完以后，他啪的一下把饭盆往食堂饭台上一放，一边假装腾出手来在口袋内取饭票，一边故意找碴儿说打的饭不够斤两。等到付完账后，他迅速拿起饭盆儿准备离开。这时饭堂师傅不干了，大声骂那学生不要脸，说他用这种下三滥的手段充当大尾巴狼。大家面面相觑，不知怎么回事。

只见打饭师傅拽着那个男生的饭盆儿不松手，大声喊道："你们都来看看这个不要脸的学生，骗吃骗喝几次了，今天终于让我抓住现行了。你们看他的饭盆儿下边是什么？"

大家一看，都大吃一惊，原来饭盆儿下边粘了好多张饭菜票。原来买饭那男生在买饭前就在饭盆儿下边涂了一层胶水，在他放饭盆儿假装找票的瞬间,便粘上了饭台上零零散散的饭菜票。看热闹的人们顿时有一种脑洞大开的感觉,感叹那个男生一是"太聪明",这种办法都想得到,二是太胆大,大白天公然为"盗贼",结果露出马脚,多丑嘛!

结果那男生和食堂工作人员迅速由谩骂、拉扯再转向大打出手,直到保卫科老师出面才平息了事端,打饭师傅和那男生被请去了保卫科。据说此事还上了学校行政会,打饭师傅和那男生都背了处分。

学校一千多学生,却只有一个不大不小的浴室。每周开放两次,周三对女生开放,周四对男生开放。为了争取时间,五班的男生们便自由结合,有的去买饭,有的去买洗澡票,并提前占据储物柜。

五班的学生信奉的准则就是永远不做第二名,就连洗澡这事儿,他们也分工明确,确保大家伙儿能够第一时间进浴室,第一时间抢占喷头和有利地形。此时浴室里的喷头一个个都打开了,冷水放完后,就是热水了,不到一会儿,热烈的雾气弥漫着整个浴室,即使在冬天,一点儿也不觉得寒冷。

雾气弥漫中,浴室里是白花花的一片。大家都是男生,彼此之间不需要遮遮掩掩,大家毫无保留,一个个便赤诚相见了。这些肉体也是风景各不相同,有弱不禁风的,有发育不良的,有高大威猛的,有肌肉发达的……大家便嘲笑发育超前的或者发育不良的学生,肆无忌惮地开起各种玩笑,成为宿舍里睡前半小时节目的衍生舞台。

大家交换着搓背,只见那垢甲被搓成条状,被热水冲走,大家都有一种如释重负的成就感。洗完后再用香皂涂抹一遍,再冲洗干净,给头上打点摩丝,换上干净的衣服,走出浴室,感觉分外轻松……

第二十三章

举世瞩目的中国共产党第十四次全国代表大会于1992年10月12日-18日在北京举行。梁州二师迅速在全校上下掀起了一场学习十四大报告，贯彻十四大精神的热潮。五班政治课教师接连三个周，都在利用政治课时间开展十四大热点问题解读，全班还专门召开了"三个有利于"的辩论会，使大家的政治水平有了明显提升。

就在全校政治学习风气日渐浓厚的时候，传来了一个大好的消息。代表梁州地区出席党的十四大的两位代表之一，梁州县五羊河小学教师铁卫东要来梁州二师宣讲十四大报告了。

铁卫东是一位少数民族女教师，本是梁州城里人。1968年中专毕业后，来到五羊河，先是做了农技员，后来改行做了小学教师。铁卫东先后在原五羊河区6所学校任教，大多数学校都设在当地的破庙里。在双柏村小学，两棵空心的古柏树便是蛇窝。行走时蛇从脚边窜过或走着走着就有蛇耷拉到肩上，上课时从房梁上掉下，桌斗、床上也盘着蛇，晚上听到墙上贴的报纸呼呼啦啦响，灯光一照，蛇头在报纸上面晃动，尾巴却从纸下边露出。有一次铁卫东到沟底端水回来，路过古柏，就有一条蛇掉下来打在她肩上，她肩一缩，"啪"，蛇又掉在地上，她见状当时吓得晕倒在地上。不光是蛇，偶尔也会遇到猛兽。一天晚上，铁卫东发现门外不远处有一束绿光在晃动，还认为是有人来访便迎出门外。房东大娘见状，一把将其拽进屋，关上门用木头死死顶住说："那是豹子，能把几百斤重的牲口咽喉咬断吃了。"吓得铁卫东原地呆立半天，此后好长时间不等天黑就早早关上大门，用木头将门顶得死死的。

从此以后，铁卫东老师就再也没有离开过五羊河，因为这里的孩子们、乡亲们都离不开她。她就在这样一所条件艰苦的山区小学里，奉献了一生，可谓桃李满天下。

梁州地区十四大代表仅仅两位，一位是铁卫东老师，另一位是梁州地委书记陈得胜。一位小学教师能够当选党的十四大代表，这是全地区所有教师的无上光荣。这也给梁州二师广大师范生打了一针强心剂：即使是在普普通通的小学教师岗位上，依然可以做出伟大的贡献，依然可以得到党和人民的认可。

铁卫东老师到校做报告的那天，秋高气爽，风轻云淡。全校师生从校门口到主会场排起了欢迎的长龙，铁老师经过之处，就会立即响起雷鸣般的掌声。随着铁老师的前行，从校门口开始列队的班级自动排成队列，依次跟随在铁卫东老师的身后，有序进入会场。这种千人空巷、热烈欢迎的场面，赵弘毅后来再也没有遇到过。

主席台上红旗招展，正中间横幅上"热烈欢迎中国共产党十四大代表铁卫东老师到我校做报告"一行大字显得格外醒目。铁卫东老师气质优雅，声音很甜美。她简要介绍了十四大召开的盛况，介绍了她在北京开会的所见、所闻和所思，对十四大报告重点、热点问题进行了解读，讲起了党和国家领导人接见他们时的概况，特别自豪地提起，她和小平同志握了手，与政治局常委们合影留念。

看着主席台上的铁卫东老师，赵弘毅心里涌起了神圣的自豪感，铁卫东老师，她就是我未来人生的榜样。"三尺讲台播希望种子，万里江山开理想之花"应该成为我们所有教育人的人生追求。谁说当教师没有地位，没有前途？铁卫东老师能够代表全梁州几万名党员参加全国党代会，是何等的光荣！

"向铁卫东老师学习！向铁卫东老师致敬！"

不知谁率先喊出了口号，整个会场沸腾了！口号声此起彼伏，铁卫东老师连连起立鞠躬还礼。一场报告，点燃了台下年轻人心中的热情，坚定了大家做一名平凡教育工作者的信念。

11月下旬，天气渐渐转凉。这个周是梁州二师九一级见习活动周，大家将在铁卫东老师精神的指引下，去城区小学现场感受、学习如何做一名合格的小学教师。

教育见习，是师范生的必修课，进入二年级后，每学期都会安排一周的时间走进小学，体验小学教育生活。教育见习，主要是安排听课，看看小学老师是如何备课、上课、批改作业和课外辅导的，见习生偶尔也会给班级教师帮忙批改作业，组织一些课外活动什么的。

赵弘毅他们八个人被分到了梁州一小四年级二班。他们将在这个班级见习两天。这个班的老师和孩子们特别热情，早早地就把听课用的凳子摆在了教室后边，他们对于师范生见习活动早已习以为常。

纸上得来终觉浅，绝知此事要躬行。赵弘毅他们一直觉得当个小学教师是很简单的事情，根本不需要多少知识就可以轻松胜任。他们认为今后要让他们去教小学生简直是大材小用,好多人的梦想是去做一名中学教师。

这一天,赵弘毅他们八人小组听了六节课,早上两节语文,一节数学,下午一节音乐,一节美术,一节体育。他们才发现城里的小学生是何等的精力充沛,思维是何等的活跃。他们提出的问题千奇百怪,好多知识连他们这些师范生都没有听说过。再看看这些小学老师,绝对的大师!他们讲课的艺术即使谈不上炉火纯青,最起码应该算得上很娴熟,整个课堂双边活动紧凑,教师主导作用发挥恰到好处,学生主体地位得到明显保证,教师教得轻松,学生学得愉快。这种教学能力的培养恐怕没有个三五年,根本达不到。

六节课听下来,比大家在学校上六节课要累得多。大家第一次现场体会到了做一名小学教师的辛苦和不容易,大家深深地认识到,小学的知识的确很浅,但如何把它讲出来,让小学生轻松愉悦地接受并消化,并不是一件容易的事情,也许穷其一生,也不敢说完全精通。

这让"粪土当年万户侯"的青年学子们的傲气顿时锐减不少。看来自己拥有多少知识,和能教好学生多少知识,根本不能画等号。以前赵弘毅在报纸上,得知外国的一些小学教师要求达到硕士学历才能上岗,只觉得是瞎扯淡,今日一番见习,他觉得高学历者教小学再正常不过了。

看来未来要从事教师职业,也并不是一件容易的事。书上说,教师要给学生一瓢水,自己至少得有一桶水,此言不虚啊。随着时代发展,知识大爆炸,一桶水岂能够用?老师们应该活到老,学到老,老师们的知识储备应该是一条源源不断的河流!

"要在未来做一名优秀教师，我必须有广博的知识，超强的教学能力，崇高的师德修养，缺一不可啊！我从前还是有点骄傲了，从现在开始，我必须谦虚，谦虚，再谦虚，学习，学习，再学习。在学好知识的同时，我必须努力锻炼各方面综合能力，这样才能不被未来社会所淘汰。"

两天的教育见习，让赵弘毅顿时清醒了不少！徐悲鸿说，人啊，不可有傲气，但不可无傲骨，这话说得太对了。赵弘毅决心已定，他给自己重新列出了一份读书单子，这份单子涉及文学、科学、艺术、工程等多个领域，他一改往日读书重文轻理、有失偏颇的做法，希望自己知识更全面，未来不会成为跛脚鸭。同时又参加了有关艺术方面的两个社团，他觉得艺术是唤醒人的灵感和创造欲望的学科，它可以让人活得更乐观，更有品位。

时间就像海绵里的水，挤挤总是有的。赵弘毅现在特别自律，他非常善于管理自己的时间，锻炼身体、听讲、做作业、读课外书、练字、参加社团活动、参与学生会日常管理，他一样也没有落下，每一天过得充实、轻松、愉快。同学们对他钦佩不已，纷纷称之为神人。

明日复明日，明日何其多。
我生待明日，万事成蹉跎。
世人若被明日累，春去秋来老将至。
朝看水东流，暮看日西坠。
百年明日能几何？请君听我明日歌。

这首《明日歌》在五班流行起来，很快就成为大家相互鼓励、相互打气的经典诗歌。时间就是金钱,时间就是效率!同学们在赵弘毅学习精神的感染下,纷纷都制订出了切合自己实际的学习计划,并努力践行。大家暗暗下定决心,要让学习成为常态,让优秀成为习惯!大家都在为未来能够成为一名合格的小学教师而积极地储备能量。

第二十四章

　　时间过得真快，转眼间赵弘毅进入梁州二师学习快两年了。他长得很快，个头已经达到一米七五了，就是比较消瘦而已，和进校时相比，可以说得上判若两人了。五班的其他同学也和他一样，纷纷进入发育成长的快车道，一个个都成了准成年人。青春是如此美好，每一个男孩、女孩无不洋溢着年轻人特有的朝气和活力。

　　爱美之心，人皆有之。男生女生们在搞好学习的同时，开始更加注重自己的仪容、仪表。部分男生迷上了牛仔裤和牛仔衣，一些男生买了"伟志"牌西服，打起了领带，穿上了皮鞋。一切从"头"开始，男同学开始注重自己的发型，他们仿照流行的款式，把头发修成中分或者四六分，两鬓刮得光光的，每天喷点摩丝，油光可鉴。他们嘴里整天哼着小虎队和香港四大天王的歌曲，一派新潮的样子。一位老师对此很是不屑，在课堂上说，你们整天油头粉面，梳着小中分，想学郭富城，你们有郭富城的气质没有？简直是乱弹琴！

　　女大十八变，越变越好看！女生们一个个变得亭亭玉立，美不胜收。尤其是到了夏季，她们大多数都穿上了各式各样的裙子，偶尔也会试穿起高跟鞋，有了自己的化妆盒、必不可少的小镜子，偶尔也会学着化化淡妆。

同学们的青春之花，此时正璀璨绽放。无论是容貌，还是形象气质，和他们进校时相比，早已发生了巨大变化。有同学戏称："一年土，二年洋，三年不认爹和娘。"

尽管学校三令五申，绝对禁止中师生上学期间谈恋爱，但是感情的事岂是说禁止就能禁止得了的？青春的萌动，对异性的渴望，那是很自然的事情。一些同学抑制不住自己的感情，怀着唐突不安的心情，给自己心仪的对象写了情书。与此同时，大家疯狂地喜欢上了汪国真的爱情诗歌。

爱情像一杯清茶
生命之爱
我的心你可懂得
叠纸船的女孩
两个人的故事
有你的日子总是有雨
你就是我的梦
思念是风、是云、是婵娟

挡不住的椰风，挡不住的初恋。九一级五班一对同学悄悄恋爱了。他们爱得很小心，就像地下工作者一样。绝对没有花前月下，卿卿我我，完全是一种柏拉图式的精神爱恋。然而世上没有不透风的墙，这事还是让班主任李老师知道了。他们的情书被没收，暴风骤雨式地批评，和风细雨式地说教，让这一对鸳鸯暂时分离。

李老师说，我尊重你们之间纯真的感情，但也同样尊重学校的管理规定，这也是为了你们好，金子般的青春是应该用来学习的，而不应该是在花前月下中消耗的，人生中每一个年龄阶段，都应该有它的责任与使命。你们可以把这一份美好暂且放在心底，如果毕业参加工作后，还对对方有好感，可以重续前缘。

野火烧不尽，春风吹又生。尽管老师严防死守，重点打压，然而还是接连出现了几对地下情侣，以赵弘毅旁观者的角度看，这也似乎并不是洪水猛兽，觉得这也好像对他们的学习的影响不是太大。其中有一对，因为两人相互鼓励，相互帮助，学习反倒有促进。

"破山中贼易，破心中贼难"，看来王阳明此言不虚，赵弘毅暗自想。赵弘毅此时完全还没有谈恋爱这个心理准备，他把主要精力都用在了学习上，他要实现他的大学梦。

然而哪个少年不多情，哪个少女不怀春？赵弘毅刚上师范时虽然已到了16岁，然而发育滞后，身高不足一米五，体重不到40公斤，俨然就是一个尚未开智的笨小孩，严格上说还没有完全进入青春期，对异性的渴望尚不十分强烈。他很不理解班上一些男生女生有事没事为啥总是往一起凑，他觉得有点儿好笑。然而随着他身高渐长至1.72米，体重达到48公斤后，仿佛一夜间也长大了，他也渐渐喜欢照起镜子来，喜欢把自己尽量收拾得整齐些。他渐渐地喜欢打量起班上长得好看的女同学，看着她们的一笑一颦，他心底里便有了一种非常愉悦的感觉。

他渐渐喜欢上了文学作品中对美好爱情的描写片段，他非常渴望有一天也会去体验一次那种刻骨铭心的初恋。当然他对美女的认知还停留在贾平凹对商州的美女定位标准：细蜂腰、白脸子，他喜欢长得白白净净、身材苗条的女孩儿，每看一次便觉得很养眼。

赵弘毅最近疯狂地喜欢上了歌德的《少年维特之烦恼》这部小说。很多时候，他觉得少年维特的烦恼简直就是他的烦恼，有了一种同病相怜的感觉。

青衣黄裤，清秀而瘦弱，敏感而多情。维特保持了童真的本性，面对世界时他的心明净如一泓清水。维特重视自然真诚的感情，珍视他的"心胜于其他一切"，对阿尔伯特似的理智冷静的人非常不满。维特对绿蒂的一见钟情、一往情深，也正是因为她如此天真无邪，在举止行事中保持了一个少女可爱的自然本性。绿蒂在维特的心中完全就是自然与美的化身，他对她的爱简直达到了"忘我"的程度！绿蒂难道仅仅是维特的恋人？她几乎是维特全部理想的化身，美的代表。在理性的藩篱面前，维特的内心才会产生如此复杂的纠葛和深沉的痛苦，他在现实与绿蒂之间徘徊，而终究得不到爱人的事实又使维特变得愈加疯狂。最终维特还是失去了绿蒂，维特全部的人生希望、青春的热情、生活的勇气都被一道摧毁，从而只得以极端的方式——自杀来表露对现实的反抗……

赵弘毅知道他自己不可救药地产生了性幻想。这种对异性的渴望他不敢表露出来，他只有深深地把它埋藏在心底。很多时候，他甚至有一种负罪感："我怎么会对女性有这种心思，我是不是道德有了问题？"

每天晚上，班级大宿舍睡前半小时的"访谈"节目依然在不知疲倦地上演，很多性知识、性意识都在此时普及和萌发，大家其实对偷偷摸摸谈恋爱的地下情侣们更多的是羡慕嫉妒恨。

　　二班的张大彪是九一级最早谈恋爱的学生之一，他在入校不到一个月时间便把同班的一名女生的芳心俘获，进入了地下恋情时代。五月的一天，张大彪神神秘秘地窜进了赵弘毅他们住的小宿舍，一关上门就开始脱裤子，说是有个麦芒跑到裤裆里去了，大家在说笑声中也不免大吃一惊，询问为何会如此。张大彪说，最近学校和班主任都管得很严，一心要棒打鸳鸯，害得他和女朋友无处可以亲热，结果就下午逃课跑到了九里湾的一户农民家的麦草垛子里亲热，结果这个麦芒死不长眼儿，偏要顺着裤脚往裤裆里钻，败坏了好兴致，只有借贵宝地把它请出来！这家伙居然是公开"宣淫"，简直就是到这个宿舍来炫耀的。大家伙儿骂完他后，居然是死乞白赖地央求他讲讲麦草垛里的风流过程。

　　1993年，贾平凹出版发行《废都》。《废都》以历史文化悠久的古都西安当代生活为背景，记叙"闲散文人"作家庄之蝶、书法家龚靖元、画家汪希眠及艺术家阮知非"四大名人"的起居生活，展现了浓缩的西京城形形色色的"废都"景观。作者以庄之蝶与几位女性的情感纠葛为主线，以阮知非等诸名士穿插叙述为辅线，笔墨浓淡相宜。小说采用了中国古典的草灰蛇线手法，而融入了西方的意识流和精神气质，中西合璧。这本描写当代知识分子生活的世情小说，由于其独特而大胆的态度以及出位的性描写，引起社会各界广泛关注，一时间洛阳纸贵。

　　抛开本书的其他种种争议，这本书很快在男生们手中传开来，很快就成为男生们的性启蒙小说，备受推崇。特别是小说中出现的方框和"此处省略多少字"，给了大家极大的想象空间。

第二十四章

那些近乎赤裸裸的性描写,让赵弘毅看了不禁血脉偾张,心跳加速……

对异性的幻想,很长一段时间让赵弘毅沉迷其中,不可自拔。这让他很自责,他甚至打了自己响亮耳光,自言自语说你的思想怎么会如此龌龊,如此迷恋这些低级趣味的东西,你怎么会沉迷在这种书籍里不可自拔?

他想起了康德的名言:在这个世界上能震撼我们心灵的只有两件事,一个是我们头顶灿烂的星空,另一个就是我们内心庄严的道德法庭。他想他必须有健康高雅的爱好,迅速从青春期的性萌动中突围出去。

他一再告诫自己一定要走出这种迷恋。他把注意力集中在了学习上,每天强迫自己背英语课文,做高考模拟题,看文风清新的《读者文摘》和《美文》,读世界名著,多参与社团活动……把自己每天的学习生活安排得满满的。同时也暗暗告诫自己,我不是凡夫俗子,我如果以后能够保送上大学了,待我走进象牙塔,那会是何等风光,到时候我再来谈一次轰轰烈烈的爱情,那也不迟!这种方法很管用,赵弘毅经常是到了晚上回宿舍倒头就睡,不再胡思乱想。

赵弘毅这段时间莫名喜欢上了周国平,特别是对周国平论教育非常感兴趣。何为教育?教育究竟何为?教育中最重要的原则是什么?赵弘毅非常认真地做了读书笔记。

周国平先生认为关于教育的最中肯、最精彩的话语往往出自哲学家之口。他最欣赏的教育理念有七点,不妨称之为教育的七条箴言,这些箴言大多切中今日教育的弊病。

一、教育即生长,生长就是目的,在生长之外别无目的。

教育即生长道出了教育的本质，就是要每个人的天性和与生俱来的能力得到健康成长，而不是知识的灌输，特别要反对用狭隘的功利尺度来衡量教育的目的。

二、儿童不是尚未长成的大人，儿童期有其自身的内在价值。人生的各个阶段皆有其不可取代的价值，尤其是儿童期，原本是身心生长最重要的阶段，也应该是人生中最幸福的时光，教育所能成就的最大功德就是给孩子一个幸福而有意义的童年。当今我们教育的最大弊病就是否定儿童期的内在价值，把儿童看作是一个未来的存在，一个尚未长成的大人，童年价值被弱化甚至遗忘，我们很多时候是站在成人的角度思考和审视教育问题，不肯弯下身来从儿童的视角看待教育活动。

三、教育的目的是让学生摆脱现实的奴役，而非适应现实。这是西塞罗的名言。今天的情形恰好相反，教育恰恰是为了适应现实目标塑造学生。古往今来，先贤圣哲都以为学习是为了发展个人内在的精神能力，从而在外部现实面前获得自由，教育就应该是为促进内在自由、产生优秀的灵魂和头脑创造条件。

四、最重要的教育原则是不要爱惜时间，要浪费时间。教育的使命是为学生生长提供最好的环境。何为最好环境：第一是自由的时间，第二是好的老师。卢梭说："误用光阴比虚掷光阴损失更大，教育错了的儿童比未受教育的儿童离智慧更远。"在教育中，方向更重要。今天的家长和学校唯恐孩子虚度光阴，逼迫他们做无穷的功课，而不给他们留出一点玩耍的时间，这其实就是最大的认识误区。

五、忘记了课堂上所学的一切，剩下的才是教育。知识的细节是很容易忘记的，一旦需要它们，又是很容易在书中查到的。

所以把许许多多的精力用来死记硬背，既吃力又无价值，假定你把课堂上所学的这些东西全忘了，结果什么也没有留下，那就意味着教育是失败的。课堂上剩下的应该是渗透人心的原理，一种智力活动的习惯，一种充满学问和想象力的生活方式。

六、大学应是大师云集之地，让青年在大师的熏陶下生长。教育的真谛不是传授知识，而是培育智力活动的习惯、独立思考的能力，培育的唯一途径是受大师的熏陶。大师在两个地方，一个在图书馆的书架上，一个是在大学里，大学应该是大师云集的地方。类推之，中小学亦如此，学校之大不在有大楼而在有大师。优秀学校最硬的指标是教师，一所学校拥有一批心灵高贵、头脑智慧的一流学者，它就是一流学校。否则，校舍再大，楼房再气派，设备再先进，也是白搭。

七、教师应该把学生看作目的而不是手段。这是罗素为正确师生关系所定的原则。他指出，一个理想教师的必备品质是爱他的学生，感觉到学生是目的。今日一些教师以名利为目的，明目张胆地把学生作为获取名利的手段。

周国平说，人生问题和教育问题是相通的，人生中最值得追求的东西也就是教育上最应该让学生得到的东西。人生的价值，可用两个词代表，一是幸福，二是优秀。二者皆取决于人性的健康成长和全面发展，而教育的使命即在于此。在应试教育的大背景下，今天的一些学校的教育已严重背离了常识，不把人性放在眼里，只把应试和谋生树为目标，使受教育者的头脑中充满了死记硬背的知识，心中充满谋生的焦虑，对于人之为人的精神性幸福越来越陌生，距离人性意义上的优秀越来越遥远。赵弘毅觉得，今天我们教育人该如何看待今天的教育，读读周国平此文，的确有醍醐灌顶功效。

多少年后，已成为校长的赵弘毅有了更深的认识：教育应该像养花一样，一边养，一边看，一边静待花开。我们当今教育的核心问题不是出在我们的技术、不是出在我们学生的能力，不是出在改革层面，我们的教育缺乏的是灵魂的东西。教育的新常态就是要摒弃浮躁、功利，回归到教育规律，教育不是为了适应外界，而是为了自己内心的丰富，教育必须基于三个原则：中庸、可能和适当。没有放之四海而皆准的教育方式方法，适合的就是最好的教育；每一个学生成才的途径和方式没有确定指向。

第二十五章

　　时间飞逝，转眼间就到了立夏时节。九里沟两岸丘地里的小麦已是一片金黄，又是一个丰收的季节。一到周末，同学们又有了一个好去处，五班里家住梁州县月亮河川道的几位同学，请同学们到家去支援一下夏收，帮忙割麦子。其实嘛，割麦子是一个方面，主要的还是借此机会想邀请大家到家里去做客，顺便打一下牙祭。割麦子，这对于大多数出身于农家的子弟来说并不陌生，大家曾经都是行家里手。十六七八岁的同学们，也正是风风火火的年龄，十几个人一起干活儿，一点儿都不累。

　　到了周末，班里很快就组成了几个割麦互助小组，分组到班里几个同学家支援夏收工作。早上五点左右，大家都起床了，相约着骑上借来的自行车，一人带一个同学，就向着目的地出发了。一个多小时就到了田间地头，同学的爸妈早已把稀饭和馒头的早点准备停当，热情招呼起大家来，说不完的谢忱话。

　　好一个月亮河川道，放眼望去，齐刷刷的一片金黄，就像给大地铺上一张黄色的大地毯，麦秆也一个个精神抖擞地站立着，一粒粒红、黄、白色的麦粒圆鼓鼓的，镶嵌在一簇簇如剑一般挺立的麦芒之中。他们站在同学家的麦地边，揉碎几粒大的麦穗，把新鲜的麦粒放在手心里，深呼吸，贪婪地吮吸着麦子的清香……

　　一块块麦田连成一片，金色的麦浪随风摇曳。莫道君行早，更有早行人。走近地头，好多人家的麦田里早已经响镰了，一个个农人穿着长袖长裤衣衫，戴着草帽，正挥汗如雨，埋头忙着收割，没有人说话，只听见"嚓嚓嚓"的割麦声。一个个黑黝黝的皮肤上滚动着豆大的汗珠，不时地扯起脖子上的羊肚毛巾擦把汗，之后，便是低头，弯腰，一手握住一大把麦秸秆，一手挥舞着镰刀，唰唰唰，只见一片片麦阵被割倒。

　　同学们也很快地加入到割麦大军中去了，同学的父亲指定好每个人割麦的赛口，从地底下开始向地上方进军。同学的父亲说，割麦子一定不要急躁，要始终保持一个劲儿，慌不得，快不得，也慢不得。果不其然，我们这些久不稼穑的同学，很快就从刚刚开镰时的莺歌小唱，到最后不言不语，慢了下来，只觉得腰酸腿疼，手发软，镰刀也不大受使唤了。

　　太阳渐渐升起来了，烈日炎炎，纹风不动，大家很快便口干舌燥，但是舍不得歇息，所幸大壶茶就在地头，喝一口，便又觉得补充了无限的能量，继续开始收割。麦芒又尖又细，不大一会儿，便把脸蛋、脖子和手背刺得绯红，伴随着一滴滴汗珠，让皮肤奇痒不止，疼痛难忍。顾不了这些了，"嚓嚓嚓"，几把麦秆便捆起一个麦捆子，不多时，只见割过麦子的空地上便排满了一个个敦敦实实的麦捆子，就像一个个昂首挺立的哨兵，正检阅着辛勤的割麦大军。

　　要歇伙了，麦捆子已是一大片了，同学们便用绳子捆起麦捆子，要么用千担挑，要么用背架子往回背，于是在大路上便行走着一个个满载而归的麦客，只见他们短短的两腿在路间快

第二十五章

速移动，沉重的担子或背架子在肩头颤颤巍巍，不停地闪动，发出咯吱咯吱的声响，那是丰收的喜悦之歌啊。

人多就是力量大，到傍晚7点左右，同学家的麦田里的麦子便很快收割完了，而且全部归了仓。尽管大家的手、脸、脖子都被麦芒刺得红一道，白一道，但是大家的那个乐和劲儿一点也没减。劳作中，一人讲一个笑话，说一段往事，唱一个小曲，此起彼伏，大家在劳动中体会到劳动人民的伟大，享受着同学之间友情的可贵。一群人在一起干活，累并快乐着！

多少年后，赵弘毅已经成为一所学校的校长。这一次的集体劳动带给他的快乐和收获，深刻地影响着他的办学思想。培养全面发展的人，需要构建德智体美劳全面培养的教育体系，劳动教育的重要性和紧迫性显然是不容置疑的。当前，在劳动教育中仍存在着一定的认识误区和薄弱环节，以及不少学生不会劳动、轻视劳动和缺乏劳动机会等问题，制约着以劳树德、以劳增智、以劳强体、以劳育美的育人实效发挥，影响立德树人根本任务的实现。劳动教育如何有效并长期开展？它的突破口在哪里？载体有哪些？这是劳动教育首先要面对和回答的问题。劳动教育的开展必须遵循学生身心发展规律和教育自身规律，循序渐进地在不同学习阶段开设相应课程，特别是要让劳动课在中小学校回归，或者整合综合实践课程，让劳动教育实践有阵地，有载体，有时间，从而才能激发辛勤劳动、诚实劳动、创造性劳动的内生动力。

赵弘毅非常赞赏叶圣陶先生的教育观点。教育家叶圣陶先生说："教育是农业，不是工业。"农产品是有生命力的，有它自身的特点和生活习性，只能因地因时制宜；不同的农作物有不同的生长季节、不同的栽培方式，不能揠苗助长。教书育人与农民种庄稼其实有许多相通的地方：庄稼是农民的希望，学生是教师的希望，庄稼好了，农民有盼头，学生成才了，老师就幸福了；种庄稼和教书育人都是技术活，都需要开动脑筋、发挥主观能动性，同样是种庄稼，有的农民种得好，有的很一般，这和农民的技术、经验、善于动脑筋和艰辛付出是成正比的，教书育人亦是如此；种庄稼和教育学生都需要用心呵护、精心管理，农民自打把庄稼种下去，何曾懈怠过一天，浇水、施肥、锄草、打农药……老师也是如此，自打接手某个班起，大都是用爱心去呵护、用良心去工作、用精心去管理的；种庄稼和教书育人都需要耐心和等待，所谓"十年树木、百年树人"，庄稼的生长和学生的成长有一个缓慢的过程，慌不得，也急不得。

教育是农业，不是工业，它没有快速产出的生产线，它的产品也不可能整齐划一，同一张面孔！育人其实就和种庄稼一样，必须像农民一样，俯下身子，以深入现场的田野精神，做真教育，真做教育！

夕阳西下时，同学们唱着《打靶歌》担着最后一趟麦子回到同学家。同学的母亲已舀好几盆水放在院坝里，热情招呼大家洗洗，准备吃饭。堂屋里两大桌上七碟八碗地摆了个严严实实，比大年三十的年夜饭还要丰盛，桌下几抓子啤酒和一大壶七里稠酒已摆放停当，每人面前摆一个土碗。同学父亲说，本来是邀请大家到家里玩儿，却让大家受了累，很是过意不去，非常高兴的是今年又是丰收年，在同学们的帮助下，实现了龙口夺食和颗粒归仓，今晚大家都要敞开喝，敞开吃！

乡村人简直是太实在了、太热情了，加之这些还未走上社

第二十五章

会的学生娃还不会讲礼，不懂得拒绝，只喝得天翻地覆慨而慷。赵弘毅到现在已经记不清那晚到底喝了多少酒，反正那两抓子啤酒很快就喝光了，一大壶稠酒也见了底，又满上了……

那晚有七八个男生"下了猪娃儿"（喝酒喝吐了），有几个女生禁不住劝，也破了酒戒，喝得是梨花带雨。号称东方不败的赵弘毅虽然没有出酒，却也是不停地说着酒话，喋喋不休地一人说个不停，走起路来偏偏倒倒。

多少年后网上流行一个段子说，一起扛过枪，一起同过窗，这样才是过命的交情！世间最珍贵的情谊就是同学情和战友情了，因为它不掺任何杂质。而同学的情谊往往也就是在这些学习、劳动、喝酒，这些看似不起眼的交往中形成的。中国是一个人情社会，酒是人际关系的润滑剂，很多感情都是在酒中建立起来的，然而一定要把握好自己，酒要喝好，不要喝得偏偏倒倒。其实喝酒之乐并不在乎你喝什么酒，在乎的是你和什么人在一起喝酒！多年以后，赵弘毅对这一句话是深有感悟。

从这天起，不少同学就深深地喜爱上了七里稠酒，觉着喝着它格外地清甜爽口。这种酒是月亮河川道家家户户都会酿造的一种糯米酒，属于酿制酒的传统工艺，它和黄酒堪有一比，是属于纯手工制作发酵而成，不含任何添加剂、色素和香精的纯天然绿色低度饮料酒。从这之后，同学们总会三五结对，悄悄地跑到校外的小食堂里，炒上几个小菜，叫上几罐子七里稠酒，解解馋。这酒初次喝，就觉得像糖水饮料，好像没有酒劲，毫不在意。然而这也正是这七里稠酒的妙处所在，它的酒劲儿是慢慢上头，逐渐让人麻醉，等到你知道上头之后，往往是已经醉了，会毫无征兆地醉倒在地。

同学们戏称那九里沟出售稠酒的罐子是农家浇地的"粪罐子",偶尔相逢,大家会笑问,那天你喝了几"粪罐子"?俗话说得好,"淹死的都是会划水的,喝醉的都是酒量大的",赵弘毅酒量虽好,但也有几次都败在这香甜绵柔的七里稠酒之下,这让他很是不安。他想起父亲经常说的话:"喝一辈辈儿酒,丢一辈辈儿丑!"凡事过犹不及,一定要约束自己,在喝酒这件事上,要节制。要是有非喝不了的场合,也要把握"三不"原则:说话不然,思维不乱,走路不缠。酒场上永远都要保持清醒的头脑,决不当二杆子!

第二十五章

第二十六章

　　就在这个学年快要结束的时候，五班发生了一桩到现在都未能侦破的奇案，全班49位同学的六月份饭菜票被偷盗了。饭菜票是生活委员章利来早上刚从学校财务室领取回来的，由于早上上课，还没有来得及发给大家。放学铃响后，大家都像离弦之箭一样冲向饭堂，章利来只好把饭菜票锁在教室课桌抽屉里，准备中午饭吃了，再发给大家。可恰恰也就是这半个小时的时间，回到教室后，他发现课桌抽屉锁子已经被撬开，一千六百多元的饭菜票竟然不翼而飞了！

　　一千六百多元钱啊，那可是全班49名同学六月份的生活费啊！这在当时还是一个非常大的数字。这还得了！光天化日之下竟然出土匪了。班主任第一时间紧急介入调查，对于在这半个小时内最后离开、最早进入教室的同学进行了详细调查，对章利来同学领取、存放饭菜票的各种细节问题进行了反复询问，一无所获！那个时候教学楼还没有安装监控，根本没有办法确定在案发时间有谁进入了五班教室。

　　案子很快上报到了学校保卫科，保卫科长和两位干事全部上手，全力侦破此案。破案的重点是全面排查在案发前后时段进入这个区域的人。保卫科采取先重点调查五班同学，再调查整个三楼其他班级同学，再到其他楼层班级同学的方式。摸排了整整三天，依然是一无所获。

五班每位同学都接受了调查，进行政策宣讲后，保卫科工作人员要求大家说清楚案发前后自己所在地点，证明人是谁。李精忠科长势如奔雷，声音洪亮，目光如炬，不怒自威，让每一个接受调查的人都战战兢兢。各种心理战，各种侦破问询手段，保卫科的侦查员们可谓殚精竭虑，倾囊而出，然而仍然没有结果。

最后侦破的方向变为，有没有可能是监守自盗呢？保卫科把调查重点放到几个班干部身上，他们对生活委员和几位班干部采取了强大的政策和心理攻势。反复询问章利来领取饭菜票的前后细节，进入财务室和教室的确切时间，证明人，平常有哪些交往密切的同学、老乡。

"章利来同学，经过我们几天的侦查，已经得出结果，那就是你本人自编自演了这一场监守自盗的闹剧，我们已经掌握了基本线索。现在给你一个机会，老实交代！我党的政策是一贯的，那就是坦白从宽，抗拒从严。你老实交代你把饭菜票藏在哪里了，我们可以念在你一时糊涂，交出赃款后从轻发落。如果你还抱有侥幸心理，拒不交代问题，与学校保卫科顽抗到底的话，一经坐实，你不但会被学校开除，而且会移交公安机关依法追究刑事责任，你这一辈子就完了！"

"我没有！我一直以来都是为大家热诚服务，为了每个月给大家按时发上饭菜票，我到财务处跑了多少次冤枉路，耽误了多少学习时间，现在失盗了，你们竟然怀疑我！我要是偷了本班的生活费，我就不得好死，全家不得好死！"

章利来号啕大哭，委屈到了极点。

几个回合下来，依然是没有线索，该案成了无头公案，保卫科只好收兵回营。当然在临走前，仍然不忘安抚大家。

"这个案子我们会继续查下去的，在这里我们要正告那些自作聪明的盗贼一声，法网恢恢，疏而不漏。要想人不知，除非己莫为！我们一定会抓住狐狸尾巴的！

"同时，我们要对所有接受调查的同学，说声抱歉！因为查案的需要，我们对你们都做了情理上的怀疑，这也可能让大家受了不少委屈，特别是生活委员章利来同学，请你理解！但这都是为了公共利益和公共安全的需要。清者自清，浊者自浊！希望大家好自为之！"

饭菜票尽管是在生活委员章利来还未来得及下发的时候失盗的，但是章利来前后左右的同学都能证明，章利来是的的确确地把饭菜票领回来了，锁在抽屉里也是铁定的事实。这件事情他虽然有一定的保管责任和义务，但不至于让他一个人来赔偿这一千六百多元钱吧。学校最后做出决定，暂时由学校财务室为五班同学补发六月份生活费，待案件侦破后，再向偷盗者追偿。

一场让五班同学们人人自危的盗窃案件直到现在也没有侦破，成为一桩离奇的无头案。在这个事件里，五班的所有同学都经历了一场情与理、诚实与谎言、纪律与法律的考验。他们在配合调查时内心遭受的煎熬，被怀疑时候的屈辱，都随着时光的流逝已渐渐远去。

这个案件也给大家上了一堂生动活泼的法制课。委屈喂大了格局，突发的盗窃事件也让大家在心理上渐渐成熟起来。这让大家认识到，即便是在美丽的校园里，单纯的同学们中间，也暗藏着丑陋、黑暗和不光彩的一面。坏人的脸上都没有写字，无论是在校园里，还是今后走上社会，害人之心终不可有，防人之心终不可无。

第二十六章

第二十七章

"饭菜票失窃"案件给五班的同学们蒙上了一层厚厚的心理阴影,究竟谁是幕后黑手?每一个人都在心里打下了一个问号。好比是"智子疑邻",大家看谁都觉得有"作案"的嫌疑。昔日班内团结友爱的氛围似乎变得凝重起来。真是应了那一句俗话,"人上百口,形形色色都有",悄然之间大家彼此间竟然有了隔阂和防备意识。

祸不单行,福无双至。就在此事刚刚过去的第二个周,班里两位同学又发生了一起打架事件。

五班有名男生名唤李林杰,此人生得孔武有力,参加过学校散打培训班。他平时和本班同学玩的时间少,倒是经常和体育班一些学生玩儿,据说与别班八位有共同武术爱好的同学结为异姓兄弟,号称八大金刚,他们曾焚香歃血为盟,学桃园三结义,誓言不求同年同月同日生,但求同年同月同日死。他平时倒也仗义,从不以强欺弱,但凡五班学生在哪里受了委屈和欺负,只要找他言语一声,他总会帮大家出头,大家便给他起了一个"单二哥"(绿林总瓢把子单雄信)的江湖称号。

李林杰同学最近有点烦,那天晚上他翻院墙出了校园,到了外边小酒馆点了两个菜,竟然喝了三瓶啤酒还外加一瓶四两五的双沟白酒,后来他又翻墙回到宿舍,带着酒劲儿,他格外兴奋,在宿舍里嘴里说个不停,还唱起了小曲。舍长张波警告了他三次,结果他越劝越猖狂,竟然口出脏话,张口闭口就是"老子如何如何",这下张波彻底火了,从床上翻身起来就给了李林杰一个耳光,两人很快就撕扯到了一起,宿舍里几个热水瓶都让他们打碎了,一个人鼻子被打流血,一个人成了熊猫眼。宿舍那么多同学硬是拉不开,结果被巡夜的学生会干部发现,报告保卫科,两人连夜被叫到保卫科,在那里反省,写检查,并通知班主任第二天到保卫科领人。

学校对这件事很重视,要严肃处理,杀一儆百。因为恰恰就在前不久,梁州一师有两位同学发生口角,一位同学在熄灯后,用一根钢筋棍袭击了另一个同学后脑,导致该同学死亡。这件事情给全地区校园安全管理敲响了警钟,学校这一段时间正在查漏补缺,举一反三,没想到李林杰和张波就撞在了枪口上。"严打"期间违反纪律规定,必须从重、从快处罚。班主任老师到了保卫科好话说尽,结果李林杰还是被给予了警告处分,对张波进行了诫勉谈话。

班主任李老师彻底被激怒了,在班上给这二位同学开了足足两节课的批斗会,哀其不幸,怒其不争!怒火之下,仿佛只需要一个火星就可以把班内的紧张空气点燃。

直到发生了另外一件事情,这才让大家的心里再次温暖,班集体再次凝聚起来。

那是六月的一天晚上,大概在凌晨1点左右,大家睡得正香时,就听见男生公寓208宿舍舍长急匆匆地敲开了五班男生们的各个宿舍,焦急万分地说:"大家快起来,不好了!不好了!

你们班上胡万山同学得了急症,现在人事不知,发高烧,说胡话呢!"

险情就是命令!全班所有男生听到这个消息,全都以最快的速度穿上了衣服,风驰电掣一般来到胡万山住的混合宿舍(有其他班级同学)。此时楼道里已经挤满了五班的同学们,几个身高体壮的同学已进到宿舍,把胡万山同学背起,正准备往医务室送。副班长和另外三名同学正火速地赶往班主任宿舍,报告病情。另外两名男生竟然去了女生公寓,敲醒了五班的女生们,女生们听到消息,也全都起来了,大家一路小跑着往医务室赶。

医务室平常就只有两个校医,他们还都住在城区。今晚竟然没有一个人值班,同学们使劲地敲打着学校医务室的大门,无人回应。那时候既没有手机也没有 BB 机,要在危急情况下找到一个人,简直比登天还难!

真是急死人啊!这时候班主任老师也到了,他也一筹莫展。此时进城吧,渡口根本无人摆渡,走黄沙沟吧,一时半会儿又找不到车。对于重症患者来说,时间就是生命!不能再犹豫了!男生们说,我们换着背,背也要把胡万山同学背到地区中心医院。

班主任李老师说,那不是办法啊,等到你们背到医院了,那可能就失去最佳治疗机会了,他决定去找学校领导,让学校派小车送胡万山同学进城。

"大家不要慌,让我来看看!"

就在这万分危急的时刻,学校一位退休教师李老师出现了。李老师听到外边嘈杂声,早已经醒来,他听说有学生昏迷不醒,便火速地来到了现场。

李老师认真查看了胡万山的病情,果断地说:"这是霍乱症，我可以百分之百地确诊，这病来得快，处置得当去得也快！此时进城到医院，恐怕会耽误病情，如果你们大家信得过我，我来处置，保证药到病除！我之前就处理过和这个同学一样的病情，我有经验！"

后来大家才得知，李老师以前曾经在太极县大山里的一所学校工作，有一次有一位同学夜间突发重病，由于救治不及时，结果那个同学失去了宝贵的生命，这令李老师痛心不已。他便从那时起开始自学中医，钻研《黄帝内经》《伤寒杂病论》《千金方》等医学典籍，发誓不要让学生突发疾病得不到救治这样的惨剧再次发生。二十多年后，李老师竟然自学成为远近闻名的中医，在他手上曾经抢救了很多危急的生命。

李老师去年刚刚退休，医者、教者皆仁心，在课堂上，李老师是一个令人尊敬、知识渊博的文选老师，在课后，他是一位悬壶济世的仁慈长者，治病救人他几乎是分文不收。

李老师让同学们把胡万山背到他的家里，在一个行军床上躺下来，开始了中医推拿、针灸和刮痧疗法，紧接着又开方熬了一剂中药，让同学们就热给胡万山同学喝下。不到一会儿，胡万山开始出汗，脸色不再那么绯红了，体温也渐渐降下来了。胡万山渐渐清醒了，看着一屋子的同学和老师，胡万山问道："我怎么了？我怎么会在这里？"

李老师笑着说："小胡同学，你刚刚发了高烧，是同学们把你送到我这里来的，他们还准备接力背着你走黄沙沟进城里大医院呢，这不赶巧遇上了我这个老头子，就让他们把你送到我这里来了！现在你高烧已退，再过几个小时，就可以完全恢复正常了，你大可放心！"

"谢谢李老师！您救了我的命！"胡万山眼眶湿润了，声音哽咽了。

"你不要感谢我，你要感谢你遇到了这么好的同学和老师！他们的真情堪比你们学过的课文《为了六十一个阶级兄弟》中的那朴素的阶级情感，我为你们骄傲！"李老师激动地说道。

大家听了李老师的话，也都放下心来，同时内心也无比感动。大家想，胡万山作为我们的同学，为他奔波，伸手援助乃人之常情，哪有李老师说得那么崇高啊，换作谁，都会这么做的。倒是李老师，和大家素昧平生，关键时刻，挺身而出，积极救助，还分文不收，这是一种何等高尚的师德和风格啊！在危难时刻，李老师想到的只是治病救人，没有想其他的事情，比如说他不会去想要是抢救不力，出现意外怎么办，会不会出现医疗纠纷？李老师这种勇于负责和敢于担当的精神着实感动了五班的每一个同学。

第二天早上，胡万山同学烧已退完，基本恢复正常。李老师还让老伴儿为胡万山熬了稀粥，准备了可口的小菜，说他发了一夜的烧，体力消耗不少，得好好补补身子。到了下午，胡万山喝了第二遍中药后感觉到已经无大碍，怕给李老师添麻烦，执意要回学生宿舍，李老师挽留再三，拗不过他，只好同意，并嘱咐他一些注意事项。同学们搀扶着胡万山回到宿舍，很快就成立了看护小组，对本周内胡万山的取药、打饭、打水等事务做了排班和明确分工。

同学们一到放学时间，便轮流来到胡万山的宿舍，看望他，了解恢复情况，并给他讲讲班里这两天发生的有趣事儿。班里同学因为胡万山这一次偶然犯病，空前凝聚和团结起来。大家以实际行动温暖着别人也温暖着自己。大家真切地感受到了九一级五班就是一个温暖的大家庭，生活在这样的一个班集体里，是一件多么幸福的事情啊！

在这次事件中，同学们认识了一位普普通通的退休教师——李老师。从李老师身上，大家明白了啥叫大爱无疆，明白了高尚师德才是一个人民教师的灵魂，没有爱就没有教育。

第二十八章

　　1993年9月,赵弘毅迎来了他的第三年师范生活。等到大家过完暑假返回校园时,得知他们的班主任老师又换了。这次担任他们班主任的是汪安建老师,他毕业于陈仓师范学院地理系,是一个人品、能力俱佳的青年才俊。他之前已经带过两届毕业班,所带过的学生没有谁不佩服他的,学校领导对他很是器重,在教学之余,还任命他做了学生科的干事,准备作为梁州二师后备干部重点培养。

　　汪老师管班很有一套。他在不到一天时间里,便认识了班里的每一位同学,能流利地叫上大家的名字。课余时间会到各个宿舍串门,与大家亲切交流,了解同学们的所思所想,为每一位同学规划未来的人生之路。当他得知赵弘毅有志于考大学时,非常高兴,专门为赵弘毅安排了一个只住两个人的长明灯宿舍,这样赵弘毅就可以在其他宿舍熄灯之后继续安心学习了。汪老师向赵弘毅描绘了大学里的美好生活,鼓励赵弘毅一定要发愤努力,通过保送考试,考上大学,成就自己的人生理想,拥有一段不同于其他中师生的别样道路,不负青春韶华。一番话说得赵弘毅热血沸腾,他决心一定不辜负汪老师的期待,实现他的大学梦想。

赵弘毅中师三年遇到了三位气质类型不同的班主任老师。一年级时候的王大顺老师，以严格严厉著称，对大家管得过多，事无巨细，亲力亲为，感觉就像初中时期的班主任，失之过严；二年级时候的李儒华，推行的是一种完全自主式的管理，把大家看成了大学生，失之过宽；而三年级时遇到的汪安建老师，兼有王大顺老师和李儒华老师的特点，该严的时候就严，该宽的时候就宽，很符合中师生的年龄和心理特点。

学校每周都要进行卫生和纪律评比，优秀者会被授予流动红旗。一屋不扫，何以扫天下？天下大事必作于细，汪安建老师决定从创建卫生先进班级这个窗口抓起，来重塑九一级五班的班级形象。第一周、第二周卫生大扫除时，汪老师亲自到场做示范，地应该怎么扫，怎么拖，桌凳应该怎么摆放，抽屉里的物品应该怎么摆放，他每一个细节都没有放过，他由此确立了卫生打扫标准，要求每个组在今后卫生打扫过程中都不能低于这个标准。大家刚开始还很不理解，心想，我们都上三年级了，都十七八岁了，用得着这样吗？

事实上，这种方法很有效。榜样的力量是无穷的，大家很快都学会了在卫生打扫中如何做到精益求精，搞得更好，于是九一级五班在每一次卫生评比中，得第一名的时候居多，几乎没有低于过第二名，每个月都被评为卫生先进班集体，大家重新找回了班级自信。

五班的卫生成绩一上来，其他方面的工作也不甘落后，纷纷走到了学校的前列。第一次办黑板报，第一次写广播稿，第一次出早操，第一次宿舍评比，第一次课外活动……无论是什么样的第一次，汪老师总会出现在那里，亲自上手，做出示范，不讲过多的道理，汪老师以实际行动告诉大家："今后大家就按照我这个方法和思路去做，没有最好，只有更好！"

五班的同学在很多年前，便从汪老师身上明白了一个道理：喊破嗓子，不如做出样子！

上一届班委会任期已满，在汪老师的多次走访和广泛调研的基础上，提名了几位能力超强、品行端正的班委候选人，并进行了公开、公正的第二次班委成员民主选举，罗军同学被选为班长，段鹏成为团支部书记。九一级五班将在新的班主任和班委会的带领下，度过最后一年的师范生活。

汪安建老师在担任五班班主任的同时，还兼代了五个普师班的地理课。地理课本来就很有趣，让汪老师讲起来更有意思。

"《庄子》里说：古往今来曰宇，四面八方曰宙。广义的宇宙是万物的总称，是无限时间和空间的统一。"有关宇宙、天体运行、地球公转自转、时区产生这些晦涩难懂的知识，在汪老师的口里是如此有趣、简单……汪老师作为一名地理系毕业的高才生，到全国各地旅游一直以来都是他的梦想，每年寒暑假，他都会打起简单的行囊，到一个目的地去独自旅游，寻找他心中的香格里拉。在课堂上他也会给大家生动地讲起旅途中的美丽风光、风土人情和特色美食，把旅游中拍摄的照片让大家欣赏。每周三节的地理课，大家只觉得排得太少，听得不过瘾。

从三年级开始，又相继开设了几门新的课程，分别是教育学、小学语文教学法、小学数学算理、小学数学教学法。这些都是师范生不同于高中生的课程，它们都是广大师范生今后安身立命的专业课程。

教育学是各级师范院校以及教师培训的一门必修课，对师范生未来从事教育工作具有特别重要的意义。今天的师范生就是明天的人民教师，教育学将服务于师范生未来的教育教学实践，对于未来的教师形成教育思想、教育智慧、专业精神和专业人格有着非常重大的意义，它应该是师范生第一重要的专业课。

教育学的老师叫任小康，刚从长安师大教育系毕业。讲课的水平不是太高，教学思路有些模糊，不流畅，满肚子学问不知如何往出倒。大家虽然都知道这门课程的重要性，但听讲起来很累，好多同学上课时打起了瞌睡。

赵弘毅觉得还不如自学，他在图书室里借了几本教学参考书，结合教材做起了笔记。他很快就熟悉了教育的基本原理，中国的教育发展史，班级授课制的诞生，近代学制的变化，国家课程开设计划，中小学课程改革，中小学教学过程、教学原则、教学方法等内容，认识了孔子、孟子、朱熹等先贤大师，了解世界近现代第一流的教育家和他们的教育思想，例如苏霍姆林斯基、马卡连柯、杜威、蔡元培、陶行知、叶圣陶等教育大家。当赵弘毅读到夸美纽斯说"教师是太阳底下最光辉的职业"时，他不禁有点热血沸腾。

赵弘毅向任小康老师提了一个建议：教育学内容很多，部分章节可以尝试让学生自学后，上台给大家试讲，老师只就重点、难点问题解读就可以了。这样做既锻炼了同学们的能力，又能激发大家的学习兴趣，还能减轻老师的负担，可谓三全其美。任小康老师愉快地接受了赵弘毅的建议，他非常乐意做这种教学改革。于是很多同学都有机会走上讲台和大家分享交流对教育教学问题的看法，昔日死气沉沉的课堂不见了，大家对这种教学模式很期待。

就在 11 月份，大家突然接到通知，本学期期末考试，教育学将由梁州地区教育局统一命题，梁州一师和二师三年级学生要进行联考评比。通知指出，教育学作为师范学生的专业课，其重要性不言而喻，要求成绩不低于 70 分，而不是传统意义上的 60 分及格线。考试内容是全册教材，没有考试大纲，没有考试重点。如果考试成绩低于 70 分，不但要来年补考，可能还会影响到正常毕业！

考情就是命令！从学校领导到班主任老师，再到任课教师，三年级全体同学，大家都紧张起来。任老师采取灌输式的方式迅速结束了新课，然后开始了全面复习备考。他专门印制了考试重点知识，让大家在课本上画出需要重点记忆的内容。确定由老师检查学习委员、课代表和四个组组长的知识背诵，再由他们去检查其他同学，实行人人过关的战略。

"教育是教育者根据一定社会的要求和年轻一代身心发展的规律，对受教育者所进行的一种有目的、有计划、有组织地传授知识技能，培养思想品德，发展智力和体力的活动。

"教学大纲是对单科课程的总体设计，是国家教育行政部门以纲要的形式规定各学科的目的、任务、内容、范围、体系、教学进度、时间和教学法上的要求。

"我国常用的教学原则有：全面发展原则、理论联系实际原则、教师主导和学生自觉性相结合原则、直观性原则、循序渐进原则、巩固性原则、尽力性与量力性相结合的原则、因材施教原则。"

早操前，晚自习后，操场上，楼道里，小树林里出现了一大批背诵教育学知识的三年级学生。

班主任汪老师配合任小康老师开展了三次班级教育学知识竞赛活动，其他学科活动也纷纷为教育学联考让路，大家的教育学知识通过反复识记、各种检查考核，大都早已是滚瓜烂熟。赵弘毅超强的记忆力派上了用场，凡是大家不知道的知识，他全都知道，他会告诉你这个知识点在教材中的具体位置。对于难以回答的论述题，他总能抽丝剥茧，有条有理，娓娓道来，显得层次分明，重点突出，说理性强。

本次期末考试，梁州两所师范学校教育学联考，二师取得了辉煌战果，全校平均分85.5分，超出了一师10分，为一所年轻的师范学校赢得了荣誉，梁州二师的教学质量绝不是浪得虚名。

第二十九章

普师班学生到了三年级，还要学习几门最要紧的专业课，那就是小学各个学科教学法的学习，其中最重要的是小学语文教学法和小学数学教学法这两门课，当然其他学科的教学法也是相通的。教法课是解决实际怎么教学的问题，是研究如何把课本知识以学生喜闻乐见的方式传授给学生，达到深入浅出、通俗易懂的目的。

教学法老师说，教学是一门科学，也是一门艺术。对于教师们来说，课堂教学是实现传道、授业、解惑的主渠道，课堂教学永远都是一门有缺憾的艺术。大家千万不要小看一节课只有短短的40分钟，可要上好它，永远都只能是：只有更好，没有最好！他说，原来人们说，要想给学生一瓢水，教师得有一桶水，现在看来，这是远远不够的，教师应该终身学习，他的知识储备应该是一条源源不断的河流！

教师有了广博的知识，就能自然而然地做一名好教师吗？答案当然是否定的。教师还必须深入钻研教学方法，让学生上课听得轻松，学得扎实，还要培养学生多方面综合能力。正所谓讲台上十分钟，台下十年功！要想成为一名优秀的教师，并没有那么简单，没有一番寒彻骨，怎得梅花扑鼻香呢？数学教学法老师举例说，陈景润是闻名世界的大数学家，但是他却不能做好一名数学教师，他讲的课，学生听不懂。

赵弘毅原本以为当一名小学教师是一件十分简单的事情，听老师这么一说，心想还真是不简单，看来还是需要放下身段，努力去钻研。以后当老师嘛，就应该当名师，当受学生喜欢爱戴的好老师！如果连一节课都上得稀里糊涂，岂不是以自己昏昏使人昭昭？

其实这些教学法在学习《教育学》时候老师都已讲过，什么阅读法啊，讲授法啊，谈话法啊，实践法啊，研究法啊，自学法啊……这些理论知识，赵弘毅早已是烂熟于心，可是要谈到实际应用，还是困难不少。这几门专业课，老师采用的都是理论联系实际，采用教学片段，实际演练的方式进行。他要求班里大多数学生都要走上讲台，按照老师所出示的教学情景，选择适当的教学方法，把它讲出来，让大家提前熟悉未来的三尺讲台。

同学们的精神为之振奋，大家都喜欢这种理论加实践的学习方式。赵弘毅这段时间迷上了有关教育教学方法的理论书籍，他对布鲁姆的目标教学法、杜威的问题教学法和布鲁纳的发现教学法很感兴趣，他认为这些教学法能够目中有人，重视学生的主体地位和教师的主导作用，能够实实在在地培养学生学习能力，提高学生综合水平。他对满堂灌、满堂问的讲授法，填鸭式教学非常反感，认为这是在扼杀学生的天性。

有一天他在阅览室翻阅杂志，偶然间看到了魏书生的六步教学法，让他眼睛为之一亮，他认为这才是真正高明的教学方法。他在笔记本上工工整整地抄写下来：

六步教学法的核心是重视培养学生的自学能力。教师要引导学生认识培养自学能力的重要性，鼓励学生树立培养自学能力的信心，使培养学生的自学能力不仅是教师的主观愿望，也成为学生的内在要求。

六步教学法的基本操作程序是：

定向——自学——讨论——答疑——自测——自结

定向：确定教学内容的重点、难点，并告诉学生，使之心中有数，方向明确。

自学：学生根据学习的重点和难点自学教材，独立思考，自己作答案。不懂的地方，留待下一步解决。

讨论：学生前后左右每四人为一组共同讨论和研究在自学中没有解决的问题，寻求答案。不能解决的问题，留待答疑阶段解决。

答疑：立足于由学生自己解答疑难问题。由每个学习小组承担回答一部分。然后由教师回答解决剩下的疑难问题。

自测：学生根据定向指出的重点和难点，以及学习后的自我理解，自拟一组约需十分钟完成的自测题，由全班学生回答，自己评分，自己检查学习效果。

自结：每个学生总结自己学习的主要收获。教师在成绩优秀、中等、较差的学生中，选择有代表性的学生，讲述自己的学习过程和收获，使所获得的知识信息得到及时强化。

赵弘毅尝试着在试讲时运用了魏书生老师的六步教学法，引起了班级学生的激烈讨论：一半同学认为他肯动脑，教学方法独到，使人耳目一新，值得肯定；另一半学生则认为他是标新立异，教学效率低下，忽视了教师的主观能动性，啥都让学生完成，让你这个教师有啥用？老师肯定了赵弘毅的这种大胆尝试，但没有下定论，这种方式方法是否可取，只是要求同学们在今后的课堂教学中自己去实践，自己去验证，看看到底是否有效。

赵弘毅不为争议所畏首畏尾，他一头扎进中国古代教育教学智慧的书籍中，去寻找答案，吸取养分。他通读了《论语》和《学记》，读着读着，他越发地佩服魏书生，那就是要充分地相信学生、依靠学生、解放学生和发展学生，他认为这是中国未来课堂教学改革的必然方向。

赵弘毅很快就在一张国子监课程表中找到了佐证，其实中国古代教学也一直是非常重视学生自学能力培养的。北京国子监是中国古代科举制度下至高无上的学府了，从有关资料上看到那里的语文课程表，非常有意思。每周10节语文课，经典背诵6节课，学生互相研读2节课，老师考核学生诵读理解，帮助学生答疑解惑2节课。也就是说，真正让学生自主学习时间达到了十分之八，实实在在颠覆了赵弘毅以往的认知。在赵弘毅的习惯认知中，中国古代的教育无非是老夫子们摇头晃脑一讲到底，然后让学生死记硬背，不求理解文章大意，但求灌满为数。如此看来，实在是谬误。

赵弘毅继续思考，也许仅凭一张国子监的课程表还不足以佐证：在中国传统教育中其实也是非常重视学生自主学习的。他后来读书，了解到中国古代兴盛一时、别具一格的书院制度，从中发现在古代书院采取学生自主学习的方式其实是基本的范式和普遍的存在，用不着大惊小怪。书中介绍说，书院是我国封建社会特有的一种教学和学术研究相结合的教育机构，一般

第二十九章

由著名学者私人创建或主持,也可以说是不列入国家学制的私人性质的高等学府,它从唐中叶兴起到清末,前后存在近千年,在宋代尤为兴盛,以朱熹创立的白鹿书院最为有名。观其教学活动有以下显著特点:

1. 学生以自学为主,教师辅导为辅。书院一般是一个大师教诲一群学生,因而在教学方法上一个重要特点便是让学生自学为主:一则是学生大多仰慕大师们道德文章,不远千里,投入门下,有主动学习的积极性;二则书院学者已充分认识到学习的关键靠自己,强调学生自学识悟。书院教师的指导作用:一是给予学生们学习方法的指导,许多大师往往会总结自己的读书方法和经验,以此指导学生应该读什么书,怎么阅读,注意什么,少走弯路,提高效率;二是讲课贯彻少而精的原则,大多是提纲挈领,由学生随其程度深浅自行体会;三是教师答复学生的问难质疑,书院教学十分强调学生读书提出疑难并鼓励学生进行诘难论辩。朱熹强调:"读书无疑者,须教有疑,有疑却要无疑,到这里方是长进。"

2. 书院遵循"百家争鸣"的精神,提倡不同学派的相互交流。书院的教育活动大量是在学术交流的基础上进行的,使学术研究与教育教学结合起来,既提高了教学质量,也为学术成果的传播和发展创造了条件。相互讲学和不同学派的学术交流,不仅使书院扩大了教学氛围,丰富了教学内容,活跃了学术氛围,开阔了学生眼界,提高了他们学习兴趣和积极性。

3. 书院的师生关系融洽,师友互相砥砺成风。在书院里,教师认真教学,爱护学生,学生虚心求学,尊重教师,师生之间融洽相处。朱熹对学生要求很严,但不是生硬压抑,而是积极引导，不重学规的强行约束，而重在启发学生的自觉遵守，所以学生对他很尊重。朱熹死后，弟子来自八方送葬的达几千人，足见师生感情之深厚。以上所述，大体概括了我国古代书院教学制度的基本特点，也是基本优点。这些主张和做法显然比今天不少教师还在抱残守缺的教师讲、学生听，教师生硬注入，学生呆读死记的办法要优越得多。以现代教学论来衡量当时的教学未必尽善尽美，但其基本精神是完全符合学习必须充分发挥学生主体积极性这个基本规律的。对照今天我们有些教师课堂上仍然是一讲到底，要么满堂灌，要么满堂问，要么满堂练，扼杀学生的自主精神，从古代书院的经验中是否可以得到一些有益的启示呢？

　　赵弘毅在夕会时间，把他的读书发现与感悟，向大家做了汇报交流，引发了更多学生的思考，大家想想，其实在未来的教育生涯中，我们的确还有很长的路要走，重要是要学会质疑和反思，绝不可是盲从和照搬照抄。

第三十章

"风声雨声读书声,声声入耳;家事国事天下事,事事关心。"尽管明朝东林党人顾宪成的这一著名对联,赵弘毅在上初中时都已耳熟能详,但是促使他养成每一天都来关心时事政治的好习惯的人,却是他在上梁州二师三年级时的班主任——汪建安老师。

梁州二师地处九里湾村,那时候交通不便,去梁州城区很不方便,因此每到周末时间,赵弘毅他们班同学便很少有人进城逛街。一到周末,大家的娱乐、放松模式无外乎打打球,看看书,聊聊天,当然最大的快乐就是到教室去看电视了。到了周六上午,班上的文体委员便会同几个热心的男生早早地来到学校电教室,办理领取电视机手续。那时各班配发的全是清一色的黄河牌17英寸黑白电视机,虽然不是彩电,那可是同学们周末最好的精神食粮啊!于是在同学们的千呼万唤中,那几个同学是汗不敢出,小心翼翼地把电视机抬到教室,稳稳地放进教室电视柜里,然后便迫不及待地插上电源,拉开电视天线,不断地调整角度,直到电视画面呈现出最清晰的状态,大家连连说:"好了!好了!快点换台,快看《戏说乾隆》!"简直是一分钟都不可以耽误。"山川载不动太多悲哀,岁月经不起太长的等待……"

熟悉的旋律一经开启，所有人立马停止了说话，大家很快就进入到剧情里边去了。

每一集播完了之后，就是令人痛恨不已的广告了，大家伙儿便异口同声地喊着换台，哪怕是去看大家最为讨厌的外国电视剧，总比看广告舒服。可是总有几个时间段是大家绕不过去的"坎儿"，那便是中午12点，傍晚7点，晚上10点，几乎所有能收看到的电视台都在播报新闻。这对于酷爱看电视剧的同学们来说，简直痛苦不堪，大家便显得极不耐烦，不停地叫嚷着："换台！换台！"

记得那是在一个周六的傍晚7点多，所有台都在转播中央一套的《新闻联播》，换台的同学做了几次尝试后，便无可奈何地说："真讨厌！都是新闻，没啥看头，干脆把电视机关了，让它也歇歇吧！待会儿电视剧开始了再看！"当时教室里有20多个同学，大家都没有反对，觉得新闻嘛，看不看无所谓啊。

"等一下，不要关，我想看看新闻！"不知什么时候，班主任汪老师来到了教室后边，正在后边和大家一起看电视呢。大家谁也不好意思驳了老师的面子啊，只好勉为其难地一起看了下去。那晚的新闻联播大多数节目内容，赵弘毅已经忘却，似乎有一个关于悉尼申奥成功，北京以两票之差错失申办权的时事评论。等到新闻联播节目播完后，汪老师说："占用大家宝贵的几分钟时间，我想和大家交流一下为啥要看新闻的话题！"

"人是社会的人，我们随时要与外界发生联系，作为一个公民，一个未来的人民教师，不关心时事政治，不仅是荒谬的，而且是相当危险的！打一个通俗的比方，时事新闻就好比一个晴雨表，国家的任何方针政策，往往都会通过它提前有所显现，这关系着你们未来碗里吃干的，还是喝稀的！"

接着汪老师又语重心长地跟大家谈起关心时事新闻的其他好处：可以丰富知识面，扩展视野啊，可以提高明辨是非能力，坚持正确政治方向啊，可以提高政治素质啊，增强公民意识啊，未来当老师，也可以用时事素材激发学生学习兴趣啊……他说："就拿我们今晚新闻联播中报道的悉尼取得奥运会举办权来说，北京为什么失败了？悉尼为啥能打动奥委会委员？难道不应该引起我们深思吗？我们一味地批评奥委会不公，我们去做愤青，有用吗？"

他随后举了两个实例进一步说明了关心时事的好处：其一是当年我国大庆油田发现后，具体地点是对外保密的，但是细心狡猾的日本人却通过《人民日报》上刊载的铁人王进喜照片上的穿着打扮和相关文字报道，准确地推断出大庆油田地处我国东北，当时还急需哪些设备等信息，取得了我国一个大的订单；其二是说香港的霍英东、李嘉诚等大资本家，每天早餐前必须看《人民日报》头版，一个香港的资本家为啥这样关注大陆的政治呢？因为经济从来就不是孤立存在的……

听完汪老师的一席话，大家沉默了，似乎刹那间新闻变得不再那么可恨，甚至可爱起来。随后那晚的晚间新闻赵弘毅他们看得很认真，从那晚以后，校园内的阅报栏前总会看到五班学生的身影。赵弘毅也是从那时起，几乎每天中午都会去学校阅览室翻阅报刊，《人民日报》《光明日报》《参考消息》《陕西日报》和《梁州日报》，看到什么，就拿起来读，尽管是走马观花，未能细细研究，但是收获也挺大的，他的写作水平和口才也因此有了很大的进步。

以后赵弘毅无论是上学,还是参加工作,这个习惯都一直保持了下来。无论他每天学习和工作有多么繁忙,他总会抽时间来浏览浏览新闻,了解了解国内外大事。这种关心时事的好习惯伴随了赵弘毅大半生,使他受益匪浅:一方面增长了他的时事见闻,带给他许多的快乐,另一方面也的的确确地增强了他的政治敏锐性。这种潜移默化的习惯常常带给赵弘毅意想不到的收获,重要的是很多时候使赵弘毅在生活和工作中能够具备一定的预见性,不至于偏离正确的方向,处于被动的境地。

特别是后来上班后,赵弘毅分配到一所山区初中学校工作,非常闭塞,但是学校征订有《人民日报》《梁州日报》和《参考消息》等报纸,这成为赵弘毅与外界联系的重要途径!对于很多老师不爱看的《人民日报》,赵弘毅却是如获至宝,细细品读。有一段时间,因为财政分灶吃饭,教师们工资被拖欠,几个月都发不下来,大家生活艰难,有的老师甚至无以为炊,老师们为此还曾经闹过罢课。在那样的艰苦岁月里,赵弘毅刚刚参加工作,生活苦涩,顿觉前途一片黯淡,他也曾经迷茫过,痛苦过,甚至想过辞职到南方打工。但是赵弘毅很快就因为读书看报,从阴影中走了出来!因为关心时事,使他对国家短期内财政困难和出路有所了解,他对国家和未来充满信心,他相信困难总是暂时的,面包会有的,爱情也会有的!因此赵弘毅当年虽然穷困过,但从未颓废过!当他面对学生时,面对教师这个神圣职业时,他总有使不完的劲!读书看报给赵弘毅带来了温暖,带来了光明,照亮了他前行的路。

很多年过去了,每当赵弘毅浏览搜狐新闻,阅读报纸,通过"学习强国"这个平台学习时,他总会想起26年前的那个夜晚,班主任汪老师对一群正在看电视的十七八岁年轻人上过的普通一课,这一课让大家终身受益。

还记得那个感动了无数人的大眼睛女孩儿吗?那位大眼睛的女孩名叫苏明娟,一张照片让她名噪全国。她那双清澈的大眼睛,透露着对知识的渴望,对未来的向往。她的那双大眼睛深深震撼了全国,因为她的眼睛大而有神,且清纯至极,满眼都是正能量。

1989年团中央、中国青少年发展基金会提出了希望工程。在希望工程的帮助下,有无数濒临失学的儿童再一次走上了求学的道路。

校团委、学生会在学校联合发起了向希望工程捐款和挽救失学儿童活动。

教学楼前张贴了大红的倡议书,校园广播里一遍又一遍播报关于希望工程的相关报道。同学们一个个热血沸腾了,真没有想到我们国家到了20世纪90年代,竟然还有这么多的失学儿童,真是触目惊心啊!在这庞大的队伍中,有谁又能断定他们当中不会出现未来的领导者、科学家、文学家和艺术家?他们都是我们中华民族不可或缺的组成部分,不能让他们过早失学,成为新时期的文盲。

我们哪怕是省下一些口粮,也要献出我们的一份爱心!积少成多,集腋成裘,亿万人民都行动起来,一定会汇聚成巨大的力量。同学们根据自己家庭的经济能力,纷纷慷慨解囊,献出了自己的爱心。大家知道,他们的善心虽然解决不了所有失学儿童的上学问题,但是哪怕是有一分光也要发一分热!这就如同那个非常有名的故事：一场海浪过后，沙滩上冲上来许多鱼儿，一个小男孩儿忙着把一条条小鱼捡起放回海水中，有大人就说，这么多鱼，你怎么救得过来，它们不会在乎你的。小男孩儿说了一句让成年人汗颜的话，我虽然救不了所有的鱼，但是得救过的鱼儿在乎！

孩子们辍学，大多是经济问题，上不起学。还有少部分是家长思想观念问题，认为上学无用，不如回家劳动创收，这其间又以女童居多。

校团委因此又启动了第二个阶段的工作，让大家调查自己家乡辍学的儿童，通过致辍学家长一封信或者家访的形式，让这些孩子返校上学。

赵弘毅老家就有几个这样的孩子，离他家不远，都是熟人，有几个还和赵家沾亲带故。其实在暑假时候，赵弘毅曾经都对这些孩子的家长苦口婆心地劝过，让他们最起码支持孩子念完初中。但是这些家长根本就不买账，那时候新一轮"读书无用论"甚嚣尘上，说什么"造原子弹的不如卖茶叶蛋的""教书的不如擦鞋的"，他们思想顽固得很，认为孩子们上完小学，知识就足够了：只要能写自己名字，会算豆芽账就足够了。

赵弘毅在头脑里把这些学生家长在头脑里过了一遍，选择了两个自认为可以做通工作的家长，分别写了一封情真意切的书信，详细叙述了为什么要读书的原因，希望他们良心发现或者内心触动，能够让辍学孩子重返课堂。其中一个家长接到信后，感动不已，思想松动。赵弘毅又写信给父亲，说这是学校下达的政治任务，请他务必上门帮忙做通工作。最后这孩子复了学，最终上到初中毕业，后来去了南方打工，挣钱不少，到现在还经常念叨着赵弘毅一家老小的好。另一个家长呢，接到来信后，反倒说了赵弘毅一地的不是，说什么上了个中师都不知道自己姓啥了，竟然写信来给他上课！一副死猪不怕开水烫的模样，赵弘毅接到父亲来信后，简直是怒不可言，好心还被当成驴肝肺了！

　　向"希望工程"捐款和劝返辍学儿童，这是赵弘毅平生做的第一件公益事情，他从中体会到了帮助他人的幸福！

第三十一章

　　什么是教育？教育就是养成良好的习惯！汪老师对此事深以为然。他说，未来的世界是一个知识爆炸的年代，只有养成良好的阅读习惯，才能立于不败之地！他认为好的教育必然是一群热爱读书的教师领着一群孩子读书。他不失时机地在全班发起了一场读书活动，希望同学们一定要树立"让阅读成为一种习惯，让优秀成为一种习惯"的思想意识。

　　古今中外这么多书，到底应该读哪些书，该怎么选择？如果没有选择，就算穷其一生，也读不完，也没有多大收获！汪老师告诉大家可以做如下选择：可以读一些世界名著，这些书籍之所以是经典，因为它们具有较高的思想性和艺术性，总能给人们带来智慧和启迪；可以读一些名人传记，这些名人会向我们展示他们的成长足迹、奋斗历程和光辉业绩，展现他们的高尚情操和执着追求，为我们每个人成长带来启示；可以读一些科普类读物，可以让我们掌握一些科学知识，也可以启迪思维，为我们插上幻想的翅膀，助力人生成功；可以读中国的文化典籍、四书五经、二十四史等，可以让我们继承中华民族优秀的传统文化，汲取古人的智慧，美丽我们的人生。汪老师根据自己的经验，给大家编制了一份读书建议清单。

读书有三到：眼到、手到和心到！汪老师要求大家不动笔墨不读书，读书要养成做笔记和写心得的好习惯。除此之外，还要注意方法技巧，大家要因人而异，选择适合自己的读书方法。直到现在，赵弘毅对汪老师介绍的读书方法还记忆犹新：读书不二法、波浪渐进法、比较品读法、垂直阅读法、字斟句酌法、精华提炼法、高山仰止法、居高临下法、多维研读法和举一反三法等。

赵弘毅按照汪老师的要求，迅速在班级内制订并发布了《九一级五班读书活动方案》，内容如下：

读书使人明智，读书使人高尚。为了激发同学们读书的兴趣，营造浓厚的读书氛围，开阔同学们的知识视野，养成良好的读书习惯，提高审美情趣和人文修养，形成健全的人格，我班将积极组织举行"点燃读书激情，共建书香校园"读书节活动。

一、活动主题：

点燃读书激情，共建书香班级。

二、活动目的：

1. 让同学们养成"爱读书、会读书、读好书"的好习惯，引导同学们达到从"阅读"到"悦读"的境界，引导同学们书香相伴成长。

2. 开辟语文学习的更广阔的天地，提高语文能力和人文素养，构建有特色的书香班级文化，构建最理想的成长文化生态。

三、活动口号：

"悦读"经典，润泽心田。

读高雅书，做高尚人。

读书好，读好书，好读书。

与经典同行，打好人生底色；同名著为伴，塑造美好心灵。

四、主要工作及活动内容：

(一) 宣传发动阶段：(9月21日-27日)

   1. 夕会主题演讲——《最是书香能致远》。

   2. 读书节开幕致辞——班主任。

   3. 营造氛围：办一期以"读书"为主题的黑板报。

   4. 建班级图书角。(同学捐书、图书室借阅)

   5. 发放《中师生推荐阅读书目》。

(二) 活动实施阶段：(9月28日-12月24日)

   1. 课前诵读经典。语文课课前改课前唱歌为诵读经典(《三字经》《弟子规》《千字文》等)。(语文课代表落实，语文老师协助)

   2. 主题班会：我和我读的书(负责人 班长)

   3. 沐浴阳光，齐诵经典(负责人 团支部书记)

   4. 讲故事比赛(负责人 文体委员)

   5. "书香伴我成长"演讲比赛(负责人 文体委员)

   6. 语文知识竞赛(负责人 学习委员)

   7. 读书小报评比(负责人 班委会)

   8. 优秀读后感征集(负责人 班委会)

   9. 现场作文比赛(负责人 语文老师)

   10. 书香学生评比(负责人 班主任)

(三) 评比表彰阶段：(12月25日-12月31日)

   1. 评比小组、班级两级"读书之星"。

   2. "书香学生"申报及评比。

3. 读书节活动成果展示（手抄报、优秀作品展）。

4. 表彰奖励优秀学生。

五、注意事项：

1. 要提高对本次"读书"活动的认识，要把它作为营造"书香班级"的一项重要工作来抓，要创新活动内容和形式，提高活动的实效性。

2. 要在校宣传栏、广播室等宣传阵地积极宣传推介班级书香活动，使读书节活动既轰轰烈烈又扎扎实实。

3. 语文教师和班主任要做好配合工作，任课老师积极参与，认真组织好各种形式的班级读书活动。

九一级五班读书活动组委会
1993 年 9 月 20 日

读书活动方案得到汪老师的好评和大力支持，一场声势浩大的读书活动，迅速在九一级五班开展起来。教室里、宿舍里、操场上、校园里，随处可见沉浸在阅读之中的五班学生们。一些经典名篇，好多同学都在大声地朗读和记忆，这引来了其他班级好多同学的围观：九一级五班这是怎么了？都成了书呆子了？

这段时间，赵弘毅通读了林语堂的《苏东坡传》，不可救药地喜欢上了苏东坡这个人物。他觉得这个传记把一千多年前的苏东坡写活了，他反复地阅读了三遍传记，又查阅了苏东坡的相关史料，诵读了苏东坡的大量诗词。苏东坡的形象在赵弘毅头脑中越发清晰起来：

苏东坡是古代中国"人间不可无一,难能有二"之人,作为兼具民族性和世界性的历史文化名人,他汇通百家,冠绝千古,是全才、通才、奇才、天才,可以说是一个百科全书式的历史人物。苏东坡的气质,有儒家的"知其不可为而为之"的勇者无惧,有道家任真自然、骋目游怀的顺从天道,还有佛家"和光同尘,与俗俯仰"的自得。这是中国文人的理想状态。无论是荣居高位,还是落魄南荒,苏东坡给后人的印象,或潇洒出尘,或安静自守,或童趣未泯。即使是低潮期,当他冥想过去,也就是"回首向来萧瑟处,也无风雨也无晴"。甚至在海南时,居无安身之处,病无可医之药,他仍保持着"九死南荒吾不恨,兹游奇绝冠平生"的气魄。

林语堂先生对苏东坡之才还如此写道:"李白,一个文坛上的流星,在刹那之间壮观惊人地闪耀之后,而自行燃烧消灭,正与雪莱、拜伦相似。杜甫则酷似弥尔顿,既是虔敬的哲人,又是仁厚的长者,学富而文工,以古朴之笔墨,写丰厚之情思。苏东坡则始终富有青春活力……苏东坡虽然饱经忧患拂逆,他的人性更趋温厚和厚道,并没变成尖酸刻薄。"他心态乐观,经历五朝,只求独行其是,一切付之悠悠,所以,苏东坡过得快乐,无所畏惧,像一阵清风度过了一生。季羡林先生在谈及苏东坡时提到,中国古代赞誉文人有三绝之说。三绝者,诗书画三个方面皆能达到极高水平之谓也,苏东坡至少可以说已达到了五绝:诗、书、画、文、词。因此,我们可以说,苏东坡是中国文学史和艺术史上最全面的伟大天才。

"莫听穿林打叶声,何妨吟啸且徐行!竹杖芒鞋轻胜马,谁怕?一蓑烟雨任平生。"赵弘毅最为钦佩的是,苏东坡是一个无可救药的乐天派。苏东坡一生历经坎坷，但他始终以从容、潇洒、旷达的心态来面对一切，从未被打倒。"问汝平生功业，黄州惠州儋州"，即便是流放到岭南，也潇洒地写道：日啖荔枝三百颗，不辞长作岭南人。林语堂先生这样写道："我们未尝不可说，苏东坡是个秉性难改的乐天派，是悲天悯人的道德家，是黎民百姓的好朋友，是散文作家，是新派的画家，是伟大的书法家，是酿酒的实验者，是工程师，是假道学的反对派，是瑜伽术的修炼者，是佛教徒，是士大夫，是皇帝的秘书，是饮酒成癖者，是心肠慈悲的法官，是政治上的坚持己见者，是月下的漫步者，是诗人，是生性诙谐爱开玩笑的人……"

赵弘毅以对苏东坡的研究，写就了一篇洋洋洒洒近五千字的读书心得文章，名为《一点浩然气，千里快哉风》，在班内得以广泛传阅，还被推荐到《梁州文学》上发表，在最后表彰阶段，无可争议地被评为班上书香学生，得到的奖品是全套的唐诗宋词。班内其他同学都有了很大的收获，最难能可贵的是，大家把这样一种爱读书、勤写作的好习惯带到了以后的工作生涯中，这让九一级五班的同学们受益终生。

第三十二章

"三笔两话（画）"（毛笔字、粉笔字、钢笔字和普通话、简笔画）是中师生三年内必须长期练习的教学基本功。到了三年级，汪老师更是严格要求，他说写一手漂亮的三笔字，说一口标准的普通话，就是你未来做教师展示给人们的第一张脸，这是你今后做教育教学工作的基础，基础不牢，地动山摇。因为第二学期开学后不久，就会面临毕业实习，所以大家在学好小学语文教学法、数学教学法的同时，特别注重粉笔字练习和普通话练习。

教室里黑板根本就闲不下来，上课时老师用，下课后同学们便见缝插针，争先恐后地挤上去，开始了粉笔字练习。就这样也根本满足不了班内所有同学的需求。中午和下午放学时间，班长安排了全班同学练习时段顺序表，用班费买了一大箱粉笔，让大家加紧练习。有几个同学干脆进城到文化用品商店买了几个小黑板，在宿舍里练习，这样就用不着和别人争抢黑板了。这段时间，同学们身上到处都有粉笔灰。大家笑称，我们不是在练粉笔字，就是在练粉笔字的路上。

梁州方言属于北方方言，所以梁州人说普通话，本来不是太难，方言里大多数字音是和普通话一样的，难点是"l"和"n"

不分，前后鼻音不分。这需要大家花大量的时间纠正。课前课后，同学们三五成群，相互考查易错字音，好不热闹。

　　说普通话最难的是来自汉宁县的六位同学。汉宁县人说普通话最大的障碍是"h"和"f"不分，例如坐飞机，他们读成坐灰机。最经典的笑话是，有同学问汉宁县一位同学："你中午吃了什么饭？""再莫说了，我中午换（饭）吃得不舒乎（服），吃的是混（粉）条子炒回（肥）肉，到现在我心里坏（还）在花欢（发翻）。"

　　赵弘毅的普通话说得很标准，他专门买了一本普通话考级书，针对容易读错的常用字，反复诵读，经常听电视里和广播里新闻主播员播音，从字音到语调都非常神似那个播音员。普通话考级时，几乎没有费多大的劲，就轻松地拿到了二级甲等证书。

　　第一重要的是口才，第二重要的还是口才！以后当教师如果没有过硬的口才，简直无法想象。梁州二师每年都要举行的全校演讲大赛，进入决赛的选手个个不凡，特别是已经毕业的八九级师姐兰静的演讲，更是给赵弘毅留下了难以磨灭的印象，他第一次被真正意义上的演讲震撼了，原来语言竟然会产生这么大的作用力，太神奇了！

　　赵弘毅这学期积极地参加了演讲与口才社团。辅导老师是田华，她曾经在全省青年教师演讲比赛中获得过亚军。本来这个社团每期只招收50名学员，结果期期爆满，这一期竟然报了一百多名。好说歹说，即将毕业的学生就是赖着不走，说以后没有机会了，田老师只好破格选定了70名，这下子把最多只能坐60人的教室挤得水泄不通。

第一节课是《演讲与口才概述》，田老师一开讲，一下就把 70 位学员的心紧紧抓住了。

"语言就是力量，口才成就人才。当今社会越来越显示出口才的重要性，口才已经成为决定一个人生活及事业优劣成败的重要因素。"

"口才就是口语表达的才能，是指在不同的场合，面对众多的听众，在准备不充分甚至完全没有准备的情况下，口语表达准确到位、条理清楚、语句妥帖、语言诙谐幽默，使听众能产生一定程度的情感共鸣。"

田华老师语言柔和优美，知识渊博，各种实例，信手拈来，让大家佩服不已。大家深深地喜欢上了演讲与口才这门课。

这门课程一共安排了十三个专题训练，分别是：

第一讲　　敢说训练

第二讲　　态势语训练

第三讲　　语音、语速、语调训练

第四讲　　拜访与接待的语言技巧

第五讲　　介绍的语言技巧

第六讲　　交谈的语言技巧

第七讲　　表意恰切训练

第八讲　　赞美与批评的语言艺术

第九讲　　劝慰与道歉的语言艺术

第十讲　　拒绝与应对的语言技巧

第十一讲　如何做好命题演讲

第十二讲　如何做高水平的即兴演讲

第十三讲　　如何做辩论演讲

这门课程最大的特点是讲练结合，每次社团活动时间在周三晚自习，活动时间一个半小时，每节课三分之一的时间，由田华老师做辅导，三分之二的时间由大家分组讨论和练习，使每个人都实实在在地动起来了。

比如在第一讲之后，就安排了实训活动：介绍自己的家乡或父母。要求：1. 昂首阔步走上讲台；2. 微笑着注视同学，与同学进行眼神交流；3. 下面同学微笑着注视台上同学的面部。布置的课后练习是：1. 积极心态自我暗示：每天清晨默念三遍：我一定要最大胆地发言，我一定要最大声地说话，我一定要最流畅地演讲，我一定行；2. 微笑和仪态训练：每天在镜子前学习微笑至少一分钟，练习演讲时的仪态和手势；3. 胆量和自信练习：尝试与人交谈时间隔性地正视对方的眼睛，锻炼胆量、自信和沉稳的心态，尽量在聚会时间坐在前三排。

赵弘毅很快就迷上了演讲与口才，每次社团活动时，他总是第一个来到活动地点，在第一排正中间安静地坐下，等待田老师开讲。到了实训练习阶段，他总是争先恐后地举手发言，珍惜难得的练习机会。到了讨论交流环节，他也是积极地向田老师和同学们请教。几个月下来，大家发现赵弘毅简直是变了一个人，他越来越讲究说话的艺术，无论是课堂发言，还是平常聊天，大家觉得他越来越会说话，他讲话时要点突出，言简意赅，条理清楚，讲究语调、语速，并配合非常得体的身体语言，颇有君子之风。

本期演讲与口才培训班在12月中旬就要结束了。上一期结业典礼上汇报表演的是即兴演讲，这一期安排的是辩论赛。前面田老师已经在70位同学中挑选24位同学，组成六支辩论小组，进行过辩论初赛和复赛。汇报表演安排的是冠亚军决赛，和三四名决赛，地点定在学校大礼堂，学校领导悉数参加，每个班还选派了10名同学观赛。赵弘毅所在的小组已经进入冠亚军决赛，这一周，他和他的辩友们一直在图书室和阅览室查阅资料，商讨辩论会的策略。

"辩论是指彼此用一定的理由来说明自己对事物或问题的见解，揭露对方的矛盾，以便最后得到正确的认识或共同的意见。它的特点是：1. 辩论人员的双边性：辩论是双边活动，最少两人参加，单一方面只能是议论而已；2. 辩论观点的对立性：双方观点是对立的，或是或非，这样才有辩论的可能，否则就是谈判；3. 论证的严密性：只有合乎思维逻辑的辩论，才可能获胜，否则只能是诡辩；4. 追求真理的目的性：辩论目的是追求真理，取得共识。

"辩论的组成：辩论的过程一般有开始、展开、终结这三个阶段，缺少其中任何一个阶段都不是一场完整的辩论。因此，一场完整的辩论一般应由论题、立论者、驳论者三个部分组成。"

赵弘毅他们四人再次把田老师讲解的辩论要点回顾了一遍。

第三十三章

辩论赛汇报表演于周三晚自习时间在学校大礼堂如期举行。辩论赛主席是田华老师，她首先重申了辩论赛的规则。每支辩论队伍由四名辩手组成，辩题的正方、反方由现场抽签决定，辩论赛的程序是：1. 正方一辩开篇立论、反方一辩开篇立论，时间都是三分钟；2. 反方二辩驳对方立论，正方二辩驳对方立论，时间都是两分钟；3. 正方三辩提问反方一、二、四辩各一个问题，反方辩手分别应答，反方三辩提问正方一、二、四辩各一个问题，正方辩手分别应答，每次提问时间不得超过十五秒，三个问题累计回答时间为一分三十秒，接着是正方三辩质辩小结，反方三辩质辩小结，时间都是一分三十秒；4. 自由辩论，时间各为三分钟，累计计算；5. 反方四辩总结陈词，正方四辩总结陈词，时间都是3分钟。

首先进行的是三四名的决赛，正方辩题是"宁为鸡头，不为凤尾"，反方辩题是"宁为凤尾，不为鸡头"。双方抽签决定辩题后，便很快进入短兵相接阶段，双方辩手火力都很猛，几乎是刀刀见血。

正方主要观点是：良马虽好，还要伯乐能相，若无伯乐，纵是千里神驹，怕也是碌碌一生。做个凤尾，须处处受人牵制，老板若是用人不疑也还罢了，问题是现在能做到用人不疑的老板有几个？你看准一处商机，等层层审批下来，黄花菜都凉了，哪里比得上在一个小地盘里称王来得自在，说一不二？韩信若是称王，又岂会毁于妇人之手？ 现实就是这样，即使一个人再有才华，没有伯乐识才，也是英雄无用武之地的。相反也是这个道理。 所以敢做鸡头的人，能有一定的胆量，因为这样才会大胆尽快地发挥自己的能力，相反，甘做凤尾之人必定举步不前，没有一定的敢作敢为之行。

反方则认为：1. 做鸡头一定就能得到更好的资源和发展前景吗？未必。相比之下弱小企业的管理模式往往落后，基础常常薄弱，人才流动 经常不够科学。此外，与鸡头相比，做凤尾更容易学习团队内其他人的优点，而这正是满足于在小弱团队中做"鸡头"的人们得不到的，"宁为鸡头、不做凤尾"是一种坐井观天的思想；2. 需要靠与身边他人对比才能保持的自信是虚伪的自信。如因为这个原因而选择小弱团队，那除了证明他是弱者之外毫无意义；3. 看看任何一个团队中尾和头的比例，就容易看出，大部分人是群体的普通一员。你也做鸡头，我也做鸡头，你当鸡是九头鸟么？

辩论双方各执一词，唇枪舌剑，互不妥协，下边观众是听正方说得有理，听反方说得也有理，莫衷一是。最后由梁副校长代表评委组上台进行点评和宣布比赛结果。梁校长对双方辩手的辩论进行精彩的点评，他最后说，评委们对双方谁胜谁负也进行了激烈的讨论，认为双方都很优秀，处在伯仲之间，最后以3比2的票数决定由反方胜出。全场爆发出了热烈的掌声，经久不息。

"老师们，同学们，最精彩、最神圣的时刻到了！下边将要进行的是梁州二师首届中专辩论赛冠亚军决赛！我们首先掌声有请双方辩手上台，下边我为大家隆重介绍参赛的八位同学。"田华老师再次出场，掌声雷动。

这次辩论的主题是"做红花还是做绿叶"。赵弘毅所在的小组挑中了反方：要做绿叶。他担任的是四辩，主要负责的是接受对方三辩质辩，和进行最后的总结陈词。

"主持人，评委，同学们，大家晚上好！一直以来，人们都认为一朵红花必须有绿叶的衬托，才会显得更娇艳美丽。这便误导了某些人以为绿叶才是人的最高追求。这种想法正确吗？如果人人都只想着去做绿叶，而不去做红花的话，那么谁来推动社会的发展？这便引出了我们正方的观点，人应该去做红花，这是为什么？

"从主观上看，人总是有不安于现状、不满足的欲望，也就是这种欲望激发了人的上进心。在当今竞争激烈的社会上，谁不想谋个好的职位，谁不想开好车住洋房，谁不想高收入，过上舒适的生活？而这种种当红花的好处，谁不向往？千万莘莘学子潜心苦读不也是为了一举成名天下知吗？这种当红花的心理其实早已在人们的心中确立了。

"从客观上看，人人都想做红花，就得不断攀升，不断培养自身的能力，有着过硬的本领，提升自我价值，由于生产关系对生产力有着促进作用，使得市场上的竞争无形中变得激烈起来，自然而然地，也就推动了时代的发展、社会的进步。要不，为什么有毛泽东主席领导人民革命，有邓小平同志的改革开放，使中国飞跃发展呢？所以人应该做红花。"

正方一辩王有才，侃侃而谈，正如他的名字一样，确实有才。

"主持，评委，大家好！我们都知道，红花与绿叶有着相得益彰、相映成趣、相互依存的关系。人们常用绿叶比喻默默奉献的人，用红花比喻众人瞩目的人，人们多以红花为贵，但无绿叶即无红花，红花还须绿叶衬！

"绿叶是社会的主体，他们一生默默奉献，辛勤耕耘，他们是社会的土壤，培养着像红花一样受人瞩目的人才。如果没有绿叶，没有它们的默默奉献，也就没有红花的光彩，至于没有任何所谓的红花，就如足球场上攻城略地的前锋，固然是众人瞩目的红花。但倘若没有队友们源源不断的支援，他们同样避免不了'巧妇难为无米之炊'的尴尬。

"绿叶，预示着无怨无悔地奉献一切，不求任何回报，有一种'俯首甘为孺子牛'的高尚品格！我们现代的年轻人，不仅要发展现代文化，还要继续发扬我国优良的传统文化思想，而绿叶品格正是我们中华民族最有特色的传统思想文化之一。作为绿叶，他追求的是一种集体力量、干大事的精神，他注重的是集体利益，为集体服务的精神，这是一种十分崇高的思想境界，也应该被我们所追求。我们反方认为：人应该做一片绿叶！谢谢！"

反方一辩赵梅，口齿伶俐，整个发言像竹筒倒豆子一样，一气呵成。

接下来的双方二辩反驳对方立论，双方三辩发问和质辩小结，自由辩论环节，无不精彩万分，高潮迭起，主席台上评委老师频频点头，台下的观赛同学们手掌都拍疼了。

"自由辩论时间到此结束，谢谢各位辩手的精彩发言。最后是总结陈词阶段。首先请反方四辩陈述观点。"主席田华老师简直有点不忍心打断精彩万分的自由辩论。

"大家好。首先我必须明确地向正方提出一个问题，那就是一个物理基本常识。正方辩手一直强调着他们自以为正确的论点——人应该做红花。然而在物理学的角度，力的作用是相互的，物体的静止是相对的。今天的论题也一样，红花相对于绿叶才能称之为红花，但如果红花与红花相比较，尤其是像正方辩手的论题如果成立的话，那么这个社会就是每一人都是红花。在对比之下，那时的红花充其量是绿叶，正方已经被事物的表象所迷惑了，而没有全面地认清其本质。那么究竟人应该做什么呢？下面我来总结我方的观点。

"菲迪拉曾经说过：'只有平凡的人生才是真正的人生。'的确如此，我方刚才也论证过了。整个人生就是思想和劳动。劳动虽然是默默无闻的、平凡的，却是不能间断的。曾经有过许多名人成名后，都想再做平凡人。陶渊明的'问君何能尔，心远地自偏'；李斯临终前的悔言'复牵黄犬，俱出上蔡东门，逐狡兔'；《谁是最可爱的人》中的李玉安不要功名，默默地当了一辈子工人。中国有着五千年的文化传统，勾践曾经说过：'不患其众之不足也，而患其志行之少耻也。'中国也有着优良的现代文化。就拿我们的解放军来说，他们所推崇的是整体的精神，正是这种精神，才令中国的军威扬名于世界。难道这不是绿叶的力量吗？难道人还不应该做绿叶吗？难道人不应该以绿叶为最高目标吗？伟大由且只能由平凡建筑。只是红花的人，你们迟早也会明白的。谢谢。"

反方四辩赵弘毅逻辑思维能力很强，妙语连珠，下面的观众听得很过瘾。

"在感谢对方辩友陈词后,让我方仔细分析,对方辩友非但不能自圆其美,而且还有几点美中不足,对方所阐述的伟大,他们不用言语使人觉悟或不用行动使人震惊,那么人们又怎么知道他的伟大呢?难道伟人就不是一朵红花吗?没有了伟人这朵红花又怎能推动民族的进步呢?以下是我方观点:

"如果人人都应该是绿叶,都不去做红花,那么,将来谁推动社会的进步呢?人人都应该做红花,不等于人人都可以成为红花,社会的现实是优胜劣汰,在这追求做红花的过程中肯定有人被迫做绿叶。现在社会上有些人情愿做绿叶,但不等于人人都应该追求做绿叶,如果这样的话,我们中国怎么实现飞天梦?李阳曾经说过:人生就是奋斗。不断向更高更陡的山峰攀登去显示自己的实力,这种努力向上攀登的心理不就是努力成为红花的表现吗?谢谢。"

正方四辩的总结陈词明显给人感觉有点慌乱,火力不够,有点难以自圆其说,下边有同学发出了嘘声。

"下面我简单地讲几句。首先,大家有勇气参加今天的辩论赛,难能可贵。我从语文的角度来讲,同学们的表述语气还不够流畅,常出现一些尾音。观点还不够鲜明,有的同学并没有围绕自己的观点来说;要抓住对方的漏洞;被提问时不需要急着作答;有的没有深入到对方的偏差继续论证下去。对于今天的论题,如果要我选的话,我会选绿叶,如果无意间成了红花,也挺好。我就讲到这。谢谢。"

学校梁副校长再次上台做了例行点评。

"好了,评选结果出来了。好期待哦。正方 79.5 分,反方

84.8分。获胜方就是——反方,而最佳辩手就是反方四辩赵弘毅!"

　　田华老师宣布了最终比赛结果,赵弘毅所在小组获得了梁州二师首届中专辩论赛冠军称号!下边的亲友团——五班的同学冲上台来,把赵弘毅举起,抛向空中,接住,再举起来……

第三十四章

辩论比赛落下帷幕后不久，学校一年一度的冬季越野比赛渐渐近了。这是赵弘毅连续三年参加的赛事了，尽管前两届只取得了纪念奖，但是对于他这样一个当初体育成绩不太好的学生来说，能够报名参加并跑完全程本身就是一件很有意义的事情，奥林匹克精神的实质就是重在参与嘛。

越野比赛不仅可以增强体质，关键可以磨炼意志品质，增强自己战胜自己的勇气。比赛活动虽然只有几个小时的时间，可是为了迎接这一次比赛，同学们往往都是在一个月前就开始锻炼。

于是在每天起床铃打响前一个小时，同学们便摸黑起床了，穿上运动服和运动鞋，跑步去！跑步的地点不局限于学校操场，而是更为遥远的校外道路。学校门房早已接到学校通知，这一段时间大家可以到校外去锻炼。

这条道路就是九里湾的那条早已废弃了的二级公路。很久以前，这是一条通往梁州城区的主干公路，后来省道改道，此路便渐渐鞍马稀了，路面多年未曾养护，昔日明净亮丽的柏油路面早已破败不堪。也正因为如此，这条道路才会成为学校举办冬季越野比赛的理想之地。

之所以让大家提前利用早操前这一段时间锻炼,主要是让大家提前熟悉比赛的场地和线路,避免学校操场因狭小拥挤而提不起速度。另外一个好处就是大家可以根据自己的实际情况,逐步为自己确立一个个较远的奋斗目标,让大家体会到运动和成功的喜悦。

赵弘毅他们班绝大多数男生都参加了每天早上的晨跑活动。刚开始离开自己热热的被窝,是要下一定的决心的。对于每天的晨跑,班内并没有强制要求必须参加,班主任只是做了一次动员讲话而已,完全是大家自觉自愿的行动。大家把这种长跑比作道德长跑,每天跑多远,跑多久,并不重要,重要的是要持之以恒,不可以半途而废。大家都不想做一个有始无终的人,这种自觉既有怕人嘲笑、失面子的顾虑,更是大家排除万难、磨炼自己意志的内在需求。

老师告诉大家,任何事情坚持就会出现奇迹,任何行为坚持21天就可以成为习惯。大家都想通过这种晨跑养成事事早、时时早的良好习惯。

那时正值寒冬,夜长昼短。早上5点多,整个校园便沸腾起来,操场上、校园道路上、校外公路上,到处都是跑步的人。或整齐或嘈杂的脚步声,成为冬季校园里最动人的交响乐章。赵弘毅他们或以宿舍为单位,或三五谝得来的伙计相约起来,向着九里湾公路更远处漫溯。其实身体得到了多少锻炼,似乎短时间根本就感觉不出来,难忘的是晨跑路上留下的一串串欢快的笑声,说不完的校内外趣事儿。

学校的冬季越野赛在同学们千呼万唤中,终于鸣锣开赛了。越野比赛不像学校田径运动会,有参赛名额的限制,它的理念是"我参与、我运动、我健康、我快乐",参赛不设名额限制,欢迎大家都参与,所谓韩信点兵,多多益善。

跑前,赵弘毅他们还进行了赛前简单的热身活动:先慢跑微微出了点儿汗,然后再做压腿、压腰、转体、抻肩等活动,将相关的关节、韧带、肌肉都活动开了,接着又做了几个30米的加速跑。

参赛队员们并不需要别上号码布,而只是在手臂上先盖一个起点印章,等到发令声响后,大家便争先恐后地跑出校园,跑向九里湾公路。

其实10千米越野赛既不同于短跑,也不同于中长跑,是有一定技巧的。开始阶段不要急于领先,要按自己的节奏、速度跑,不要考虑自己所处的位置,比你快的也许一会儿就退出了比赛。

在途中跑阶段会出现"极点"现象,"极点"现象是一种正常的生理现象,征兆是无力、气短、难受,会产生放弃比赛的念头,这个时候可以适当放慢速度、调整呼吸、咬牙坚持过去,后面就轻松了。"极点"现象过去后,适当放开速度,机会合适就超越前面的对手,不要急,要一步一步地追、一个一个地超,你累他也累,你只要超越他半步,他就会泄气,最后阶段用你的毅力和信心坚持到终点。

正所谓没有最好,只有更好,当然这些技巧也是在体育课上老师讲解的,还有从平常的锻炼中自己慢慢体悟出来的。

跑到最前面的依然是体育班的健将们,他们先天精力旺盛,后天训练是常态,10千米的越野比赛,在他们眼里,就是张飞吃豆芽儿——小菜一盘儿。跑到最前面的那位同学还有一个别人无法享受的待遇,有一位骑着摩托车的老师亦步亦趋地全程监督护法，就如同国家元首享受的待遇一样。

为了防止大家作弊，比赛的组织者们也是煞费苦心，每隔一个拐弯处，分道口，都会有人举着小旗子执勤监督，防止参赛者投机取巧，抄近道走，在几个关键的点，还要继续给你在手臂上盖印章，跑到终点后还要盖终点章，去时印章盖在左手臂，返回时盖在右手臂，回校后既要看你比赛的成绩，更要看你手臂上印鉴是否齐全，少一个印章，那就说明你作了弊，成绩和名次就会作废。

道高一尺，魔高一丈。想要作弊的人也总会找到比赛组织上的短板，借机耍滑头。当然对于前二十名，是断然不敢有觊觎之心的，他们要争的是中间部分的名次。

方法也很简单，那就是团伙作弊。他们在几个比赛区间内，提前布下骑自行车的同伴，只要一避开监督人的视线，就坐上自行车没命地跑。自行车跑下坡路，几乎是不捏车闸，风驰电掣一般，遇到盖印章处，再提前下来，假装跑得气喘吁吁，不知这些门道的人是根本看不出来的。这算作比较高级的作弊，成本是比较大的，其实奖品倒也不是多么丰厚，但是他们玩的就是这种心跳，觉得刺激。

赵弘毅他们一行四人，刚开始时也是蛮拼的，但是跑着跑着，同行几个就说，反正与名次奖已经失之交臂了，索性就当作一次冬天里的旅行，跑跑、走走、歇歇得了。赵弘毅坚决与他们划清了界限，他想他参加越野赛是对自己意志的磨炼，得不得奖、有没有名次又有什么关系呢？关键是不能半途而废，惯坏了自己的品性。他咬紧牙关很快就克服了"极点"现象，跑得轻松自如了。

等到赵弘毅和班里一位同学跑完全程，回到校园时，精彩的冲刺镜头已经与他们无缘了，但是他们手臂上证章齐全，说明他们并没有偷懒，而是一步一步地跑完了全程，班内同学依然给他们鼓起了热烈的掌声。

越野赛结束后的第二周，学校将按照惯例再次组织毕业班的学生到梁州城区学校教育见习，为下学期将要开始的教育实习打基础。学校五个普师班和一个体育班的学生分成若干个小组，分批次，分校分班级到城区小学参加见习活动。

为了赶在小学生们上自习前赶到见习的班级，学校要求各班见习的学生必须起早，确保有充足时间排队过渡船。时令已到寒冬腊月，夜长昼短，见习队伍到达西津渡口时，天还没有开两口，船老大准备了两个大汽灯，抓紧时间夜渡。

按照安全过渡的要求，渡船乘员是有人数限制的，严禁超载。船老大吼着，老师也在紧张地指挥着大家，要有序过渡。赵弘毅他们有幸坐上了第一班次，坐在了船舱里。继续在上人，似乎已经超载了。

"危险啊，怕是不敢再上人了哟。"

大家喊着，船老大说不要紧，他让副手起锚撑篙，发动柴油机，准备过河。就在船摆尾的一瞬间，事故发生了！因为超载，同学们在船头两侧站立不均，船体发生倾斜！四名学生就像下饺子一样，"扑通，扑通"地掉进河里了！这其中就有五班的一名女生。大家的心都紧张地提到嗓子眼儿了，这该怎么办啊？

撑篙人急忙用长篙往落水方向撑，希望落水人抓住长篙救起来。船老大、一位老师和几名水性好的男生，顾不了刺骨的江水，纷纷跳进渡口水里救人！

所幸渡口处水不是太深，经过几位见义勇为者奋不顾身的抢救，几位落水的同学都得救了！学校第一时间派大巴车把落水同学送往医院。几位见义勇为者也成了落汤鸡，冻得瑟瑟发抖，立即跑步回学校换衣服。

大家悬着的一颗心终于放下来了，庆幸的是船并未出发，要是在江中心发生倾斜，后果将不堪设想啊！这也给即将走上工作岗位的师范生们上了一堂生动的安全课、生命教育课。生命不保，何谈教育？

赵弘毅他们继续乘船过江，他们小组将到梁州第一小学见习一天。这一次教育见习最大的收获是，他们小组全程观摩学习了梁州一小林一凡老师的教育教学艺术。

林老师被同学们亲切地称作"妈妈老师"，在她眼里，所有的学生都是"宝贝疙瘩"，她从不会去歧视任何学生，所有学生都是可造之才。无论是多么差的班级，经过林老师的调教后，都会成为人人向往的"好班"。短短一天的时间，见习的同学们对林老师亲切的面容，睿智的教育艺术都留下了不可磨灭的印象，令同学们特别难忘的是林老师的"转差"艺术。林老师告诉大家，今后大家走上教师工作岗位以后，最容易养成的"习惯"就是偏爱优秀学生，忽视甚至冷眼相看"学困生"，她说这种态度与对教师的师德要求是格格不入的。林老师就"转差"问题，和同学们谈了她多年的思考和做法：

"差生"，国外通称"学业成绩不良的学生"。按国际上通行说法，"差生"是指由于一些因素，生理上有缺陷，性格上有缺陷，基础差，学习方式习惯不良等等造成学业成绩不良，并且思想品德不好，对班级有危害的学生。现常用一词"后进生"，这是指那些思想、品德、学习、纪律等方面表现落后和缺点较多的学生。不可否认，教师们都偏爱优秀学生，认为其聪明懂事，守纪律、懂规矩，不会给班级添麻烦，最重要的是，在所谓"分分分，学生的命根；考考考，老师的法宝"的应试教育时代，这是能给老师带来荣光和面子的优质资源。而"差生"，顾名思义，学习差，行为习惯差，这差那也差，可能让老师们劳神费力却不讨好，经常让老师害头疼的这一部分学生。其实翻开中外历史的画卷，其实很多历史伟人、科学巨匠、文艺大师都曾经是"差生"。

任何一位老师，在班里总会遇见几个道德品行差或学业成绩较差甚至两者均差的学生，他们有的经常违规、跟同学打闹；有的上课无精打采，爱睡觉；有的好似在认真听课，但其实什么也没听进去；有的爱搞小动作，课堂讲话；还有的作业不做，即使做了，也做不完整，书写相当潦草；有的存在对立情绪，不听管教；有的产生自卑心理，消极沉闷；有的疏远集体，回避教育；甚至有的故意违纪，逃课逃学。

"差生"之所以在学习上落后，有以下几个比较普遍的原因：第一，在情感、意志、情绪方面，多数差生有一种"自我中心主义"的表现，不服从别人的要求，不顾及别人的利益，常常跟同学闹矛盾以至于发生冲突。他们自尊心强，但是偏偏自己学习成绩差，加上同学看不起，有的教师也不喜欢他们，这就更加使他们与集体合不来，背着沉重的思想负担；第二，"差生"没有学习的愿望，求知欲较低，有的还对学习、对学校、对教师有反感；第三，"差生"普遍表现出观察力很薄弱。他们的观察停留在表面上，不能从多方面进行说明，而且语言的表述没有系统和条理，"差生"的抽象思维能力也比较差。

　　林老师告诉大家，苏霍姆林斯基曾感叹："从我手里经过的学生成千上万，奇怪的是，留给我印象最深的并不是无可挑剔的模范生，而是别具特点、与众不同的孩子。"教育的这种反差告诉我们，对后进生这样一个"与众不同"的特殊群体，教育者必须正确认识他们，将浓浓的师爱洒向他们，让这些迟开的"花朵"沐浴阳光雨露，健康成长。后进生的转化在日常的教育教学工作中是一个重点，也是一个难点，而教育的魅力恰恰就在于寓于学生的改变之中，教育的意义在于唤醒学生的成长，老师的价值在于你能赋予学生发展无限可能。多年的教育实践告诉我们，每一个学生其实都是一座金矿，他身上总潜伏着一种成功的特质，只是因为缺少了发现与开发而使之平庸。世上也没有真正意义上的"差生"，所谓的差，也只是一时地在某个方面的欠缺。一位心理学家说，青少年心理像一架多弦琴，其中有一根是和弦，只要找到它弹一下，就会使其他的弦一起振动，发生共鸣，协奏起来就会发出美妙的音乐。

　　林老师告诉同学们，其实"差生"心中也有这样的一根和弦，作为老师，应该如何去拨动这根琴弦呢？她以为可以从以下几点做起：

　　一、让孩子感觉到整个集体都在爱他。创造一个温馨和谐的家庭氛围，让大家意识到，作为家庭成员，不让一个人掉队，是大家的责任。在转化后进生的教育中，光用批评和处分是不能奏效的，必须对他们倾注爱心，尊重他们的人格，用民主、平等的方式对待他们，坚持"五不"的教育方式：不厌恶、歧视；不当众揭丑；不粗暴训斥；不冷嘲热讽；不变相体罚。用爱心融化后进生冰冻的"心理防线"，在师生间架起一道情感交流的桥梁，使他感受到来自集体的温暖，恢复心理平衡。让我们永远记住一个真理：没有爱，就没有教育！

二、让孩子发现自己的优点。每一个人都是独一无二的，自从降临到这个人世间，各有各的闪光点，上帝在给某一个人关上一扇门的同时，必然会打开一扇窗。老师要善于发现后进生的闪光点，用其所长限其所短。后进生既有阴暗的消极面，又有潜在的闪光点，他们同优秀生、中等生一样渴望进步。作为教育工作者，要善于从后进生身上了解他们的志趣和个性特征，观察发现他们时隐时现的闪光点，作为教育转化他们的突破口和推动其前进的动因。事实证明，后进生并不是一无长处、各方面都差的"坏孩子"，更不是智商低下、不可教育的"低能儿"；相反，在一定意义上，淘气、调皮的孩子更聪明，特别是情商更高。

三、允许孩子们在进步的道路上不断地反复。人类社会本来就是在曲折中前进，何况一个人，他总会出现反复，这是正常的。给点时间吧，给点耐心吧，一切都会如我们所愿。就像医生细心地研究病人的肌体，找出疾病的根源，以便着手进行治疗一样，教师也应当深思熟虑、仔细耐心地研究儿童的智力发展、感情发展和道德发展的情况，找出儿童在学习上感到困难的原因，采取一些能够照顾个人特点和个别困难的教育措施。从一路跌跌撞撞走来，再到让每一个孩子在学校里抬起头来走路，被你称作"坏蛋"的学生，未必是坏蛋；被你称作"坏蛋"的学生，将来很可能成为一个"爱迪生"。

四、老师要学会对孩子正确表扬与鼓励。后进生在课堂上能够举手发言就加以鼓励；学习上有所进步就给予赞许；品德上做点好事就进行表扬，让后进生品尝到受赞许、表扬的欢乐，而千万别让他们在课堂上成为被冷落被"遗忘"的对象，认为"老师只看到我的缺点和短处，看不到我的优点和进步"，工作中努力做到"五多"：多个别谈话，多沟通家长，多表扬鼓励，多正面疏导，多指明方向，在赢得了后进生的信任，成为他们的知心朋友之后，在树立了后进生的自信心以后，转化工作就会容易许多。

五、循循善诱，持之以恒，培养孩子的责任心。对后进生的教育要善于捕捉他们身上的闪光点，充分挖掘其积极因素，但决不能姑息、袒护其缺点和消极因素而降低要求，应该把热情关心同严格要求结合起来。在把爱的雨露洒向后进生心灵的同时，要使他们认识到，对他们逐步提出要求，正是对他们的信任，是一种深厚的爱、真正的爱，从而使他们培养做"四有新人"的责任心，形成渴望进步的内驱力，只有在培养了责任心以后，后进生的转化才有实现的可能。当然，对后进生的逐步要求要考虑他们的心理承受能力，不能操之过急，"恨铁不成钢"，而要严之有度，严中有别，对不同的对象应该有不同的要求，对后进生的转化目标和期望，要切合个人的实际和特点，引导他们制订个人进步计划，分设几个台阶，使他们经过努力能逐步达到，在新的起点上，又提出高一点的要求，一步一个脚印地前进。

这一次教育见习渡口历险记，多少年后，大家回忆起来，心还在颤抖。而每每想起那次教育见习林老师对"差生"的那一番语重心长的教诲，则让赵弘毅心里暖暖的，他想这也是他一生为之奋斗的方向——平等地对待所有学生。

第三十五章

　　学校领导对中师生保送上大学考试工作非常重视，11月过后就办起文化补习班。文化补习班是由每个毕业班中语数、理化成绩优异且有志于考大学的学生组成，每班推荐10至12名同学。这是一个组合班级，每周上三次课，上课时间在星期一、三、五的下午，每次上课时间为2个小时。第一学期主要开设的是语数外三科，第二学期开始加了物理和化学。

　　文化补习班的教师都是学校千挑万选出来的，都是这些补习学科教学方面的专家。而且有几位辅导老师还是学校的领导，学校对保送考试的重视程度可见一斑。

　　补习语文的老师是学校的教务主任周谦益。他毕业于沔中师范学院中文系，看起来温文尔雅，给人的第一印象就是一个做学问的人。他治学严谨，管理经验十分丰富，平时同学们对他很是敬畏，就是从未听他讲过课，得知周主任要亲自授课，大家很是期待。

　　果然是不同凡响，周老师语文素养太好了，听他讲课简直就是一种享受，尽管是复习课，周老师总能讲出新意和趣味，他善于把零散的语文知识用一条线串起来，使之融会贯通。他奉行的是一种大语文观，讲课视野非常开阔，一节课起承转合的节奏也把握得非常到位,每节课后,总会给大家留下余音绕梁、七日未尽之感。

后来同学们从侧面得知,周谦益老师是当年沔中师范学院中文系一位不可多得的青年才俊。他在上大学期间就潜心研究了大诗人陆游在梁州八个月的军旅生活,填补了国内外陆游研究者们在这一方面研究的空白。他于22岁那年,作为全国最年轻的陆游研究会会员在绍兴参加了陆游研究会年会,并做了大会交流发言,名动一时。

在复习古诗词时,他给大家深情地讲起了陆游。他说陆游不仅仅是一个有着满腔政治抱负,一心要收复中原的爱国诗人,更是一个情深义重、内心柔软之人。他饱含热情地吟诵起陆游的《钗头凤》:

"红酥手,黄縢酒,满城春色宫墙柳。东风恶,欢情薄,一怀愁绪,几年离索。错错错。

"春如旧,人空瘦,泪痕红浥鲛绡透。桃花落,闲池阁,山盟虽在,锦书难托。莫莫莫……"

周老师饱含深情,他似乎已经完全融入诗人陆游的内心世界里,读着读着,他落泪了……

看着一向严肃的周主任,取下眼镜,用手帕拭去泪花,大家也被深深地感动了,既被陆游温婉的词感动,更被周老师所感动,谁能想到这样一个铮铮汉子,也有这样一颗柔软的心?他是有才的性情中人。

数学辅导老师是王斌,他也是赵弘毅他们五班的几何老师。他讲课的最大特点是数学思维特别清晰,讲课条理清楚,重点突出,方法巧妙,总是在不知不觉中带领大家突破了难点。他特别擅长把数学知识归纳总结成口诀，方便大家记忆和运用，直到今天一些口诀赵弘毅还耳熟能详。

"内容子交并补集，还有幂指对函数。性质奇偶与增减，观察图像最明显。

"复合函数式出现，性质乘法法则辩，若要详细证明它，还须将那定义抓。

"三角函数是函数，象限符号坐标注。函数图像单位圆，周期奇偶增减现。

"同角关系很重要，化简证明都需要。正六边形顶点处，从上到下弦切割……"

任何一道难题，到了王斌老师手里，简直就和玩儿似的，三两下，解题思路便出来了，而且他总能深入浅出地讲给学习程度不同的学生，大家觉得他简直就是数学王子，纷纷询问他解题这么快的秘诀。王老师嘿嘿一笑道："无他，唯手熟尔！"

后来大家才知道，王斌老师最大的兴趣爱好就是研究数学高考试题，每年要做上几十套高考模拟试卷，各省市的高考真题出来后，他也总会拿来研究一二。所谓熟能生巧，就是这个道理。大家因此越发地佩服王斌老师，任何事情因为专业所以能。这世上很少有一学就会的天才，勤奋才是走向成功的不二法门。

补习英语的李朝华老师是一位年过半百的老教师，他同时还兼任学校办公室主任，据说他的英语知识全部来源于他的自学，因此他对于同学们如何自学英语有很强的指导能力。他教得很细致，几乎是从初中英语开始，到保送考试时候高中英语第一册都还没有学完。而赵弘毅此时早已把两册高中英语自学完毕，加之他订阅了两年的《高中生语数外》，他感觉到老师这种面向大多数同学的教学进度安排与他的学习水平相比,已经严重滞后了。他干脆就不管老师在讲什么了,在课堂上专心致志地做起了英语高考模拟试卷。

新组合的班级成员主要来自同级的五个普师班,另外还有三位同学来自体育班,不到一周的时间,大家便熟悉起来,彼此都很珍惜因为文化补习而走在了一起的缘分。每到课间十分钟,来自不同班级的同学便会热烈地讨论交流起来,好不快乐。赵弘毅很快就和别班的几位同学成了好朋友,他们分别是来自二班的张大力、三班的尹大智、四班的汪大海。他们年龄相差不多,性格都属于外向型,气质类型都属于多血质,活泼爱动。课堂上,他们听讲都很认真,思维活跃,一边不停地记着笔记,一边积极地回答老师提出的问题。同学们笑称他们为梁州二师四大才子。

这"四大才子"都喜欢在课间出洋相,逗大家乐一乐。有一次四个人闲得发慌,竟然围着讲台唱起了农村的孝歌,这一般是在人死后在灵堂上才能唱的。孝歌的历史很悠久,很多唱本都是通过人们一代代口耳相传留存下来的,农村长大的孩子,谁都会唱上几首。他们之所以心血来潮唱孝歌,是因为孝歌里边的"进朝"歌,唱的全是历史,而且语言优美,讲究押韵,唱起来很有韵调。

  一唱混沌和黑暗,混混迷迷数万年;
  二唱一个盘古王,劈开天地分阴阳;
  三唱三皇把世治,又有五帝立朝纲;
  四唱纣王宠妲妃,杀了多少忠良将;

文王渭水去访贤，武王伐纣兴周邦；
五唱五霸七雄将，春秋战国各逞强。
……

张大力开口就唱了个《十字排朝》。赵弘毅也不甘示弱，唱了一段《十二花》。

正月里来闹元宵，迎春花儿开得早，敬德月下访白袍。
只有仁贵手段高，淤泥河中显功劳；
连人带马一枪挑，搭救唐王转回朝。
二月杏花开满园，鲁国出了个孔圣贤，门下弟子有三千。
长街卖水李彦贵，跨海征东薛仁贵；
献关降清吴三桂，王宝钏下嫁薛平贵，
这些古人这些贵，恩恩怨怨谁为对？
……

没有锣鼓家什，他们就边唱边敲起了桌子，其他同学纷纷助威，看他们谁能唱过谁，也顺便过一遍听"古今"的瘾。

赵弘毅一边在文化补习班里如饥似渴地补习文化知识，准备迎接来年保送大学招生考试，另一边又利用一些碎片时间阅读了古今中外一些著名教育家的文章。那段时间，他对陶行知的儿童中心教育思想产生了极大的兴趣。

在陶行知先生那里，儿童是天生的创造家、积极的探索家与自主的管理者。赵弘毅以为要深入理解、落实陶行知先生的儿童教育思想，需要从以下几点入手：

一、认识儿童。坚持以人为本，把儿童放在教育的中心位置，促进其身心的全面发展成为当今教育义不容辞的责任和应有之义。陶行知先生认为：儿童是天生的创造家，他多次提到"小孩子不得了，千万不可小看他""小孩子聪明得很，小孩中有许多瓦特、牛顿、爱迪生"，因而他反对剥夺儿童自由，反对教师越俎代庖，认为这是教学中的大错，"不知贻误了多少的儿童，残害了不知道多少的嫩苗"；儿童是积极的探索家，陶行知先生一生的教育实践都反映了他还儿童以自主权利的主张，在他看来，"儿童的世界自己去探讨、去发现的，他自己所求来的知识才是真知识，他自己发现的世界才是真世界""凡是儿童自己能够做的，应当让他自己做""凡是儿童自己能够想的，应当让他自己想"，对儿童自主性的尊重是陶行知教育思想的一大核心，陶行知先生发出了"解放儿童"的呐喊，呼吁进行"五种解放"，把学习和探索的自由还给孩子；儿童是自主的管理者，陶行知先生多次提到"认识小孩子有力量""不要小看小孩子"，他首创"小先生"制，在学校中推行学生自治的民主管理，把儿童看作具有自主性的个体，"人人都说小孩小，谁知人小心不小，您若小看小孩子，便比小孩还要小"。总之儿童具有无限的发展潜能和可塑性，从儿童本身来说，他们都是完美的合理存在，是主动发展的个体，儿童的本性、儿童的活动、儿童的生活应该得到成人的尊重和保护，而不是一切站在成人的立场和角度而扼杀儿童的天性。只有正确认识儿童的前提下，人们才能避免在教育活动中由于缺乏对儿童的认识而发生偏差，才能使儿童天性中的创造和自主精神得以发展。

二、基于儿童。无论是作为"创造家"的儿童，还是作为"探索家"的儿童，都具有自身特点和自主性的本真存在，儿童始终处于生长状态，具有极强的可塑性、再造性，具有发展的潜能、教育的可能，那就决定了所有的针对教育儿童的教育活动都必须建立在尊重儿童独特性和自由成长的基础之上，正如墨子所言："（素丝）染于苍则苍，染于黄则黄，所入者变，其色亦变。"

陶行知先生指出："教育者乃为教养学生而设，全以学生为中心，故办学校，聘请教师，无一非为学生矣，以学生乐而乐，以学生忧而忧，学生之休戚即我之休戚，学生之苦恼即我之苦恼也。"他还教导老师："你若把你的生命放在学生的生命里，把你和你的学生的生命放在大众的生命里，这才算是尽了教师的天职。"

他主张要学生主动活泼地学习，反对传统的先生讲学生听，学生始终处于被动的学习状态，他指出："先生的责任不在教，而在教学，而在教学生学""教的法子必须依据学的法子""学的法子必须根据做的法子"。教育家裴斯泰洛齐说，教育的任务是使儿童的天赋潜能和谐发展，将儿童的兴趣和需要作为教育的出发点。我们今天提倡要站在儿童立场看待问题：儿童的天然属性——天赋和潜能，教育的任务——发现和发挥，教育的最高追求——做最好的自己。

三、成全儿童。儿童中心的教育思想只有在教学实践中才能得到体现，仅仅把"儿童是教育的中心""把课堂还给学生"停留在理论层面或口号上并不能解决传统教育忽视儿童天性和盲目灌输的弊端，必须建立和实施以促进学生全面而有个性地发展的现代课程观。

陶行知强调要以儿童的经验为基础，从儿童的需要和兴趣出发,以儿童活动为中心,以各种不同形式的活动组成课程。这个课程的指向是学生的成长,关键是核心素养,要求是设计,特点是活动。在以儿童为中心新的课程背景下,教与学重新定位:研究如何"教"转向如何帮助"学",教师定位转型:由授予者变为帮助者,要求先学后教、以学定教 、学主教随。提倡推行基于学生、为了学生、成就学生和发挥学生的生本课堂,从而来成全儿童。

陶行知先生一贯主张,"要用民主作风教学生,并与同事共同民主生活,以造就民主的学校"。这种"共学、共享、共修养"的原则,充分体现了师生平等、互教互学的精神,也体现出学生的主体性。在课堂教学中,要树立"儿童中心"的管理理念,变管理为服务,要向陶行知先生所说的,"待学生如亲子弟",以朋友的身份与心态同学生一起成长,要像陶行知先生一样鼓励学生发表不同意见,教师以平等、热情、诚恳的态度面对学生,让学生敢于敞开心扉,敢于表达,实现师生之间共识、共享、共进,才能让教育真正走进学生心灵,达到教育目的。

陶行知先生的"生活教育"理论,可以说充分体现了重视学生个性,发现他们潜能的教育观念:他提出"生活即教育""社会即学校",揭示了教育联系生活实际之本质,阐明了学校与社会的关系。

赵弘毅心想,他一定要学习陶行知先生的"儿童中心"教育思想,以学生为主体和核心,承认并尊重学生的个性差异,因材施教,使"其人格得到完备的发展"。教师在教学中应该不断地激发儿童主动参与的兴趣和欲望,教师可以在教学活动中通过辩论、小组竞赛、表演等形式来充分调动学生参与学习活动的积极性；教师要构建自主课堂教学模式，善于引导学生在学习过程中生疑、质疑、辨疑、释疑，使之常有疑点，常有思考，常有探索，常有创新，"学生的头脑不是一个被填满的容器，而是需要被点燃的火把"；教师要教给学生学习的方法，"教师的责任不在于教，而是教学生学"。陶行知先生提出的"五大解放"更是成全儿童的最好方法：解放儿童的双手，让他们去操作、去实验，陶行知先生说，"头脑帮手生长，手帮头脑生长，脑和手联合才能产生力量"；解放儿童的嘴，让他们尽情去表达，学会更好地表达，陶行知先生说，"小孩子有问题要准许他们问，从问题的解答里，可以增进他们的知识"；解放儿童的时间，让他们有时间做自己喜欢做的事，思考和探索自己感兴趣的问题，把学生从过重的课业负担中解放出来，把自由还给学生，把童年的乐趣还给学生；解放儿童的头脑，鼓励学生大胆想象，不限制学生的思维空间，陶行知先生说，"人生两个宝，双手和大脑，用脑不用手，快要被打倒，用手不用脑，饭也吃不饱"；解放儿童的空间，给儿童成长以广阔的空间，让他融入社会大舞台，"生活即教育""社会即学校"。

赵弘毅心想，作为一名未来的教育工作者，教师应该以陶行知先生的理论指导明天的教育教学，让儿童站在学校的正中央，使之成为具有爱国情怀、创新精神和创新能力的社会主义国家未来的合格建设者和接班人。

第三十六章

　　第三年的时光过得飞快,第一学期的好时光说完就完了,转眼间赵弘毅他们就迎来了师范生活的最后一个学期。开学两个周后,九一级的学生们迎来了一年一度的教育实习。

　　教育实习是师范生在毕业前夕必须完成的一项工作。师范生通过教育实习,使自己对教学工作有一个整体的了解,把自己所学的专业知识与教育教学实践紧密连接起来;认真虚心地向指导老师学习,培养自己在课堂教学中应具备的技能;在实习的过程中,逐渐培养自己的独立工作能力,社会交际能力,培养一个教育事业者应有的责任感和使命感。

　　在这学期开学的头两个周时间里,大家已被分成若干个小组,各自准备了一节小学语数课,进行了人人过关的试讲。小学语文教学法、数学教学法老师不停地巡回指导,班内的其他科目教师也纷纷担任了各个小组的指导教师,从教态动作、教学用语规范、知识点纠错、文明礼仪等方方面面,进行了多方"挑刺儿",让大家逐渐找到了上讲台的感觉。同学们信心满满,对即将到来的教育实习生活充满期待。

　　第三周周一,开完简短的实习动员大会后,毕业班的同学们打上背包踏上了教育实习的征程。

教育实习地点实行个人联系实习学校和学校统一安排相结合的方式，一般以学校统一联系为主，自己联系为辅。原则上是从哪里来，就回哪里去实习，实习学校一般会选择县城里的小学，因为那里教育质量高，教师们教学水平高，为同学们平生挑选的第一个师父必须得过硬，这对师范生们教师职业生涯如何起好步，非常关键！

教育实习的时间一般为两个月。

第一个周，到实习学校报到，由学校教务处指定实习班级和实习指导教师，师范生必须到班听够一周的课，参加班级举行的各项课内外活动。

第二个周，在指导老师指导下结合教参写出教案，请指导教师提出修改意见，反复修改。然后在办公室里给指导老师试讲，对着镜子试讲。要求教学流程完整，教学重点突出，教学难点突破，一般要准备两节课，一节语文，一节数学。

第三个周，到班给学生上课，指导教师在后边全程指导，有时会做简单提示。

第四个周，实习教师独立备课，备课本请指导教师签字审核以后，就能进教室给学生们上课了，指导教师可以听课，也可以完全放手，不再进教室听课。

第五个周以后，实习教师就可以按照教学计划和教案独立自主地工作了，指导教师一般不再进行任何干预，他们也正好可以休息一段时间。

到了实习最后两个周，实习教师一般还要实习班主任工作，负责全班的安全、纪律、卫生和其他方方面面的工作。当然还得准备一节公开课，邀请指导教师和教研组成员到班听课评课，请大家对自己的课堂教学提出具体的评估意见。

最后就是实习单位对实习生进行实习鉴定了，鉴定结果一般为合格，极少数会是优秀。如果鉴定不合格，该师范生就无法正常毕业了，只能拿到肄业证，实习学校一般不会那样没有人情味儿。

文化补习班经过预选考试以后，还剩下赵弘毅等24名同学，他们需要继续进行文化补习，所以被统一安排在距离学校不远的九里湾东方红小学实习。

东方红小学是一所村办完小，办学条件很一般。有六个教学班，教师12人，200多名学生，学生来源主要是本村的农家子弟。虽然就在梁州二师的校门口，但二师教师们的子弟一般都会选择进城上小学。校长姓邓，四十岁上下，是九里湾本地人，其他教师都是女同志，基本上都住在城里，需要骑自行车过渡上班，老师们笑称邓校长是东方红小学的花心心儿。

东方红小学和二师的关系很好，是二师每年文化补习班毕业生的定点实习单位。补习班的学生一般是上午在校上课，下午到小学实习，重心还是放在文化补习上。

"首先欢迎各位同学到我校教育实习。大家也看到了，我们学校办学条件很差，教师能力水平也不高，你们都是二师的高材生，听说你们今后是要继续上大学的，我们就更没有办法指导你们了。但是这个实习任务还得完成，咋办呢？我听说你们在学校都已经试讲过了，我看很简单嘛，我把大家分个组，分到各班，你们明天就可以轮流上讲台给同学们上课了，咱们不搞那么多虚的，捞干的！大家意下如何啊？"

"要得！完全赞同！"

邓校长快人快语，大家求之不得。

赵弘毅被分到了五年级，他第二天就临时领命，上了一节语文课，讲课的内容是《威尼斯的小艇》。他匆匆忙忙备好课，找指导老师审核，结果指导老师随便看了一下，就说："行啊，你们正规师范生哪里用得上我们民办教师指导啊，就按照你备课的思路，大胆地上，我在后边向你学习。"

《威尼斯的小艇》是马克·吐温的一篇写景散文，展示了瑰丽的异国风情与小艇的独特作用。文章层次清晰、重点突出，是对学生进行朗读训练的好范例。所以赵弘毅在本课的设计上力图体现以生为本、以读为本的教学理念，尊重学生的个性化阅读感受，使学生在读中感悟小艇在威尼斯的独特作用，感受文章的语言美。

赵弘毅确立的教学目标是：让学生在理解课文内容基础上领会"抓住事物的特点写"的方法；学习能联系上下文来理解语句的意思，有感情地朗读课文；让学生通过学习课文内容，受到威尼斯独特地理风貌以及文章语言美的感染，受到热爱大自然与热爱生活的教育。

赵弘毅在处理完字词后，就在黑板上板书了几个问题，让同学们自由读、分组读、分角色读，反反复复地读，从朗读中自己体会文章的思想感情，自己去找叙述的顺序，领会"抓住小艇哪些特点"来描写的，是怎么描写的，请大家按照这种写法，仿写一下西津渡口的渡船……

赵弘毅完全不走寻常路，他把自己看成了课堂的导演，把听说读写的权利完全下放给学生，自己做了一名"懒"教师。

效果出奇的好，同学们的积极性被调动出来后，创造性也被激发出来了。同学们激情喷发，活力无限。特别是在模仿写话阶段，更是把他们经常乘坐的渡船写得活灵活现，逼真传神……

同学们从来没有这样上过课！他们经常是被要求手背后，课堂上必须保持安静，老师几乎都是满堂灌，启发式教学从来都是无从谈起。他们完全没有想到，课还可以这样上？让他们成为课堂的主人，快快乐乐动起来。指导教师刚开始还不太理解，后来看到同学们踊跃地参加课堂活动，收获了累累知识和无穷快乐时，也不由得对赵弘毅赞叹不已。

"到底是年轻人，高材生，有思想，不简单！你们的教学理念太新了，我们几乎都没有听说过，今日一见，果然不同凡响，你应该做我们的老师。"

"哪里，哪里！让老师见笑了，我没有什么经验，完全按照我的想法大胆实验呢，我一直在思考怎么很好地落实教师主导作用和学生主体地位呢，让你见笑了。"

赵弘毅被指导老师说红了脸，连忙解释。同学们从这一节课后便深深地喜欢上了这位年轻的老师，放学后甚至结伴到学生宿舍去找老师们玩，还缠着赵弘毅他们几个在周末的时候，带他游了一次八仙洞。

4月29日，伴随着实习欢送会的结束，踏着夕阳的余晖迈出东方红小学校门的那刻起，赵弘毅他们的实习生活圆满地画上了句号。有很多的感动，有很多的不舍。短暂的实习生活，忙碌而充实，艰苦而快乐，在这里他们真正展示了自我，释放了自我，在教育实习的舞台上挥洒了他们火一样的热情。

回到各个县城实习的同学们在"五一"收假后，也陆陆续续回到了校园，校园因为三年级学生们的返校又变得热闹起来。两个月不见，同学们彼此之间甚是想念。一见面便有说不完的话，大家纷纷讲述着实习期间发生的趣事和尴尬事儿。

经过两个月的实习，同学们明显成熟了不少，大家对未来的教育生涯也有了较深的体会，做教师不易，做名教师更是不易啊。他们既然选择了师范这个专业，今后绝大多数同学都会成为一名普普通通的乡村教师，实习期间工作的县城小学那是别人家的单位。大家今生选择了师范专业，也就注定选择了要过一种平凡的生活，城市的灯红酒绿不属于他们。说着说着，大家不由得有点伤感。

"平凡怎么了？平凡孕育着伟大！我们可以平凡，但绝对不可以平庸！我觉得我们作为新时代基础教育工作者，我们就是要用我们的智慧和汗水，培育出更多的人才，让他们走出大山，走向远方！我们的责任重大，使命光荣！铁卫东老师不是照样也在平凡的岗位上做出了不朽的业绩吗？我今后即使上了大学，我还是要回到农村去的！我绝对不会因为自己未来是一名乡村教师而感到耻辱！"

赵弘毅慷慨陈词。他觉得他内心深处从来都没有想着要去大城市里享清福，他未来要以他学成的知识来回报生他养他的家乡。

没想到这一事关教师职业幸福的大讨论也引起了班主任汪老师的高度重视，汪老师在当周就举行了以"教师的幸福"为主题的班会。汪老师说，真理越辩越明。经过同学演讲、小组交流、班内辩论等几个环节，大家对教师职业有了更多的认识。汪老师最后做了总结发言：

"我们教师的幸福在哪里？在高工资里吗？在高级地位里吗？不是！《自动自发》的作者阿尔伯特·哈伯特说：如果你只为薪水而工作，你的生活将因此而陷入平庸之中，你找不到人生中真正的成就感。工作的目的虽然是为了获得报酬，但工作能给你带来的幸福远比工资卡上的工资要多得多。"

"我以为教师的幸福：在学生中，在于与学生的情感交融，心心相印，在于我们亲眼看到一个个懵懂无知的儿童在我们的调教下，变得温文尔雅，充满智慧的灵气，就像一个艺术大师完成了一件件精美的艺术品，得天下英才而教之的豪迈，让我们感受到幸福；在实践中，我们不断地提升自我专业水准，提高教书育人本领，就像庖丁解牛一样，在工作中游刃有余，通过积累智慧，不断地创新，幸福扑面而来；在阅读中，通过不断的阅读，亲近经典，与大师隔空对话，就像坐禅一样，一个个疑窦茅塞顿开，豁然开朗，幸福感油然而生；在写作中，我手写我心，通过写作记录每天的教育生活，讲好自己的教育故事，享受人生，幸福就在文章里；在反思中，吾日三省吾身，不断审视自己，反思自己，提升自己，超越自我，幸福在反思中余音绕梁。既然幸福是一种主观感受，那么幸福主要还是在心态中，我们会因为豁达宽广而宁静致远。

"做一个幸福的教师，请从改变开始：我们改变不了环境，但可以改变自己；我们改变不了过去，但可以改变现在；我们不能控制他人，但可以掌握自己；我们不能预知明天，但可以把握今天；我们不能延伸生命的长度，但可以决定生命的宽度。如魏书生所言：人生——研究当下自己能干的事。做当下事，做小事、最小的事，把昨天做对的事，做得更对更好！"

第三十七章

时间过得真快啊，再有两个月，赵弘毅他们就要离开美丽的二师，奔赴新的工作岗位了。大家对余额已严重不足的师范生活倍加珍惜。前一阶段的教育实习，让很多同学觉得自己在知识方面还有很多的欠账和不足，他们必须抓住宝贵的在校时间好好地补一补。他们中的绝大多数人离开学校后，将不会再有心无旁骛地坐在教室里听讲的机会了。

这段时间除了准备毕业考试，还有两项活动要参加。一项是将在五月下旬举行的全校合唱比赛，另一项活动是将在六月中旬举行的毕业生综合素质才艺展示汇报表演。

这三年来，九一级五班在学校举办的各种活动中，都取得了一个又一个的辉煌，对于这两项活动，自然也是高度重视，不敢掉以轻心。他们要再创佳绩，为自己的师范生活画上一个圆满的句号，完美收官。

班主任汪建安老师亲自为大家挑选了合唱参赛曲目。分别是《赶圩归来阿哩哩》和《三十里铺》。两首歌曲均采取男高、男低、女高、女低四个声部合唱，《三十里铺》还有女声独唱领唱，汪老师想着要以高难度系数和真情演绎为得分亮点，拔得头筹。

音乐老师李胜柱全程进行技术指导，文体委员王霞全权负责排练事宜。为了避免不同的声部相互干扰，前三天学歌、练歌时采取分头行动，各自为战，要达到的目标是唱准音准，同一声部内要达到配合默契，整齐划一。

  第四天时，大家来到阶梯教室进行全班排练，准备往一起合。在这以前五班学生只进行过男女两个声部的合唱，四个声部的合唱只听说过。乐理知识大家都懂，但是知易行难，要把这四个声部往一起合，谈何容易啊？一些同学唱着唱着就被别的声部带到沟里去了……急得王霞满头大汗。

  "正是因为难度大，所以才更具有挑战性，才会有别班无法企及的得分点！大家不要慌，不要急于求成！饭是一口口吃的，我们不可能一天两天就排练成功，没有一番寒彻骨，哪有梅花扑鼻香？"

  "相信自己！我们一定可以的！五班的班级口号就是我们只做第一名。没有什么跨越不了的火焰山，相信自己，因为能所以能！"汪老师及时给大家鼓舞士气。

  合唱是集体性的声音艺术。统一、和谐是合唱的基本要求。音准与节奏是合唱艺术的基础，是合唱艺术生命力所在。要保证音准、节奏的绝对准确，必须进行严格、系统的训练。为了养成良好的歌唱呼吸习惯，在训练中李胜柱老师随时纠正同学们不正确的歌唱姿势，如驼背、挺肚子、下巴前伸、眼睛乱看等毛病。让同学们尽量注意身体站直，胸部放松，含胸但不能驼背，两肩和手自然下垂，眼睛平视等等。

  正确的咬字、吐字也是唱歌技巧中的一个重要基本功，是表达作品思想内容的手段之一。熟练的咬字、吐字技巧，不仅是为了把字音准确清晰地传达给听众，更重要的是通过正确的咬字、吐字与歌唱发声有机结合起来，以达到"字正腔圆"与"字正腔纯"的目的，从而生动形象地表达歌曲的思想感情，使歌声达到富有感染力的效果。

合唱是多声部的歌曲，要想使合唱声音协调统一，各声部均衡和谐，更好地表现歌曲的意境，就必须重视和声训练。

音乐老师李胜柱此时不忘从头给大家恶补起合唱的乐理知识。不要急于求成，再次回到原点，从唱准自己声部的音准做起，反复地唱，唱到忘我的境地，不管外界如何干扰，必须唱准唱好自己的声部。

再往一起合时，大家不再关心和倾听别的声部怎么唱了，只看着合唱指挥的指挥棒，只想着自己怎么唱准音准。效果出来了，四个声部的合唱果然不同凡响，干干净净的声音，绝对是天籁之音。大家的兴趣一下子就上去了，训练的热情高涨，训练的效果也越来越好。盼望着，盼望着，大家只等着闪亮登场了。

5月28日，天公作美，是一个阴天，不冷不热。梁州二师第九届校园合唱艺术节隆重拉开了序幕。全校二十来个班级纷纷登台亮相，校园沉浸在歌声的海洋里。

合唱比赛缓缓拉开序幕，露出了迷人的风采，强兵强将，个个显山露水，高手如云，个个非比寻常啊！五班同学们此时感觉到，赛前所有美好的心理准备似乎已消失得无影无踪，到了这场面，不得不紧张啊！王霞赶紧给大家打气："别怕！不就是把我们精心准备多时的《三十里铺》展示给观众吗？没事儿！只要把最好的展现出来就行。我们班什么风浪没见过？"

五班抽到的表演顺序签是第10，终于轮到赵弘毅他们闪亮登场了!他们显然已进行过精心的化妆。看!脸是粉扑扑的,打上腮红,画上了眼影,涂上亮亮的唇彩,男生们穿上了黑色的西服,戴上了漂亮的领结,女生们穿上了蓝色的西裙和白色衬衣,好一群活力四射的帅哥靓女!

轮到他们了!有的同学心"扑通,扑通"跳个不停,但脸上还是挂上了最灿烂的笑容,随着钢琴的伴奏响起,王霞的指挥棒画下一道美丽的弧线。

日落西山啊哩哩

散了圩咯啊哩哩

欢欢喜喜啊哩哩

回家去喽啊哩哩

蜜一样的啊哩哩

好生活勒啊哩哩

欢欢喜喜啊哩哩

彝家女耶啊哩哩

啊哩哩啊哩哩

赶圩归来啊哩哩……

望着指挥,他们早已达到了忘我的境界,四个声部唱得如行云流水,配合得更是天衣无缝。心情随着美妙的音乐,愉悦到了极致……太棒了!指挥王霞几次谢幕!他们兴奋地排好队伍,飘飘然地走下舞台。细细回味刚才大家的一举一动,发挥完全正常!

"去掉一个最高分 9.80 分,去掉一个最低分 9.50 分,九一级五班最后得分是 9.70 分！"主持人报分之后，台下掌声雷动，大家只等最后的名次了。

所有班级比赛完毕，五班果然不负众望，再次取得全校第一名。大家高兴得手舞足蹈，要好的同学们紧紧地拥抱在一起，有好多同学激动得哭了，这是他们在母校获得的最后一块集体金牌啊！再过一个月，他们就要带着这份荣誉和美好的记忆踏上回乡之路了！

对于接下来的班级才艺展示，五班依然是非常重视。班主任汪老师要求大家精心准备，争取每个人都要拿出自己的绝活，亮他一小手。先开展班级综合才艺大赛，前三名再代表五班进行毕业生才艺汇报表演。

从 7 点开始，到 10 点半结束。九一级五班的综合素质才艺大赛整整进行了三个半小时！49 个人，人人都有绝活！相声、小品、魔术、杂技、诗词歌赋、乐器演奏、唱歌、唱汉调二黄、梁州小场子、散打、硬气功表演、弹奏钢琴、讲儿童故事、现场写字作画……节目精彩纷呈，美不胜收。

最后王霞的钢琴演奏、王荣娥的讲儿童故事、孟飞的《盛世中国》现场泼墨国画被评为前三名，将代表九一级五班参加全校的毕业生汇报表演。

6 月 16 日，再次传来捷报。在学校阶梯大教室举行的毕业生综合素质才艺大赛上，代表五班出战的三位同学不辱使命，获得一个一等奖，两个二等奖！

九一级五班秉承"我们只做第一名"班训精神，再次取得了令人刮目的好成绩，为即将到来的母校十年校庆提前献上了一份大礼。五班成了全校最令人瞩目的模范班，五班同学为有

第三十七章

幸生活在这样一个温暖、上进和优秀的班集体里而备感自豪。他们暗暗下定决心,一定要把五班这种敢于拼搏、敢于争先的精神带到今后的工作岗位上去,继续开创属于自己的事业辉煌。

第三十八章

还有一个月就要毕业了,同学们对师范生活有着太多的不舍,即便是校园里的一草一木看着都是那样亲切。就在此时,班里又传来了好消息,九一级五班要和九二级五班开班级联谊晚会了。

班级联谊活动本是学校里最平常不过的事情了,为啥大家兴致这么高啊?因为这个兄弟班级不是弟弟班,严格地说是一个妹妹班,那是学校的一个幼师班。

和幼师班的美女们开展联谊活动,简直就是天上掉下一个林妹妹!想想都好玩儿,想想都来劲儿!可以近距离看美眉,欣赏她们的才艺表演,男生们再也不用在课间齐唱"对面的女孩儿看过来"了。

因为班级的番号都是"五",所以才有这一次班级联谊活动,你如果认为是拉郎配,那就大错特错了。两位班级首长——班主任首先进行了双边会谈,希望通过本次班级联谊活动,让两个班的同学们相互学习,各取所长,共同进步。九一级五班同学要学习九二级五班同学的多才多艺,开朗活泼,善于交际,九二级五班同学要学习九一级五班的精诚团结,永远不做第二名的班级风貌,以及九一级同学们身上的勤学、善思和苦读的拼搏精神。

班级联谊会在幼师班五朵金花婀娜多姿的舞蹈中开始，在九一级五班激情四射的大合唱中落下帷幕。其间歌舞、相声、小品、诗歌朗诵、双簧等文艺节目精彩纷呈，击鼓传花、你说我猜、你说我做等互动游戏，笑点不断，热闹非凡。原来感觉到似乎离大家十万八千里的幼师班姑娘们，并不像传说中的那样拒人于千里之外。恰恰相反，她们是如此清新怡人，又是那样善解人意。大家都笑着说，这场联谊会迟到了两年，要是早两年举行，说不定在两个五班之间多少还会发生点儿什么故事。

两个班举办联谊晚会后，很快就推动了九一级五班交谊舞事业的发展。在那之前交谊舞已经在学校悄然兴起，幼师班的姑娘们大多已是舞林高手了，而普师班的学生们大多则是一窍不通，属于"舞池"中的旱鸭子，亟须进行交谊舞蹈的破蒙培训。

据说交谊舞最早起源于欧洲，在古老的民间舞蹈的基础上发展而成，是一种舞蹈形式。自16、17世纪起，交谊舞在欧洲各国成为一种普遍的社交活动，故有"世界语言"之称。20世纪20年代以后风行世界各地，先是流行于宫廷和上层社会，随着社会文化、艺术的发展和进步，交谊舞成为大众文化，广泛流传于社会各阶层，是一种集交际、健身、艺术、娱乐等功能为一体的文化体育活动。从交谊舞的功能上不难看出，它应该是利大于弊的。因为它既可以在轻松优美的舞曲中享受休闲娱乐，在休闲娱乐中锻炼身体，在锻炼身体中又可以扩大社交面，增进人际关系。

自从有了上一次的班级联谊活动，两个班的学生们大都已经相互熟悉了。九一级五班的学生即将走上工作岗位，大家都说交谊舞是未来社会不可或缺的社交手段,要是能在离校前一个月学会或者说初步学会交谊舞,那么大家的师范生活应该算作功德圆满,再也没有什么遗憾的事了。

时间太紧张了!必须抓紧一点一滴的时间去勤于练习,大胆实践。赵弘毅以前从书上知道孔子学习韶乐,三月不知肉香,认为是夸大其词,现在他相信了,那是真的,绝非夸张!大家学习跳舞很快就上了瘾。只要到了每天夕会时间、周末时间,同学们便开始进入疯狂的交谊舞学习模式。

赵弘毅一直很崇拜舞们,每当看到他们如同天使般翩翩起舞,那些灵动活跃的身姿,那些活力四射的动感,他都深深地被吸引。他想舞蹈是有一种灵性的艺术,就像莫高窟里的飞天一样灵动与神秘。

幼师班的师父们教得很认真。她们首先告诉大家要克服羞涩的心理,放下高傲的"架子",男士们更要学做绅士,大胆地邀请女生跳舞,不要害怕踩不上节奏,多练练就好了。

学习舞蹈最重要的是乐感,要在心里把握音乐的节奏,其次是身架,身架是优美舞姿的保证。跳舞时一定要抬头挺胸,胳膊千万不要耷拉下来,肩膀也不要倾斜,跳舞过程中尽量保持身架的稳定,不要变形。另外一定要多看多想,大胆请教,勇于实践,不怕丢丑。师父们一再告诫,学习舞蹈要从基本舞步学起,基本功一定要扎实,千万不要拔苗助长,特别是不要一开始就羡慕和模仿那些跳"花步"的"舞场油子"。跳舞的动作一定要规范,只有在规整的舞步中,你才能跳出它们的神韵,感受心与音乐完美结合所带来的快乐。

大家最先是从平四开始的。大家逐步学习了一个又一个入

第三十八章

门动作,随后反复练习。教室里欢快的音乐响起来了,伴随着音乐的节奏,大家扭捏着走进舞池。一开始,大家的动作很不协调,有的同学脚好似在走路,有的同学仿佛要做高抬腿,手害羞得不知道放在哪里为好,而且老是踩舞伴的脚,腿一直打闪。感觉到师父们不是在教大家跳舞,仿佛是在调牛犁地。

师父们却一点儿也不着急,她们说,初学舞蹈者都是这样过来的,饭是一口一口吃的,心急吃不了热豆腐。光说不练嘴把式,永远也学不会舞蹈。渐渐地,慢慢地,这些"土包子"一个个逐渐领悟到了交谊舞的窍门,逐步步入正轨。肢体动作慢慢不再那么生硬,他们放松自己身心去感受音乐的韵律。就这样,通过分解动作,再整合,一步一个脚印;就这样,一个个零散的舞步,逐渐连贯成一支支完整的舞蹈,每一次进步都让同学们欢喜不已,大家有了满满的成就感。

平四舞步基本娴熟后,同学们便开始向着青草更青处漫溯,学习慢三了,大家形象地称之为"蹦嚓嚓"。慢三虽然节奏较慢,但掌握起来要难得多,它对舞者的体态要求更高,简言之,就是要跳得漂亮。基本步,云步,六步回旋,跳完整支舞蹈,一个个都是大汗淋漓,感觉头好晕!大脑里只反复回放一个动作:旋转,旋转,不停地旋转!

就这样夜以继日地恶补,到快毕业时,同学们虽然只学习了平四和慢三中的基本舞步,却学会了很多东西。比如说,培养了他们动作的灵活和体态的平衡,初步了解了交谊舞的内涵,加深了对音乐的理解,特别是在学习舞蹈的过程中,增加了他们的自信,高雅的风度来自挺拔的姿态,默契配合的前提是自我平衡,这也许就是音乐和舞蹈的魅力所在吧。

在学习跳舞的这一段日子里，赵弘毅在享受音乐和舞蹈美好的同时，也收获了一段纯真的感情。

教他学习舞蹈的师妹生得很美，瓜子脸，大眼睛，细蜂腰，符合赵弘毅对美女美好的一贯认知。小师妹举手投足之间，顾盼神飞，很是优雅，这让赵弘毅很是着迷。第一次舞蹈牵手时，赵弘毅竟然感觉到脸发红，心跳加速。这是一双多么好看的小手啊，小巧、柔软、细嫩……赵弘毅搜肠刮肚，硬是找不出一个合适的词语来形容这种美好。这是赵弘毅平生第一次握住一个女孩儿的手，美好、激动中夹杂着忐忑不安，不知所措。

"大才子，你好！闻名已久，今日相见，做你舞蹈师父，不胜荣幸！"

"嘻嘻，是不是第一次握住女孩儿手，这么紧张！手都冰凉的！"

师妹爽朗地开起了他的玩笑，这让他更加窘迫不安了。他不由得深深地吸了几口气，渐渐恢复了常态，心想不就是学跳个舞吗，你自己这样紧张，至于吗？咱又不是和她谈恋爱，怕甚？

师妹虽然教很多同学跳舞，但明显可以看出来，对他要更加尽心一些，教的时间要多一些。赵弘毅刚刚学习平四时，老是找不到点，把握不住节奏，踩了师父好几次脚。几个回合下来，师妹已经对他何时会走神、犯错，有了预感和先见之明，每次赵弘毅即将出错时，师妹就会用搂他腰的手，轻轻地捏一下，以做提醒。捏的动作很轻柔，就像小蚂蚁蜇了一下，一点儿不疼，反倒很甜蜜。

赵弘毅进步很大，在师妹的精心调教下，赵弘毅舞艺大增，成为五班的舞林高手，特别是和师妹跳起慢三，动作标准，节奏把握得非常好。两人跳着，跳着，其他人自愧不如，纷纷停下舞步，驻足观赏，舞场成了他和师妹的专场。同学们纷纷投来艳羡的目光，赵弘毅眼中全是那温婉可人、善解人意的师妹，大脑里全是"嘣嚓嚓""嘣嚓嚓"的舞步节奏！此曲只应天上有，人间难得几回闻？是谁发明了交谊舞啊，太美妙了！这种心神合一的快乐，让赵弘毅深深地陶醉了。

一支舞毕，他们又跳起了第二支、第三支……和心仪的人跳舞，永远不知疲倦，唯愿时光静止，只想停留在这相依相偎的永恒之中……

交谊舞是友谊的开始，赵弘毅鼓起勇气开始了平生的第一次约会，师妹没有扭捏作态，大大方方地答应了。

那是一个周末，天空一片湛蓝，万里无云。他们相约在西津渡口，坐上了渡船，进了梁州城。

他们看了一场电影，是美国大片，电影具体是什么名字，赵弘毅早已无从想起。那时候，他满脑子里都是小师妹，哪还记得什么电影里的情节……

走出电影院，两人漫无目的在城里逛逛，城市的繁华似乎与他们关系不大，找个小吃店，随便吃了点东西。真不知道，年轻的异性朋友间竟然有说不完的话题，也丝毫不觉得厌倦和劳累。他们俩不知不觉间竟然走到了河滨公园，这里杨柳依依，草地青青，月季花忘了娇羞，开得酣畅淋漓。

走着走着，他们竟然拉手了！赵弘毅心里就像装了只小兔子，怦怦地跳个不停！他记得那是他在第一次除开舞会场合，牵住了女孩子的手，那种甜蜜和温暖，足以让他回味一生。他大胆地搂住了师妹的小蛮腰，那是多细的腰啊！难怪"楚王好细腰"。小师妹很自然地靠在了他的肩上,女孩儿特有的香味,几乎让赵弘毅昏厥。

"我这是做梦吗?"赵弘毅掐了一下自己的手,确定不是啊!"我何德何能,竟然也能赢得美人的芳心?人生如此,夫复何求?"

他们一直沿着江边的路往学校走。一路上停停走走,待走到九里沟口时,已是黄昏时分。太阳慢慢地向西边落下去了,半个月亮升起来了,夜风轻柔,沙滩绵软,星光在江水里跳跃,沔江水无声地流着……沔江夏夜的静谧和清爽,让人不忍离去。

赵弘毅脱掉鞋子,挽起裤管,在九里沟流入沔江的交汇处踏着细沙,甚是好玩。河水很浅,清凉的流水,从脚面上流过,他自顾自地走过,他以为她会和他一样。半晌,并没有听到她下水的声音,回头,却发现她依然站在沟对面。

"水浅得很,过来呀!"

她依然站在那里,没有吱声。

"这么浅的水,你都不敢过,亏你还说从小是在沔江边上长大的,你好像怕水哟?"

"我……不能……"她脸似乎红了,羞涩地支吾着,"……不能……沾水。"

那时候,赵弘毅还不懂,她到底怎么了,为什么不能沾水呀,他不好意思再问了。

"那咋办哟?不行的话,你绕一下路嘛!"赵弘毅很是作难。

"你……你瓜得很啊!"她有点儿不好意思地说,"你不会背我过去啊?"

"那……"他面红耳赤了,长这么大,还从来没有背着大姑娘过河呢。低头一想，这有啥啊，是不是自己太封建了啊，背就背，怕什么？

他返回去，装作很随便的样子，蹲下身子。

她哈哈笑着，很轻柔地伏到他背上。她真轻，似乎没有重量。

她的手轻轻地搭在他的肩上，他双手背向后，搂住她的两个膝盖，尽量避免背部与她挨得太近，一步一步向沟对面走去。她在他背上"咯咯咯"地笑着。

"你的肩膀圆圆的，不像男孩子的肩膀！"

"我瘦嘛！"

走到沟心了，水没过他的膝盖，打湿了裤脚。她的两只手从他肩上伸过来，搂住了他的脖子。这让赵弘毅有点窒息，多轻柔的手啊！他有点紧张，故意说："不要怕，马上就过去了。"

她把嘴凑到他的耳边，调皮地吹了一口热气："你真傻还是假傻，还要问我为什么不能沾水，一点儿绅士风度都没有！"

"我……我……没有问啊。"他急忙分辩。

"你就是问了！你现在也可以问嘛。"她撒娇道。

还没有等他问，她猛地把头伸过来，在他脸上亲了一口。声音在寂静的夜里很是清脆。他的心"怦"地一跳，似乎要站立不稳了，双手几乎要松开了，走也不是，不走也不是，便傻傻地立在水里了。

"你真可爱！"她"嘎嘎嘎"地笑着，把他脖子搂得更紧了。

此时，赵弘毅真想让时光静止，心里不停地埋怨着这条小沟太窄了，要是沔江河水这么浅的话，他宁愿把她就这样背过去，一定也不会累的。他想起了爱因斯坦的相对论，形象地说，要是被火烫了，一秒钟都很漫长，要是和自己心爱的人待在一起，一天也很短暂。

　　终于还是把沟过完了，他们在岸边的草地上席地而坐。赵弘毅的心在胸膛里按捺不住了，平生第一次有了拥抱身边姑娘的冲动，想亲吻她。

　　不料师妹却拒绝了，她说她要把初吻献给自己未来的丈夫，并且妩媚地说："你愿意成为我未来的那个人吗？"赵弘毅立即清醒了很多，严肃而认真地说："我愿意为此而努力奋斗！记得要等我哦。"

　　夕阳无限好，只是近黄昏。这份美好一直伴随着赵弘毅毕业，但是他们一直没有去越过那道防线。这一段感情历程，严格上说来，根本算不上初恋，也许叫作红颜知己，男女闺密？不，简单地说，应该就是知心男女同学之间的那种纯真友谊吧！

第三十八章

第三十九章

即将毕业,班上这几个周的班会课都是围绕着择业、乐业和敬业这些主题来开展,汪老师想为大家在走上社会前教一些适用的社会知识。

"你们都看过《红楼梦》吧?"汪老师抛出问题。

"看过!"大家不知道汪老师葫芦里卖的什么药。

"大家可否记得,书中有这样一副对联:世事洞明皆学问,人情练达即文章。你们大多数都会认为,这是贾宝玉对'世事人情'厌恶,对'学问文章'的反感。其实并非如此,这是宝玉的误读,也是对曹雪芹的曲解。其实这两句话,正解应该是,一个人一辈子的修养如果能够做到的话,就非常成功了。世事都很洞明,都看得很透彻,这是真学问;练达就是锻炼过,经验很多,所以对于人情世故很通达,这是大文章。

"你们读红楼梦,大多为林黛玉鸣不平,认为她应该嫁给宝玉,认为薛宝钗是横刀夺爱,酿造了爱情悲剧。其实从林、薛二人的性格特点分析,薛宝钗嫁给贾宝玉是合情合理的。

"诸位请看,林黛玉虽然容貌娇美,冰清玉洁,深得贾母疼爱、贾宝玉的呵护,但是她骨子里的自卑,使得她处处尖酸刻薄、心胸狭窄,多疑敏感,容不得一丝丝玩笑之言,很多时候都是无理取闹、胡搅蛮缠；再看看宝钗，在贾府这样一个矛盾复杂、派系林立的大家族中，她一方面是'事不关己，高高挂起，一问摇头三不知'，一方面又非常善于处理人际关系，和各方面人保持一种亲切自然、合宜得体的人际关系，考虑事情周到，办事公平，关心人，体贴人，帮助人。没有对比就没有伤害，假如让你们理性选择，你们认为宝玉是娶黛玉，还是娶宝钗？性格即命运啊！"汪老师侃侃而谈。

这种观点，以前大家是闻所未闻，大家原来一直认为薛宝钗是逼死黛玉的凶手，听汪老师一席话，似乎真是那么个道理。汪老师以此讲开去，告诉大家走上社会以后，一定得要学习各方面的知识，不要做"读死书、死读书"的书呆子，而要融入社会，既要埋头拉车，又要抬头看路。

"詹天佑为什么能够把京张铁路修建成功？他为什么能取得老佛爷慈禧太后的信任？因为他懂得在中国这个有着几千年封建传统的国家，完全照搬西方那一套是行不通的。在中国，要做事，必须先做官。做官是为了做事，自己做官就是为了不让那些坏人占据官位，祸国殃民！

"什么叫温水煮青蛙？将一只青蛙放到滚烫的开水里，青蛙会奋不顾身地跳出来，因此获得重生；将一只青蛙放入冷水中，然后慢慢地加热，一开始青蛙在水里尽情地畅游，最后青蛙死了。这个实验告诉我们许多道理，生活也是一样，滚烫的开水象征生活中的重大变故和压力，只有在这些重大变故和压力下，人才能突破自身的极限，完成不可能完成的事情。而懒惰、安逸、安于现状的生活态度，就像慢慢加热的温水，我们的心就会不知不觉中死去！

"上帝给了两个人一根渔竿和一篓鲜活硕大的鱼,让他们选择。其中,一个人要了一篓鱼,另一个人要了一根渔竿,于是他们分道扬镳了。得到鱼的人原地就用干柴搭起篝火煮起了鱼,他狼吞虎咽,还没有品出鲜鱼的肉香,转瞬间,连鱼带汤就被他吃了个精光,不久,他便饿死在空空的鱼篓旁。另一个人则提着渔竿继续忍饥挨饿,一步步艰难地向海边走去,可当他已经看到不远处那片蔚蓝色的海洋时,他浑身的最后一点力气也使完了,他也只能眼巴巴地带着无尽的遗憾撒手人间。

　　"又有两个饥饿的人,他们同样得到了长者恩赐的一根鱼竿和一篓鱼。只是他们并没有各奔东西,而是商定共同去找寻大海,他俩每次只煮一条鱼,他们经过遥远的跋涉,来到了海边,从此,两人开始了捕鱼为生的日子,几年后,他们盖起了房子,有了各自的家庭、子女,有了自己建造的渔船,过上了幸福安康的生活。

　　"一个人只顾眼前的利益,得到的终将是短暂的欢愉;一个人目标高远,但也要面对现实的生活。只有把理想和现实有机结合起来,才有可能成为一个成功之人。有时候,一个简单的道理,却足以给人意味深长的生命启示。"

　　汪老师每次总会把这些人生的智慧用讲故事的方式讲出来,使同学们瞬间顿悟,秒懂。汪老师又精心设计了大家上班后会遇到的一些常见问题的场景:

　　"假如你不幸分配到一个偏远的乡村学校,你该怎么办?"

　　"假如你的领导对你不感冒,你该怎么办?"

　　"假如你不会喝酒,不懂酒场上的礼仪,得罪了人,你该怎么办?"

"假如你上班后第一次公开课讲砸了,你该怎么办?"

"假如你与学生家长发生了冲突,你该怎么办?"

"假如你爱恋了几年的人,突然提出要和你分手,你该怎么办?"

……

堪称十万个为什么,汪老师总是先抛出这些问题,然后让大家讨论,寻找最佳处理方式。当同学们处理得不好时,他也总会不失时机地给出他个人的建议。大家都觉得上这种课,简直太重要了,这对于还未走上社会的同学们来说,无异于雪中送炭。大家认为每周一节课时间太短了,强烈要求汪老师在夕会课时间继续。

汪老师告诉大家,教师职业平凡又伟大,简单又复杂。教育生涯中没有多少轰轰烈烈的大事,有的只是琐碎和重复。这就需要我们端正心态,要把复杂的事情简单做,简单的事情重复做,重复的事情用心做,就像达·芬奇画鸡蛋,爱因斯坦做小板凳一样,做一个有心人,把长期的大目标分解成若干个人生小目标,脚踏实地,不要去好高骛远,就一定会取得成功。

他告诉大家,必须有终身学习的意识和精神,他说他最怕大家进入社会后,很快就把棱角磨平,失去斗志,失去方向,随大溜,失去学习能力,一天天就满足于拿死工资,看教参,吃了睡,睡了吃,吃喝等死……

他甚至在20多年前就看到了大家今后可能出现的职业倦怠。

"我今天告诉大家,教师这个职业干久了,是会出现一定问题的。时间长了,工作的压力、生活的不如意、心理的不平

第三十九章

衡，往往让不少人出现这样的状况：从教之初豪情满怀，希望桃李满天下，慢慢地理想没了，激情退了，牢骚多了，安于现状，得过且过；原先活泼可爱的学生也变得讨厌了，稍不如意就想讽刺几句，或者上完课走人，眼不见心不烦，对学生不闻不问；尽量少上点课，甚至想到学校图书室、实验室做点轻松的工作。

"有时候，可能你的情绪和情感会处于极度疲劳状态，常常表现出情绪低落、烦躁易怒、抑郁、精神不振、缺乏热情与活力、对他人的容忍度和工作满意度降低等，教学工作中的成功及类似新课程改革的重大事件也较难引发工作的激情和热情，没有创新的欲望，仅满足于应付任务，甚至厌倦教学工作。

"有时候你态度和行为冷漠，甚至不愿接触学生，对学生冷漠、厌烦，常常用带有蔑视性的标签式语言来称谓和描述学生，体罚和变相体罚学生，将学生视为无生命的物体来看待，对同事疏远，逃避交往或拒绝与其合作。对工作中出现的问题，总是找借口，怨天尤人……

"你该怎么办？你要加强学习，开阔视野，你要不断为自己进行专业知识'充电'；你要心态平和，劳逸结合，把自己摆在一个正确的位置上，不要因为不恰当的期望和努力失败而产生消极情绪，应该承认自己是个平凡的个体，也会有喜怒哀乐，正视自己的优缺点，做一个真实的人；你要注重交流，品味生活，与其他劳动者相比，教师的劳动主要是以个体的形式在封闭的空间中进行，在漫长的职业生涯中，与社会的联系较少，社交圈普遍狭窄，人际关系互动非常有限，导致与社会强烈的隔离感，你要在生活中注意增加与他人互动的机会，认识和结交更多志趣相同的朋友，多与他人交流、沟通，倾听别人的工作经验和工作感受，将自己融入到社会、朋友之中，体味生活的乐趣，调整自己的心态……"

赵弘毅不得不佩服汪老师简直就是一个先知先觉，对于今天普遍存在的教师职业倦怠，早已是洞若观火。

因为汪老师对同学们未来择业指导到位，同学们也是未雨绸缪，提前都有了思想准备。机会总是留给有准备的人，五班学生到临近毕业分配时，有三人考取了大学，继续深造，有五人被选调到乡镇政府工作，有一人被推荐至梁州地委秘书科任秘书，三人被选调至县政府、县委工作，其他大多数学生都进入中学或中心小学工作。二十多年后该班出了两个大学学院院长，三名副处级领导，一名副厅级领导，二十多位校长，十几个省级教学能手，五六个省级学科带头人……

第四十章

  时间，时间，再慢些吧！再过半个月，大家就要毕业离开母校了，余下的日子大家是以小时为单位来计算的。
  六月十八号，赵弘毅参加了沔中师范学院在梁州一中举行的保送上大学考试。梁州一师和二师各派了 24 名学生参加，阵容比较强大，就是不知道他们的招生计划到底要录几个，估计绝大多数同学都是来打酱油的。早上考语文和数学，下午考外语，赵弘毅自我感觉良好，他感觉到几乎没有什么繁难偏旧的怪题，他做得很顺手！
  三场考试完毕后，紧接着就是面试。沔中师范学院的老师分组和所有参加保送考试的学生都进行了面对面交流。面试老师问了赵弘毅三个问题：你参加保送考试的动机是什么？假如你考上了沔中师范学院你希望学什么专业？请你谈谈对教师职业的理解？赵弘毅略作思考，便侃侃而谈了自己的看法，面试的老师看来很满意，笑着说："小伙子，不错啊，回去等待考试结果吧！"
  还有十几天就要离开母校了，此时除了准备毕业考试，最忙的事情就是填写毕业留念册了。同学们从文化用品商店里购买的毕业留念册虽然各式各样，但里面的内容大同小异，无非是同学的通信地址、性格爱好、留言寄语、形象展示等几个栏目。赵弘毅力图用三言两语的点睛之笔，传神地刻画出他与留念册主人之间的深厚感情，以及对他（她）未来的美好祝愿。

"别了，我的朋友。匆匆数载，逝水流年，难忘生命中你我的精彩。"

"我们的友谊是永恒不变的宝藏，珍重吧，我的朋友。"

"六月的尾巴，连绵的雨天，充满离愁别绪的味道，毕业，这个夏天，不一样的人，一样的情节。"

"毕业，是红色的酒，是蓝色的情，是相互表白的真心话，是一往无前的大冒险。"

"真幸运，在最美好的年华邂逅最美好的你，即使青春不再，你也是我最珍贵的记忆。"

"但愿人长久，千里共婵娟！"

相见时难别亦难，一段段温情话语在赵弘毅的笔下流淌，三年的师范生活，三年的同学情谊纷纷化作笔底下那最温馨的记忆和最美好的祝愿。

毕业考试前一天，学校安排了照毕业照。九一级毕业生以班为单位，来到教学楼前合影留念，学校领导早已在第一排坐好，各班依次照相。其他班级在等待期间，早已按照大小个儿，排好了队形，所以整个拍照过程用时不长。

"一、二、三，茄子！"

"咔嚓"一声，照相师傅已按下了快门。大家还在那里摆着造型不忍离去。再过几天他们就要离开这熟悉的校园和可敬的老师们了，不知何日才会回来！真是好人好景看不足，时光催乘毕业归！

感谢母校！感谢恩师！他们的爱，像一条长河。它恬静，泛着微微的涟漪；它清澈，看得见河底的块块卵石；它轻柔，如春风缓缓送同学们前行。时间如长河的浪花，带着悠悠笑声流去。思想与感情像潺潺流水，又一次淌过时间与空间的桥，冲拂赵弘毅那如诗如画的少年时代，他的思绪被浸润在浓浓的师生情谊中……

毕业考试的题目很简单，大家轻轻松松地考完了所有科目，只等了一天的时间，毕业考试成绩便已揭晓，大家全部合格！第三天便要颁发毕业证了，紧接着就是领派遣证了，大家将回到各县教育局报到，等待分配工作……

就在这时，保送考试成绩也出来了！赵弘毅心想事成，终于考上了他梦寐以求的沔中师范学院。和他一同考上这所大学的还有四班的王孟频，录取率奇低，48名学生只录取了两名，梁州一师竟无一人考中。

赵弘毅心中大喜，但表面上还是很淡然，其实他只是一个十七八岁的青年，那种喜怒不形于色的定力，他还是学不来的。避过同学的面，便一路小跑，嘴里喊道，我成功了！他第一时间把考中大学的消息到邮局打电话告诉哥哥。

所有的手续都已办妥，明天大家就要带上毕业证和派遣证回到家乡了。这天中午，学校食堂为每位毕业生准备了一只烧鸡，给男生发一瓶啤酒，女生发一瓶可乐，预祝大家飞黄腾达，百事可乐。晚自习时间，就是各班分班召开的毕业座谈会了。教室里早已布置一新，天花板上悬挂着彩旗和五颜六色的气球，黑板正中写有："梁州二师九一级五班毕业座谈会"。

毕业晚会在主持人煽情的主持词中开幕，在同学们滂沱的眼泪中结束，说不完的回忆，道不完的珍重……最后班主任汪建安老师的真情演讲把活动推向了高潮。

"三年前，我们带着各自的梦想，从梁州地区的五个县相聚在梁州第二师范学校。三年的岁月，1095个日日夜夜，听起来似乎很漫长，当今天我们面对离别的时刻，又觉得它是那么短暂！你是否还记得当年进校时那个稚气未脱的神情，你是否还记得你当年立下的雄心壮志？你是否还记得在教室、阅览室、图书馆和实验室里孜孜不倦的学习和钻研，你是否记得学校田径赛场上，你那谁与争锋的豪气？你是否还记得沔江河畔冬日里那刺骨的寒风和野炊时的炊烟，你是否记得八仙洞春游时同学们灿烂的笑容？你是否记得合唱比赛中那整齐划一的节拍？……三年中师生活，有太多太多的情景值得我们去回忆。三年来，我们快乐地学习，快乐地生活，快乐地成长，我们学会了分析与思考，学会了丰富与凝练，学会了合作与竞争，学会了继承与创新，学会了不断地超越自我……今天，我们毕业了，所有这些温暖的记忆都将铭刻在我们每个人的内心深处，伴随我们一生，那是我们生命中最难忘的日子。

"有人说，丰富多彩的中师校园是一个大熔炉，燃烧出每个人与众不同的精彩人生。我们每个人都经历了一年级的纯真年代，走过了二年级的轻歌曼舞，告别了三年级的紧张与忙碌，而后迎来了整个六月的依依惜别。中师三年，我们见证了你们的成长，你们也见证了母校的飞速发展。回望历史，我们都经历了一个日积月累的过程，是知识的，也是情感的。此时此刻，我想起了一句著名的诗句：为什么我的眼里含满泪水，是因为我对这片土地爱得深沉！

第四十章

"明天，你们都将离开这个熟悉的校园，或参加工作，或继续求学深造，但不论我们身在何方，我们都不要忘记在这里曾经结下的深情厚谊，不要忘了老师们的言传身教，不要忘了母校对你们的期望，那就是——学高为师，身正为范！在未来，你们一定要努力践行'行为世范，学为人师'的理念，做一个德才兼备、德艺双馨的好老师！从明天开始，我们就是同行了，未来我们将携手并进，共同去开创中国教育的美好明天！

"黑夜给了我们黑色的眼睛，我们却用它寻找光明！最后我衷心祝愿你们返程一路顺风，未来爱情事业双丰收！希望你们常回母校走走看看！在你累了、倦了时，这里永远都是你们温馨的家、停靠的港湾！记得写信给我哟！"

汪老师说到最后，声音哽咽，已说不出话来，下边的同学早已是泣不成声。真情难觅，真心永在！人世间最宝贵的就是师生情、同学情和战友情了，之所以宝贵，那是因为真诚、纯正，不含半点杂质……

  轻轻的我走了，
  正如我轻轻的来；
  我轻轻的招手，
  作别西天的云彩。
  那河畔的金柳，
  是夕阳中的新娘；
  波光里的艳影，
  在我的心头荡漾。
  软泥上的青荇，

油油的在水底招摇；
在康河的柔波里，
我甘心做一条水草！

……

悄悄的我走了，
正如我悄悄的来；
我挥一挥衣袖，
不带走一片云彩。

毕业座谈会在师生们集体诗朗诵《再别康桥》中结束，看看时间已经到了12点，没有疯狂，没有歇斯底里，大家安安静静地回到宿舍休息……

一夜无眠！早上8点钟，学校的大巴车已经在操场前就位，它将分批次送走来自梁州、丰利、太极、汉宁和安阳的毕业生，正如三年前它把大家从火车站和汽车站迎接来一样。

大家本来说好的，昨晚流完泪后，今天决不再流泪！大家都要微笑着离开。然而当离别这一刻真正来临时，大家再也没能忍住，泪水已模糊了所有人视线，后走的同学追着大巴跑。

"走好哦，记得写信哦！"

"工作分配了，告诉一声哦。"

"我会记住大家的！"

……

此时校园广播里《送战友》的歌声骤然响起，再之后是九二级播音员深情的播报：

夏风轻轻地吹送，
亲爱的朋友请不要难过
离别以后要彼此珍重
绽放最绚烂的笑容
给明天更美的梦
亲爱的朋友请握一握手
从今以后要各奔西东
不管未来有多遥远
成长的路上有你有我
不管相逢在什么时候
我们是永远的朋友

一幅值得珍藏的画卷

——谭照楚《中师那些事儿》简评

姚维荣

1999年后,随着大学扩招,中等师范学校逐渐退出了教育领域。但是,她在中国现代教育发展史上曾经的辉煌,为新中国教育事业做出的突出贡献却永远不会磨灭;留在一代代曾经的学子人生旅途上的足迹、心中的深厚感情也永远不会消逝。谭照楚先生的纪实文学(或"新写实小说")《中师那些事儿》,就是对当年中师学习生活的真实写照:"我试图用笨拙的语言写下一些文字,献给那个火红的年代,献给普天下上过中师的一代中专学生,也献给自己,作为对那一段芳华岁月的温馨回忆。"这温馨的回忆,无疑是一幅值得珍藏的画卷。

一

《中师那些事儿》用十几万字的篇幅,以主人公赵弘毅的回忆为主线,对20世纪90年代中师教育从招生到学校教育进行了全方位的关照。其原型是20世纪80年代建立,由石泉县城郊搬迁到安康汉江北七里沟的安康地区第二师范学校,描写的重点则是赵弘毅90年代初进校后所在的普通师范专业五班。

其内容从主人公入学的曲折过程到考中后全家全村的欣喜与祝贺，从学校的总体面貌到周边环境，从教室宿舍到食堂操场的基本状况，从校长到班主任和各科任课教师的性格特点，都有比较全面细致的描写。然后逐章叙述赵弘毅进校后三年间从身体变化到每年学习、生活的基本情况，以及他所在的五班几个主要成员各自不同的成长变化历程。新生入学后的军训，周末第一次去梁州城的所见所闻，各年级段开设的主要课程，学生听说读写能力与素质的培养训练，教育实习收到的良好效果，中师升大学的激烈竞争，热烈的体育比赛，精彩的文艺表演与辩论比赛，进入青春期生理心理的爱情萌动与学校不准恋爱禁令的矛盾冲突，胆大妄为者甚至冒险偷尝禁果，保卫科长设计诱捕校外流氓，师生之间、同学之间的帮助关爱与难以避免的误会纠葛……可以说是一幅全景式地展现了三年中师生活方方面面的长幅画卷。

二

作者写这部纪实性的作品遵循的创作原则，无疑是传统的现实主义。因此，塑造典型环境中的典型人物就是重中之重。这是恩格斯提出并经过长期文学发展实践检验且为作家理论家认可的现实主义重要宗旨。他在《致玛·哈克奈斯》这封信中写道："据我看来，现实主义的意思是，除细节的真实外，还要真实地再现典型环境中的典型人物。"从一个更长的历史时期来看，中外文学史上优秀叙事文学的生命力总是与其作品中个性鲜明的典型人物有着十分密切的关系。典型人物，作为现实主义文学创作的结晶和最高成就,作为作家精神活动的产物,应当遵循艺术反映现实的典型化的规律,到沸腾的现实生活中去寻找。典型人物的本质和特点,实质是社会历史创造人的过程及其规律的高度再现。权威的《辞海》对小说主要特征的解释是:"文学的一大类别,叙事性的文学体裁之一。以人物形象的塑造为中心,通过完整的故事情节和具体环境的描写,广泛地多方面地反映社会生活。"当代小说研究专家,西北大学教授赵俊贤在其《中国当代小说史稿》中提出:"文学、小说就其总体性的实质而言,是人性及其灵魂的完美建构……从历史的眼光看,小说家的追求,是在自觉或不自觉地运用形象手段探索自然、社会,特别是人的心灵的运动奥秘。总体和根本上说,小说基本上是人的灵魂之学。"这些精辟的论述都说明,塑造生动丰满的典型人物形象,的确是小说的重中之重,尤其是中长篇小说的重中之重。小说之所以在它问世几千年来能一直保持着旺盛而强大的生命力,主要就是由于它能够艺术地表现曲折复杂的人生百态,塑造出生动鲜活的各种人物,打动我们读者与他们同喜同悲、同爱同恨。从中外小说发展的历史来看,那些能够打动不同民族、国家一代代读者的名著佳作,一个重要原因就是塑造出了生动感人的艺术形象。典型才有永久的生命力。可以设想,如果没有孙悟空、猪八戒、曹操、诸葛亮、关羽、张飞、林冲、李逵、林黛玉、贾宝玉等生动的人物形象,中国古典小说会有那样巨大持久的艺术价值和生命力。现当代文学史上有影响的长篇小说如茅盾的《子夜》、巴金的《激流三部曲》、杜鹏程的《保卫延安》、柳青的《创业史》、路遥的《平凡的世界》、陈忠实的《白鹿原》、贾平凹的《秦腔》、陈彦的《装台》等,之所以被广大读者喜爱,也与其塑造了生动的典型人物有着密切的关系。

  谭照楚并非专业作家,他是抱着怀恋青春岁月——中师生活那段重要的人生经历的目的,尝试用文学方式,再现当年生活风貌的。因此,像巴金写激流三部曲、杨沫写《青春之歌》、路遥写《人生》《平凡的世界》一样,主人公基本上就是自己生活经历的艺术再现,作品主人公赵弘毅的经历也大体是他自己那段生活的重现,当然经过了艺术上的再创造。正如他在自序中所说的:"赵弘毅身上有我的影子,他是我心目中一个比较理想的中师生代表人物,他身上有着农家子弟传统的勤奋好学、纯真朴实和美好善良。九一级五班这个班集体,也曾经是我当年班级的番号,在这部小说里我之所以继续沿用,是难以割舍自己对这个班集体的热爱,但它同样是无数个优秀班集体的缩影,它代表着'求实、奋进、爱美、创新'的师范学校班级精神。"

  作为一个出身于普通农家的青年,赵弘毅无疑是高加林、马建强、孙少安、孙少平等优秀农村青年的典型。他性格的基本特征是不甘平庸,积极上进,力图通过自己的努力改变命运。"从小学到初中,一路走来,赵弘毅一直都是班级内'标杆式'的人物,曾被称为柳树区不世出的'神童'。在柳树中学,他曾创造过一段最辉煌的历史:那是在初二第一学期期末考试中,他的语文、数学、英语、物理和政治成绩都取得了年级第一名,英语、数学和物理都是满分。学校校长勉励全校同学向赵弘毅学习。"进入中师后,他更加努力,在各方面都表现得很优秀。首先是在专业课的学习上刻苦努力,认真钻研,一直保持着领先的优势。其次是积极参加学校各项提高师范生素质的课内外学习、训练活动,不断提高自己作为未来教师应该具备的良好素质。其三是注意各方面综合能力的培养提升,比如竞选学生会干部,参加辩论会、假期护校等。其四是利用节假日课余时间带家教,一方面培养了自己的实际教学能力,另一方面减轻了家里的经济负担。功夫不负有心人,在毕业前选拔升大学深造的两个师范学校推荐人选竞争考试中,他以第一名的优秀成绩,被保送到沔中师范学院学习,终于实现了他的愿望与理想。

作品中还有一些次要人物也写得很有个性光彩。比如赵弘毅三年学习生活中三位气质类型不同的班主任:以严格严厉著称,对学生管得过多,事无巨细,亲力亲为,失之过严的王大顺;推行完全自主式的管理,把中师生看成大学生,失之过宽的李儒华;兼有王大顺和李儒华特点,宽严适度,因而各方面满意的汪安建。讲课生动风趣但有时分寸把握失当的文选老师周本宁。精明能干的保卫科长李精忠,俏皮可爱的熊教官及五班班长张波,学生孟飞、王振、林泽木、王大宝、陈慧、周丽等也写得各有个性光彩。

三

文学作品反映生活的重要目的之一,是使读者获得关于历史和现实、社会和人生的种种认识。马克思在《英国资产阶级》一文中说过:"现代英国的一批杰出的小说家,他们在自己的卓越的、描写生动的书籍中向世界揭示的政治和社会真理,比一切职业政客、政治家和道德家加在一起所揭示的还要多。"《中师那些事儿》并不是简单平面地复制生活表象，而是从招生、学校管理中对那一阶段我国中等教育的得失，学校管理体制的正误等进行了反思，体现了一定的思想深度。

　　小说开始第一章赵弘毅考中专失而复得的曲折历程，让我们看到了当时中等教育的某种乱象、怪象，那就是农村初中生毕业后都争着报考中专，很少有人愿意升高中，赵弘毅这个多年考试第一的初中尖子学生也不例外。但是，由于这一年考上中专的全都是复习生，应届生全军覆没；而考中的复习生绝大多数复习年限都在三年以上！所以他这个乡村"秀才"以一分之差落榜。有些学生为了考上中专，连续几年复读初中，甚至读了一两年高中退学重读初中。这样孤注一掷的拼搏，最后失败就非常伤心失望乃至绝望。反复多次复读初中的周磊，这年再次以4分之差落榜后，竟然得了"失心疯"，以致不幸落水身亡。

　　为什么农村中学生那么青睐中专呢？因为那时国家的政策是大中专毕业生全部包分配，而且都具有了区别于工人、农民的"干部"身份，也就是进入国家公职人员体制内，端上了旱涝保收的"铁饭碗"。而从50年代起，高中毕业生如果没有机缘招工招干，就只能在农村与大字不识一个的文盲干同样的农活，挣同样的工分。人是最具有目的性的高级动物，生存与发展无疑是每个人最基本的目的。既然农村高中毕业生在这个层面与文盲无异，那么谁愿意浪费几年青春去做这种无效学习呢？把时间再往前推一二十年，那些插队农村的城镇知青为什么用尽心机解数，甚至不惜自残乃至被迫违心出卖贞操，都要拿到一张招工登记表？路遥代表作《人生》《平凡的世界》中的高加林、孙少平则为离开黄土地受尽煎熬,其原因与90年代的这批初中生基本相同。而根源则是城乡差别的巨大鸿沟,以及与之相关的职工与农民政治经济地位的巨大反差。这是一个十分复杂深刻的社会问题,远非这篇短文能够完全理清。

  周磊的悲剧以及大量初中生反复复读现象,还触及我们教育管理乃至整个行政管理上存在的某些问题。因为按照当时的规定,初中毕业后是不允许复读的。但某些学校的管理者为了获得中专升学率高的成绩与声誉,不仅默许学生复读,甚至为其复读创造条件,比如更改姓名、降低年龄等。某些胆大并敢于违背规定的学校领导不仅未受到处罚,反而赢得了学生、家长的欢迎,甚至包括上级领导的称赞嘉奖,结果使得规定成为一纸空文。这是很多正确的政令无法得到真正贯彻执行的重要原因。时至今日,上级教育管理部门早就明令公办高中不能开办高考补习班的规定,有多少学校真正执行了?

  从作品中写到的赵弘毅他们这届学生三年学习生活,还可以看出学校管理上的得与失,班主任如何根据学生实际采取宽严适度的科学管理方法,文史专业课教师的讲授内容如何把握好分寸,既能调动学生的学习积极性,又不至于失之偏颇油滑;还有办学资历短、条件差的二师为何在学业考试与升大学考试中一再超过老一师?其中都包含了很多值得学校领导与教育管理部门深思的问题。这也许正是《中师那些事儿》的价值意义之所在。

后 记

中国大约从 1981 年开始，为了缓解农村小学师资严重不足的压力，在全国范围内，全面实行从初中毕业生中招收学生就读中等师范学校，毕业后到城乡小学任教的招生政策。1999 年后，全国又陆续取消了中师教育。在十七八年的时间内，全国近 400 万学习成绩优异的初中毕业生，拥进了中等师范学校。

前一段时间，网上曾经有一篇短文叫《中师生的芳华》，引起了无数中师人的共鸣。该文这样深情地写道：

"他们，有一个共同的名字——中师生。

"十七八岁的他们犹如一把把蒲公英的种子，撒在祖国或肥沃或贫瘠的土地上。他们中的绝大部分，从毕业开始，就一直坚守在偏僻、荒凉的乡村中小学。

"一代中师生，也许从来到这个世界的那一天起，就注定了负重前行，与平凡为伍。

"中师毕业生充实中小学教学队伍，让中国基础教育得以发展，不至于陷落，这是中国教育的大幸，而之于个人，用一生的芳华，零落于中小学校有限的平台，从个人取得的发展成就来讲，是遗憾。"

我于 1991 年考入师范学校，在那里度过了难忘的三年中师生活。那时候学校学习氛围很好，同学们团结友爱，一个个积极上进，大家在努力学好文化科学知识的同时，积极锻炼能力，追求全面发展；老师们治学严谨，爱岗敬业，既对大家严格要求，又给予了同学们无微不至的关爱，对大家寄予了无限的希望。如何培养"德才兼备、全面发展、能力突出"的小学教师，成为那个时代学校、老师和同学们的共同期盼。毕业后，这些中师生大多数都回到了生他们养他们的故乡，用他们的双肩和智慧撑起了乡村教育的大半个天，不少同学成长为名师、校长、教学骨干，极少数改行从事其他行业的同学，如今也成为所在行业的翘楚。

有人说："中师生不容易，他们在懵懂时扛起了中国教育的半边天。多数人扎根于穷乡僻壤，微薄的工资，上不足以赡养父母，下不足以给孩子优质的教育资源教育环境。他们对不起家庭、对不起自己，但对得起别人家的孩子，对得起国家的教育！"

我深以为然。我试图用笨拙的语言写下一些文字，献给那个火红的年代，献给普天下上过中师的一代中专学生，也献给自己，作为对那一段芳华岁月的温馨回忆。

这部小说以"赵弘毅"为主线，回忆了他和同学们的三年中师生活。我想从中师生们的生活、学习、活动等方面出发，来展现中师学生"思想活跃、积极上进、学习刻苦、能力突出、素养全面"的时代特征。"赵弘毅"身上有我的影子，他是我心目中一个比较理想的中师生代表人物，他身上有着农家子弟传统的勤奋好学、纯真朴实和美好善良。"九一级五班"这个班集体，也曾经是我当年班级的番号，在这部小说里我之所以继续沿用，是难以割舍自己对这个班集体的热爱，但它同样是无数个优秀班集体的缩影，它代表着"求实、奋进、爱美、创新"的师范学校班级精神。总之，故事里面所有人名、地名、班名和校名都不是特指，请读者不要对号入座。

"曾经，我们天真地以为我们是上天眷顾的骄子，也曾经以为自己是风，最后才知道原来只是草。"

有人感叹："中师生是一代有见识，却退出历史舞台的过客。他们看着时代瞬息万变，却因为脚步太重而追赶不上时代。"

我并不这样看，中师生这个称谓虽然伴随着国家招生制度的改革，逐渐退出了历史的舞台，然而中师生的精神却永远都不会过时，也为新时代如何重振师范教育指明了方向。

回望历史，你，我，他（她），无数的中师生，我们都是一群仰望星空，数星星的人。

谨以此文，献给我们的中师时代。